命运

蔡崇达 著

浙江文艺出版社
广州出版社

果麦文化 出品

这是一部关于底部的书。

在个人的生命里、在我们的共同生活中,那些在底部暗自运行、从根本上支撑着我们的信念;那些让我们在有限的选择和浩大的无常中站立着、向前走去的力量;那些让我们最终相信生活和生命自有意义的、内心的神灵。

树意识不到它的根,树枝和树叶欢快地迎向天空,但树的生长、伸展其实来自于它的根。泥土中的力量引领我们向上。

所以,《命运》最终是关于"根"的,耐心的、千回百转的讲述,是一次远行——向着我们的根,向着我们精神的故乡和远方。

李敬泽

目 录
Catalogue

开 篇
· 001 ·

回忆一
层 层 浪
你们就此没有过去，只有将来
· 016 ·

回忆二
海 上 土
灵感是浮游在海上的土
· 066 ·

回忆三
田 里 花
想结果的花，都早早低头
· 131 ·

回忆四
厕 中 佛
腐烂之地，神明之所
· 221 ·

回忆五
天 顶 孔
要么入土为安，要么向天开枪
· 303 ·

附录
皮 囊
· 350 ·

后记
天上的人回天上去了
· 357 ·

开 篇

她就站在命运的入海口

回望着人生的每条溪流

流经过 如何的山谷

我阿太哪想过，自己能活到九十九岁。

关于死亡这事，从六七十岁开始，她便早早作准备。

哪家的老人要去世了，但凡和她稍微认识，她就老爱往人家家里跑。拉了把竹椅，坐在老人身边。那老人看她，她便看那老人；那老人想说话，她就陪着说话；那老人闭眼，她也打盹。

她是耐着好奇的，抓着老人状态好点的时候，总要假装不经意地问：你知不知道自己要走啊？是不是从脚指头开始失去感觉？会觉得疼吗？……

在其他地方可能觉得这样问很是冒犯，但在我老家，正常到好像去人家家里打圈牌。而那些不久人世的老人，虽然觉得这样烦人，但大部分也接受——因为他们中的许多人，也这么干过。

在我老家，离世真是个技术活。

不知道从什么时候开始的习俗，老人是不能在自己房子外离开的，也不能在房间里离开。最正确的离世有且只有一种：一旦老人确定要离开人间了，就得当即要求子孙们把自己的床搬到厅堂正中间——就在家里，魂灵才不会走散；闽南家家户户都供奉着神明，就在厅堂里，在神明的注视下离开，魂灵才能升天。

因此，老人们到了一定年纪，就开始参与死亡侦探赛，聚在一起，琢磨着身体的各种征兆，切磋着各种杯弓蛇影的线索，像在百米冲刺的起跑线旁的运动员，竖起耳朵，随时听命运发出的枪声。出远门，甚至离自己家远点更是万万不能的，但凡有点死亡的灵感，便要赶紧跑回家来，躺下反复确定看看：是不是它来了。

这毕竟不是容易的事情，但好像大部分人都是有惊无险安然死去了。也有错得离奇的，比如我家那条巷子入口处的那个老人。

第一次他病恹恹地宣布，自己必须把床挪出来了，有亲友甚至从马来西亚赶回来。一开始当然是哭天抢地，各种不舍，后来发现死亡好像很有耐心，每个人心怀感激地抓住机会，轮流着追溯他参与过的人生。但死亡给的时间太宽裕了，故事翻箱倒柜地讲了再讲，费上十几天，最终还是讲完了，此后，便是无尽的焦虑：怎么死亡还没来？以至于竟然不知道如何相处：老人沉默地躺，亲人沉默地守，守了整整一个月，老人实在躺不住了，他悻悻地，在众目睽睽之下从厅堂里的床上下来，默默走出了家门，蹲在门口，抽了口烟。

老人很不服气，惦念着一定要有一次干脆利落漂亮的死亡。终于，他感觉时间到了，第二次宣布自己要离世了。亲人委婉地表达怀疑，老人笃定得很，自信，甚至有种输不起的恼怒。亲人们万般无奈，老人的床是可以顺着他的意思搬到厅堂的，只是紧闭着家门，讳莫如深，甚至不让邻居的小孩来串门。毕竟万一再没成功死去，又是一桩尴尬事。但，这件事情终究还是悄悄传开了，传开的原因，是小镇上的人又是隔了一个月还看到那个老人，大家心照不宣，知道又发生了一次失败的尝试。

这种失败，有种莫名的羞耻感，一段时间里，大家见到那老人总想安慰，好像安慰一个长得很大至今还尿床的小孩。

老人第三次睡在自家厅堂，依据的倒是亲人们的判断，毕竟老人是肉眼可见地衰弱下去，如漏气的球一般，每隔一个时辰就瘪了一点。虽然目标是让老人按照习俗标准地离去，但亲友们甚至街坊们，莫名紧张，如同这是老人人生最重要的一次考试或者赛事。

小朋友下了课，拿着作业往他家里跑。男人们下了工，端着饭碗也往他家跑。大家陪着他，为他鼓劲。这次老人终于成功地离开了，他突然脚一蹬的那刻，大家竟然不约而同为他开心地欢呼，继而突然意识到，人真的走了，才愣愣地坠入巨大的沉默和悲伤中。

这悲伤真是无处排解，而且夹杂着懊恼和愤怒，最后办葬礼的时候，有人还是越想越不舒服，拿着香对着他的照片抱怨：谁让你离开得这么不专业，害我们都无法好好地告别。这种抱怨在即将送老人入土时达到顶点。祭祀的师公说：吉时已到，入土……

有人在那儿愤怒、激动、不甘地喊：我干，我干……

土一埋，那人又气又恼，瘫在地上，喃喃地骂着：我他妈还没告别啊。

坐在墓地边，呜呜地哭了半天。

我阿太说，她真想认识第一个提出这个习俗的人，这人真是又坏又聪明又善良。

在这么大的命题面前，谁还顾得上和妯娌拌口角，和儿子争对错？人间的事情不重要，甚至按照这种方法离世能否真的升天也不重要。重要的是，在面向巨大的未知的恐怖时，这里有条明确的路。有条明确的路，多难走都会让人很心安。

因为这条路，我老家住着的应该是全天下最紧张、充实的老人。有时候我会恍惚，好像整个小镇是个巨大的人生学校，每一个即将离去的老人的家里，都是一个课堂。这群开心的老人，严肃认真地前来观摩一场场即将举办的葬礼，一起研习最后的人生课程。

阿太一度觉得自己是被死亡遗忘的人。

从六七十岁参加这个"死亡观摩团"，一直到九十九岁，我阿太猜了二三十年，死亡这家伙却死活不来。

一开始她是和闺蜜们手挽着手去观摩的。成群结队勾肩搭背，像一起去上学的幼儿园小朋友，叽叽喳喳，打打闹闹。

人老到将死的程度，有多少财富多少故事都不重要，最终还是回到了每个人的性格本色。小气的、胆小的、照顾欲强的……大家越活越直接，也好像越活越回去。

其中我阿太厌烦粗嗓子的阿花，阿花一说话，就像是有人胡乱敲着声音脆亮的锣。明明说着很开心的事情，却总让人烦。她最喜欢胆小的阿春。阿春比她小三岁，平时蹦蹦跳跳的，好像真以为自己是八岁的小姑娘。她很好奇人脚蹬那下是怎么样的，但偏偏又很胆小。每次卡着时间死抓硬拉，硬是把大家伙拉来观摩，但最关键的时刻，她偏偏有奇怪的直觉，猫一般小声地叫一下，捂着耳朵躲在阿太背后瑟瑟发抖。还忍不住好奇：死之前身体会抖吗？会发出什么叫声？

阿春却是阿太那个团最早"毕业"的小伙伴。其实过程很稀松平常。阿太一大早去敲门，问她要不要一起去菜市场的路边摊吃早餐。家里人说，今天早上发现她很不对，就把她的床搬到厅堂里了。

阿太愣了一下，"哦"了一声。她没往厅堂里看，转身就走。她平静地说：阿春爱吃面线糊，我去菜市场买点给她吃。

再回来的时候，阿春已经走了。阿太把面线糊放她床头，从此再不去她家。

同一个"观摩团"的小伙伴，一个个成功地躺到厅堂里了，一个个顺顺利利地脚一蹬走了，而自己却一次次被留下了。最后剩下的，还有那个粗嗓子的阿花。

这样的事情多了，阿太莫名有种留级生的心态。

她很嫌弃地看着她本来厌恶的阿花，说：我怎么就得和你留下来？听口气就知道，这其中有双重的愤怒。

那时候的阿花八十多岁了，嗓子还是粗粗的，只是声音不再饱满，感觉就像是生锈的锣敲出来的声音：就要我陪你呗。兀自笑得欢欣雀跃的。

最后一次和阿花结伴的时候，阿太是有直觉的，她心里一阵莫名慌，追着阿花说：你得比我晚走，记得啊。

阿花笑得锣鼓喧天：它要来了我和它打架总可以吧。我边打还要边喊：不行啊，我怎么能现在走啊？要走，我必须和那个蔡屋楼一起走。

哐哐哐，阿花笑得停不下来。

当天晚上阿太被叫醒：阿花还是走了。阿太连夜赶去她家里，看着阿花死得一副肥嘟嘟开心溢出的表情，阿太内心愤愤地笃定：她肯定没和死亡理论。她肯定没说要和我一起走。想来想去，实在气不过，偷偷掐了她一把，才骂骂咧咧地边抹眼泪边走回家。

自那之后，阿太便落单了。新的"观摩团"她也不想参加，偶尔拄着拐杖，绕着小镇走，一个个去看曾经的小伙伴的家。

阿太想，所以她们究竟去哪儿了呢？她们开心吗？

然后又想，我是做错了什么吗？还是我要完成什么才能离开？

边走边想，就是一整天。

阿太越念叨，死亡倒真像是久违的远房亲戚，总是要惦记着：哎呀，到底什么时候来啊？

念叨了一年又一年，孙子行完成年礼了，孙子结婚了，孙子有孩子了，孙子的孩子成年了……死亡还没来。而阿太对它的念叨，也像呼吸一样自然了。

生火准备做饭的时候在念叨，给重孙子换尿布的时候在念叨，吃完饭菜塞牙缝了，剔牙的时候也在念叨……以至于我认真地努力回想自己记忆的起点，我人生记住的第一句话真真切切就是阿太在说：哎呀，它怎么还没来？

小的时候我一度以为，这个"它"只是某个亲戚，不理解阿太的纠结，好奇地问：是谁啊？谁还没来啊？

阿太一开始还避讳在我面前说"死"这个字。开心的时候，阿太会说：是个喜欢捉迷藏的小朋友。生气的时候，阿太会说：一个没有信誉的坏蛋。

长到五六岁的时候，我知道阿太等不来的那个它，是死亡，我的好奇变成了：阿太你为什么要等死啊？

阿太嘴一咧：因为它该来了还不来啊。

既然我会问了，阿太在我面前也开始肆无忌惮地描绘她见过的死亡，和我（一个六岁的小孩）交流死亡来临前的征兆。比如濒死的时候，人的眼睛会突然变得很大，皮肤会突然变得光滑，"所以当一个老人突然变好看了，就差不多了"；比如，其实那时候的身体是更敏感的，连偏瘫许久的腿都能感知到风吹过的那薄薄的冰意；比如，其实那时候是感觉皮肤底下身体里面像是有什么在燃烧的……

最最重要的是："人真的是有灵魂的，所以最后脚总要蹬一下，蹬一下的时候，如果足够灵，肉眼都可以看到什么飞出来了，人的身体瞬间空了。"

阿太描绘时很激动，手舞足蹈的，我其实没有对这个说法提出疑问，但阿太坚持要拉我去看一下真实的死亡，因为，她认为，"相信人有灵魂很重要，你的一生心里才有着落"，以及，"知道怎么死才知道怎么活"。

我总不敢去，想着法子躲，但还是被阿太骗去了。那天，她笑眯眯地问我：要不要陪阿太去街上顺便看个老朋友啊？还有花生糖随意吃。

我走到那户人家门口，确实摆了许多桌子，桌子上放着可以随意拿的花生糖——这显然就是等候一个人离世的样子。往里看，果然看到厅堂里的床。我吓得哇哇大叫，转身想跑。

阿太的手像老鹰一样，紧紧把我按住，说：我老朋友快来了，等等啊。

我缩在阿太的怀抱里，和所有人一道安静、悲伤地等着那个人的死亡来临。就在一瞬间，果然看到了那人的脚用力地蹬了一下，像是有什么在跳出肉体——然后那人真的像个放了气的气球一下子瘪了，瘪成了一具平躺着的皮囊。

大家都知道他走了。

众人一起号哭，我也惊恐、难过地跟着号哭。我真的"看见"他离开了。

阿太紧紧抱着我，安抚着被吓坏的我，指着天上笑着说：哭什么啊？这说明他还在，只是飞走了，这还不好啊……

所以，当九十九岁的阿太兴高采烈地给在北京的我打电话，说：我要走啦，我真的要走啦，你赶紧回老家一趟。

我愣了一会儿，最终还是哈哈大笑：阿太，我怎么就不信呢？

爱信不信，你以为我不会死啊？阿太啪一下挂了电话，应该是发了很大的脾气。

让她生气的可能是：怎么这么看不起你阿太啊？都追踪死亡这么多年了，难道连这点本事都没有？

从高速公路拐下来，就是沿江修筑的路。

沿着路，顺着水流的方向往海边开，一路直直的，当车窗前迎来一片碎银一般的光，便是要拐弯了。一旦陆地不得不兜住，路不得不拐弯，便是快到入海口了。

我阿太的家就在这入海口。

我从小就特别喜欢这段路。人跟着水流，流到它的大海，然后就留守在告别它的地方。

小时候吃饭早，阿太爱在吃完晚饭后拉我到这儿遛弯。她带着我就站在这入海口，恰好太阳也要沉入海里，一汪红彤彤的光在远处的海中晕开，一直往河流的方向氤氲，直到整条河流都金黄金黄的。

那时候我总以为，就是这样，海接了夕阳的颜料，传递给了河流。一条河流接着另一条河流，河流又接上山间的溪流，溪流又接上一个个知道名字不知道名字的池塘，大家就这样一起在大地上金黄金黄起来。

我以为，每天全世界的江海河流，都要热热闹闹欢欣雀跃地完成这么一次传递游戏。

阿太特别喜欢站在入海口，往陆地回望。她眯着眼睛，好像看得见汇入大海的每条河流，以及汇成河流的每条小溪。她还教会我，要细致看，才看得到这江河湖海的秘密：在入海口，有条隐约的线，像是跑步比赛的终点线，线这边，水是一条条一缕缕游来的，仔细辨别，甚至还看得到不一样的颜色和不一样的性格——有的急有的缓，有的欢快有的滞重——最终突然在越过那条线的一瞬，全部化开了，融合成共同的颜色和共同的呼吸——那便是海了。

阿太说，潮一涨一跌，就是全世界奔波的水们，终于可以在这里安睡了。

当我再次抵达那个被玫瑰花丛包裹的院子的时候，阿太正坐在院子中间，像座岛屿。包围着她的，是阿太一生至今依然留在身边的物什。她把一辈子的东西都翻找出来，摊开在院子里。

海边的房子总需要有个院子，院子里可以晒制鱼干或者紫菜。

阿太围着院子种了一圈玫瑰。"空气就会变甜,还可以防贼。"阿太说。每次到阿太家,总可以呼吸到又甜又咸的空气。

那些物品散落在整个院子里,像是阿太用一辈子收获的鱼干或者紫菜,躺在阳光里,舒服地等着被阿太检视。阿太一个个认真端详,回忆这些物品是如何来到她身边,构成了她人生的哪个故事。

听到有人推开门的声音,阿太歪着头,眯着眼,喊了声:黑狗达吗?我要走了哦。

庭院中间的阿太,寿斑爬满了全身,皱出的沟壑像海浪,一浪一浪,在她身上延展。年纪越大,皮肤却莫名地越发光亮起来,阳光一照,像是披了一身海上的波光。

阿太牙齿全掉了,不开口说话的时候,像是气鼓鼓一般,一张嘴,声音还没有出来前,总感觉她准备哈哈大笑,但声音一出来,却平淡到让你觉得,像在婚宴上端上来了一道开水。经历了九十九年,阿太最终什么情绪的佐料都懒得加。

我嬉皮笑脸,边把行李放下边回嘴:反正阿太你会一直在的。

她也不和我争论,继续收拾着东西——

这次我很确定我要死了哦。到了我这个时候你就会知道,人要死的时候,第一个登门拜访的,是记忆。这些记忆会来得很突然,胡蹦乱跳,有时候还会大嚷大叫。不要慌,一定睁眼睛看,看清楚它们,看清楚它们的头、它们的脚、它们的肚子,就会知道,它们不是跳蚤,不是来咬你烦你的,它们就像一只只小狗,来陪你的。要对它们笑，越欢迎它们，来陪你的记忆会越多，路上就越不孤单。

我听得有点难过了，说：阿太你不会走的。

阿太像没听见我的话，继续说：

人一辈子，会认识很多朋友。一出生就可以认识饥饿、认识占有，然后八九岁你会开始认识忧伤、认识烦恼……十几岁你会开始认识欲望、认识爱情，然后有的人开始认识责任、认识眷念、认识别离、认识痛苦……你要记得，它们都是很值得认识、很值得尊重的朋友。

等你再过个几十年，你会认识衰老。衰老这个家伙，虽然名字听着很老，但其实很调皮，它会在你记忆里，开始关上一盏盏灯，你会发现自己的脑子一片片开始黑。有时候你可能只是在炒菜，突然想，哎呀，我哪部分很重要的记忆好像被偷偷关掉了。可能你在上厕所，突然察觉，好像有什么被偷了。你慢慢会很紧张，很珍惜，当有一个让你有幸福感的故事出现，你努力告诉自己一定要记住，但是哪一天你会突然想，要记住的是什么事情啊？然后当你生气的时候，抬头看看，衰老那家伙已经在笑嘻嘻地看着你了。

反而，死亡是个不错的家伙，当它要来了，它会把灯给你打开，因为死亡认为，这些记忆，都是你的财富。死亡是非常公平但可能欠缺点幽默感的朋友。

我眼眶红了，说：阿太你不会走的。

阿太感觉到我开始相信她要走了，咧开嘴笑得很开心：我叫你回来,是想送你我这双眼睛。

阿太指了指自己的眼睛。她的眼睛浊黄浊黄,像是一摊阳光。

我告诉你一个秘密,我难过的时候,闭上眼,就可以看到自己飞起来。轻轻跳出躯壳,直直往上飘。浮到接近云朵的位置,然后往下看啊,会看得见你的村庄在怎么样一块地上,你的房子在怎么样一个村里,你的家人和你自己在怎么样一个房子里,你的人生在一个怎么样的地方,会看到,现在面对的一切,在怎么样的命运里。然后会看到命运的河流,它在流动着。就会知道,自己浸泡在怎么样的人生里。这双眼睛是我的命运给我的。看到足够的大地,就能看到足够的自己。

泪水已经模糊了我的眼睛。我确信,阿太看到她的死亡了。

阿太不耐烦地擦去我的眼泪,她不想我打断她的讲述。我正对着她的眼睛,像面对着夕阳。

阿太继续说着:死亡这家伙多好,把记忆全带回来了,你看,它们现在就围绕着咱们,和咱们一起在这院子里晒着太阳。

我好像看到了阿太的记忆们,也看到了阿太的死亡,我看到她的死亡很高贵,它很有礼节,风度翩翩。它的早早到来,在于它认为,让一个人手忙脚乱地离开,总是那么失礼。阿太好像已经和它交上了很好的朋友,她坐在那儿,坐在死亡为她点亮的所有的记忆里面。那些记忆,一片一片,像是安静的海面,一闪一闪。

阿太要开始讲她的人生了,她就站在自己命运的入海口,回望自己生命里的每条溪流。她眯上眼的样子,又像在回味某道好吃的菜:我的命运可有趣了。然后把身子一摊,像是个在阳光下沙滩上晒着太阳伸懒腰的年轻人:

我十五岁那一年,我阿母把我带到一个神婆家里算命,那个神婆看着我说:这孩子啊,可怜啊,到老无子无孙无儿送终。我阿母恼极了:说什么啊?那神婆重复道:无子无孙无儿送终。我阿母顾不上对方自称是神明附身,把手帕一扔便要去打她。不想,被那神婆一把抓住,嗔怪着一推:是你要问的,又不是我要说的。那神婆转身想离开,我本来无所谓这种神神道道的事情,但看到阿母被欺负了,也生气,追着那个神婆问:谁说的?

神婆转过身,说:命运说的。

然后我撸起袖子,两手往腰间一叉,脚一跺,说:那我生气了,我要和他吵架了。

阿太说这话的时候,自己笑开了,我知道她看到了,看到了八十多年前那个气鼓鼓的自己。

我也看到了——

回忆一

层层浪

你们就此没有 过去，
只有将来-

我十二岁那会儿,我阿母每天都要去烧香问卜。

倒不是求神明,而更像是去找神明们讨说法的。

早上六七点的样子,她挎上竹篮,放一袋粿子,抓一把香,便要出门了。我和我阿妹——你太姨,就赶紧追了出来,跟在后面。

我阿母缠过脚的,穿的鞋比十二岁的我穿的大不了多少,走路走得格外用力,左右左右一扭一扭,两只手跟着像船桨摆动起来。

我和我阿妹——你太姨,一左一右追着她走。太远,总感觉要被抛下了;太近,随时要被手甩到。我们仨,看上去像是一个罗汉领着哼哈二将,又或者佘太君领着杨门小女将。只差没喊:冲啊。

虽然看着这配备,就可以笃定是去烧香的,但总有人不相信地问:这是去哪儿啊?

拜神去——阿母的回答像支箭,在提问者的语气词还没结束时,就当即射到了耳根。

我也是那一年才知道,为什么咱们这庙多:因为人生需要解决的问题真多，一个神明，不够。

庙都是沿着海边修的，像是圈着海的一个个哨所。

从我娘家出门右转，第一座庙是夫人妈庙。夫人妈是床母，男欢女爱以及小孩的事情归她管。庙里墙壁上画满了二十四孝，还有些壁画，平时是用红布遮着的，只有新郎新娘结婚那天才能挑起红布看。

第二个是妈祖娘娘庙。妈祖娘娘的庙里，总是鸡飞狗跳的。乡邻们处理渔获的时候在那儿，打牌的时候在那儿，到了饭点端着饭菜也都聚到庙里吃。边吃边相互逗闹着。我阿母在那儿问卜的时候，总要被打断——有人嬉嬉笑笑地突然冲到妈祖娘娘面前嚷着：妈祖娘娘评评理，是不是我看上去就比她腰细屁股大？另外一个人追来：妈祖娘娘会笑你老来傻，这么大年纪还不正经……

我问过阿母，这妈祖娘娘管什么。阿母回答：妈祖娘娘就是大家的阿母。

第三座庙是关帝爷庙。正中间是关帝爷捧书夜读的神像，左边的墙壁上镌刻着"春秋"，右边是"大义"。神殿层层叠叠的梁柱上垂下一盏盏油灯，星星点点的，像星空。

第四座庙是三公爷庙。他整个脸都是黑的，据说是因为帮皇帝试毒药中毒而亡，因而升天当神的。他管的好像是世间的公正。

第五座是孔夫子庙，第六座是观音殿，第七座是……

我最不喜欢去的，是最后一座大普公庙，大普公庙就在入海口——我后来的婆家这边。

这庙里除了大普公，还有黑白无常以及一尊黑狗的神像。按照咱们这里的说法，有些人死后还会因为眷念、仇恨、不甘等而不愿意离开，这些魂灵留在人间总要搞出点事情，大普公的职责就是普度众生，帮着它们升天。

据说一年到头，大普公都在走街串巷，寻找窝在某些隐秘角落的魂灵，把它们一个个，哄小孩般哄到自己的庙里来。但升天仪式一年只有一次，那就是七月的最后一天，其他时候，大普公搜寻来的魂灵就都暂时住在庙里。

也不知道是不是暗示，我总觉得那座庙凉飕飕的，又莫名有种拥挤感——毕竟这么多魂灵和大普公挤在这么一座小小的庙里，该多不方便。我因此觉得大普公的神像总是一副愁眉苦脸的样子。

只有七月才说得上热闹。七月一开月，整座庙陆续排满纸扎的马，到了七月的最后一日，把所有纸马一起拿到庙前的广场上，一匹匹摆好，头朝西边的方向，再一匹匹点燃——按照咱们这儿的说法，这一匹匹马驮着一个个灵魂就此飞天了。

烧纸马的时候，镇上总有人要来围观，眼睛死死盯着一匹匹燃烧的纸马，好像真的在辨认，是谁骑上了这些马。

有人喊着：看到了看到了，它升天了。哭得梨花带雨。有人如释重负：总算走了啊。我看不到他们眼里的东西，但我看到了他们，千姿百态的，我在想，或许他们看到的从来就是他们心里想的,或许,人从来只能看到自己心里想的。

阿母确实看上去太不像去拜拜的人了,她兀自往前冲,嘴里还总要咬牙切齿地念叨着:不应该啊?凭什么啊?我不服啊……

每到一座庙,就把那袋粿子一放,点上三根香,开闸泄洪般,噼里啪啦说着想问的事情,然后拉着我们坐在长椅上,自己却突然很爽快地闭上眼睛,真真切切地打起盹来,留下我和我阿妹定定地坐在位子上。

我阿母打盹是为了等神明。按照咱们这儿的说法,你烧香和神明说了事情,他得花时间去调查去研究。如果赶时间,至少也要给神明十五分钟;如果不赶时间,最好等半个小时以上。

除了妈祖庙,大部分庙是很安静的。偶尔有人边烧香边喃喃地和神明说点什么,剩下的就只有外面的虫鸣和海浪声。微风推着臃肿的香雾缓缓地在庙里游走,很是催眠。难怪镇上那些睡不好觉的人,晚上总爱来庙里打地铺。

我一度怀疑我阿母就是来庙里睡一个个觉的。夜里在家,她总是一声叹息接着一声叹息,直到天亮。

几乎恰恰半小时,阿母就会突然醒来,自说自话:给他的时间够多了吧。

其实也不用我耳朵尖,特意去听什么,阿母问起神明来,简直是用吼的。

一开始是关于我阿爸的：孩子的阿爸还活着吗？在哪儿？会回来吗？

后来变成关于自己的：我是不是做错什么了？我为什么要遭受这些？什么时候是个头啊？

再后来甚至还会有关于这世界的：人生值得过下去吗？我为什么要活着？这世界会好吗？

自懂事后，我就没见过我阿爸了，而我阿妹——你太姨，从落地那刻就没见过他。我阿妹喜欢逮住阿母不在，并且我发呆的时候，冷不丁甩出来问：所以阿爸长什么样？

她一问，我就赶紧跑。

不是不回答，是因为，我怀疑我记得的阿爸，是自己想象的。因为那个阿爸，一会儿像掌舵的王舵哥，一会儿像卖肉的苏肉荣，有时候还会像开理发店的剃头张。

我后来想到一个方法：可以从自己身上找阿爸。

我有段时间老爱盯着铜镜看，铜镜里朦朦胧胧的五官，剔除掉我阿母遗传的部分，应该都是阿爸的吧。我用毛笔偷偷画下来，留着大约半张脸的线索，然后盯着我阿妹的脸，又添了二三分。

我把画折叠好藏在内衬的兜里，感觉好像找到了我阿爸。

我觉得我找到阿爸了。

我阿母用的占卜方式，一开始是掷筊——将两块有阴阳两面的木片，随机从空中抛下，根据阴阳面的不同组合，来表达神明的赞成、否定和不置可否。

阿母掷起筊来，愣是问出了当街吵架的气势。木片两面阴，代表神明否定——我阿母会接：我怎么就不信呢？木片两面阳，代表神明不置可否——您不能不说话啊！木片一阴一阳，表达肯定——您肯定什么啊，您说啊……

阿母言辞激烈地询问时，我总会抬头看神明。

这一尊尊神明，无论哪个宗教哪个来源哪种神通，眼睛总是半乜着，都是注视着你，慈祥悲悯的样子。

看着神像的眼睛，我总觉得他在可怜我阿母，还感觉他在可怜我。

我一感觉他是在可怜我，我总会想哭。

我不知道阿母在这样的眼睛注视中，为什么还能生龙活虎地和神明吵架。

阿母的问卜实在太打扰人了，后来有位庙公建议她还是用抽签诗的方式。为了说服我阿母，庙公说了一个道理：因为这世间的道理，故事才能讲得清楚。

其实我还挺喜欢抽签诗的——小竹筒里装满了竹签，每根竹签有对应签诗号，边反复强调着自己想问的事情，边晃动竹筒，直到跳出一根，然后再用掷筊去确定是否便是神明想说的话，抽中的签对应的是一个个故事，有神话故事、民间传说、历史演义……

拿到对应的故事，如果实在不理解说的什么道理，可以去找庙公或者庙婆解签。

庙里总有看庙的庙公或者庙婆，都有各种来历：有的人是附近村里的私生子，入不了族谱，又没有人收留；有的是流浪汉，跟着自己命运的境遇兜兜转转到这儿；还有根本不知道过去的人……只要他们敢在神像面前宣称"神明叫我留下来伺候"，然后在村民的见证下当场问卜，连中三次，便是神的旨意了。他原来的世间的身份和故事从此一笔勾销，唯一的身份就是这个庙的人了。他的职责就是打扫寺庙以及讲解神明的回答。

我阿母就此，从争吵式掷珓，变成了争吵式解签。

为什么这个故事就说明这个道理呢？这个道理和我有什么关系呢？争论着急了，还对庙公人身攻击：你这个自己日子都过不明白的人，有什么资格劝我？

庙公一听愣了，自己躲到一边抽烟去了。有次一个庙婆还被我阿母怼到哭了起来，嘶喊着：我都躲这里了，为什么还要被这么折磨？我阿母倒大度了，轻拍着那庙婆安慰着：这人生就是这样的。

好像把人弄哭的，真的不是她，是人生。

阿母正忙着和庙公庙婆争论得脸红脖子粗，我和我阿妹就把签诗拿出来一段段读，日复一日地，我真切地觉得像是神明在和我说故事。我后来甚至还感觉听到了神明的声音。我把签诗偷偷带回家,塞在自己的枕头里,自此,我看着别的孩子被阿爸扛在肩膀上走过,我心里总会想:有什么了不起的,我还有神明每天和我说睡前故事呢。

进一座庙,要一个说法,带走一个故事,然后再去下一个庙讨取一个新的故事。

我当时怎么都想不到,阿母这样的征程,能够日复一日年复一年地进行下去。

我那时候跟在她后面走,会忍不住想:为什么她对自己的人生这么不解?又或者,命运真的可以理解吗?为什么要执着去找答案?

阿母总有莫名的直觉。有次我在胡乱想着,她突然停下来,上半身转过来,下半身死死定住,一副无可奈何但又很生气的样子:我也是第一次过人生,我也不懂。你们不要指望我教你们什么。

原本已经转身回去继续赶路了,感觉不解气,再转身过来,对着我吼:总之,就是不要像我。然后用了一个我没有想到的词语解释:我被卡住了。

阿母怎么被卡住的,她没有再说,但是到处有人说。

这个海边小镇的人,哪有什么精神生活,但人真不能只是靠吃东西活着的,一个人生命中的鸡毛蒜皮和酸甜苦辣,就是别人有滋有味的精神养料。

当我走过菜市场、走过街道、走过庙宇，听到不同的窃窃私语，自然就知道了全部的故事。所以我知道阿母说的是实话，阿母确实是被卡住了，而且是她和整个家族的几代人，因为她，或者说，从她开始，一起被卡住了。

我阿母可能是他们那代人，小镇唯一缠脚的姑娘了。

缠脚在其他地方可能不算什么，在咱们海边这儿，可不是小事——那意味着就是铁定心要当"陆地"的人。

生在海边的人，总喜欢叫自己讨海人——向海讨生活的人。

讨海人无论站在哪儿，都觉得是站在船上，讨海人觉得土地下面还是海，觉得土地随时会像甲板一样摇晃的。不缠脚的人掌面宽，脚才抓得住甲板。

而缠脚的人，把自己的脚尖挤压成这树根一般细细长长的一条，在海边人看来，就是恶狠狠地宣布，要断了和大海的关系——这可太叛逆了。

一定要给我阿母缠脚的是我爷爷，这在当时真是个轰动乡里的事情。缠脚师傅据说是我爷爷骑着送胭脂水粉的三轮车，从泉州城里载过来的。

我爷爷可是入了咱们这里童谣的大人物。你听过"胭脂粉，摇货郎，三轮车，咔咔响"吗？讲的就是我爷爷，讲的就是现在停在咱院子里的那辆三轮车。

我爷爷原来和他阿爸、阿爸的阿爸、阿爸的阿爸的阿爸一样，都是装卸工。

家族遗传风湿病，脚伸进海水就刺骨地疼。生在土地长不出粮食的地方，又偏偏碰不了海水，家族里的几代人个个脑袋各种不服气，个个想法试着各种人生，最终，都是当上了港口的装卸工——海边唯一不用下水又相对挣得多一点的工作。

你看他们不怕出力不怕脏，因为下不了海，只能当装卸工——是命运把他们按在这个角色里的。所以，以后你看到谁被按在哪个角色里，无论你喜不喜欢那个角色，无论那个角色多讨人厌多脏，你还是要看到按在他身上的那个命运的手指头，说不定命运的手指头一松，他就马上脱离那个角色了。

前几代人的命运虽然别扭，但也不至于无路可走。虽然风湿病从这一代完好地传给下一代，却终究神奇地总能代代单传，总可以有男丁。而男丁无论如何还可以走当装卸工这条狭窄的路。

这个神奇的传统，成了这个家族唯一能借此自我安慰，甚至可以可怜地炫耀的点。这个家族的人因此在生孩子这个问题上特别好事，有人结婚，就跟着问，什么时候生小孩？哪户人家怀上了，怀多久了，这家族的人上上下下了若指掌，因为他们休息、吃饭、睡觉前聊的都是这些事情。掐准了时间，哪个人要生了，这家族肯定有人早早在候着。甚至后来小镇的人干脆不计算自己怀上孩子的时间，只要看到那家族有人搬个小板凳，放在自家门口，他们就知道，自家的孩子该生了。

而这户人家要的，就是孩子出生了，探头去看看，是男孩还是女孩。是男孩，咧嘴一笑：运气不错啊。是女孩，咧嘴一笑：下次会是男的。

因此，这个家族曾经一度就这样成为令人看不起又讨厌的家族。

然而，就是这么个家族，突然在我爷爷那一代，奇特的境遇消失了——我爷爷也只生了一个小孩——就我阿母一个女儿。

据说我阿母出生的时候，我太爷爷和我爷爷先是一愣，然后是我太爷爷拍了拍大腿，用说戏的腔调嚷着：这不，老天爷在和我们开玩笑啊。指着我爷爷奶奶说：你们再努力就是了。好像他用这种腔调，就可以强迫老天爷承认这真是开玩笑。

但是第二年，奶奶的肚子没动静；第三年，没有起色……

我太爷爷是拖到第五年才领着我爷爷偷偷去隔壁镇子看医生的。此前没找医生，或许是不敢，又或许一直侥幸着——人对自己害怕的事情总会这样。隔壁镇子离咱们这走路十几里。我听说的是，我太爷爷领着我爷爷，一路哭了十几里走回来的，边哭边喊着：香火要断啦，香火要断啦。

在咱们这儿，这香火的延续可太重要了。

咱们这儿，相信人肯定是有魂灵的。去世后，无论升天、入地府还是游荡在人间，都还是要吃饭还是要花钱还是要生活的——比如过那条河，也会有河鬼出来讨买路钱的。能给这些魂灵财富和食物的，只有他们的后代。

只有一代传一代，每一代都有人勤勤恳恳地按照规定的节日烧香烧金纸，祖宗的魂灵们的生活才有着落。自然，越多子孙烧，烧的金纸越多，这祖宗的魂灵就越阔。

所以我太爷爷的难过，还带着重重的担忧：我怎么能让我的父亲我的爷爷我的祖宗都一起挨饿呢？我死了以后怎么办啊？我要如何向他们解释啊？

厅堂正中供奉着神明们，两旁摆着的是祖宗们的牌位。看完医生回来后，我太爷爷回家一看到厅堂，头就往下低。自此，低着头进门，低着头出门，低着头吃饭，低着头发呆，睡觉没办法低着头，就用两只手捂着脸。

我爷爷和我太爷爷说：你没做错什么，你不要一直低着头。

我太爷爷和我爷爷说：我也不知道为什么，但我就是错了。

我估计，我太爷爷应该还有无法说理的错愕：人生这么漫长，自己也勤勤恳恳地走，怎么把全家族的路都走断了。

我估计，我太爷爷应该还有无法说理的委屈：这老天，怎么说变就变？哪怕给个提示，或者来个解释也好。

那种想不明白的事情，就如同卡在胸口的鱼骨，不致命，但就是卡着，而且会越卡越深。卡得越深，胸口越疼。胸口越疼，太爷爷的胸部就越是习惯性缩着,头就自然越来越低了,直到——头低到都可以直接撞到门槛石了。

我自然没见过太爷爷,我只是听我爷爷说过,当时他看着我太爷爷走路,心里那个慌。像头老迈的牛,直直往前杵,把自己撞得头破血流。

我太爷爷那么多年来第一次脸朝天,就是他要走的那一天。他当时就躺在自己撞到的门槛边上,眯着眼睛,死死盯住太阳,好像他把这一辈子本来应该悠闲晒着的太阳都补回来了。

我爷爷一进门就喊:阿爸啊。

我太爷爷一听喊声,应了句:在这儿啊。

泪水就汩汩地流,然后说了两句话。

一句是:嘿嘿,你说,活成这样和谁讲理去?

一句是:金纸烧多点。

说完脚一蹬,一边哭一边笑着,走了。

我爷爷说,那时候第一反应还真不是难过,是带着某种被羞辱的悲愤:我太爷爷活得算什么玩意儿,死得又算什么玩意儿?

我爷爷知道太爷爷的意思:他怕以后没有人烧金纸,他想一次性多带点过去。

我爷爷明白了这个意思,但内心更是不满地责怪:就这么认了,到地府后继续挨这无穷无尽难受的日子?

所以,给太爷爷烧金纸的时候我爷爷哭,吃饭的时候哭,睡觉的时候哭……哭着去拉屎，哭着去给我阿母喂饭，哭着去搬运。边哭边搬运的时候一趔趄，肩上的麻袋子和人一起摔在地上，地上的水瞬间就红了。我爷爷以为是自己流血了，坐在那摊血红里继续呜呜地哭。

直到他听到旁边还有个人哭，一抬头是货主，边哭还边跺着脚：哎呀哎呀，你没流血啊，是我流血啊，我的胭脂没了啊。

什么是胭脂？我爷爷哭着问。

就是城里那些婆娘抹着好看的啊，金贵金贵的。货主哭着回。

我没钱，我命赔你。我爷爷想着反正自己的命也不值钱。

那货主白了我爷爷一眼：我用钱可以买的命可多了，你的我不要。

我爷爷莫名像被雷劈了一样，开窍了。

据我阿母的说法，自那之后，我爷爷不哭了。一开始是靠每天搬运的时候偷点胭脂出去卖，卖着卖着，就托人从南洋买来那辆三轮车，也和南洋的进口商敲定了胭脂成本价，自此开始走街串巷地卖胭脂了。

其实，这小镇没有人关心我爷爷为什么突然不哭了，也没有人在乎我爷爷只生了个女儿，大家的生活各有一片望不到头的汪洋，谁是发自内心管他人的风波的？就是有整个家族的男人一起出大海全部没了，这样的故事大家也就讨论个四五天。小镇的男人对我爷爷这个人在乎的是，怎么这家伙突然有钱了？女人在乎的是，有没有什么最新的胭脂？

但我爷爷见人，总要提起自己只生了女儿这件事情，他已经找到了新的理解方式：我生女儿就是老天要给我们家族安排全新的故事啦，就此要转大运啊。

至于家族的香火？招，招个人入赘不就好了，反正我有钱了！说完之后，我爷爷还是会惋惜：可惜我阿爸看不懂命运，他不知道，和说书一样，故事总有起承转合的嘛。转啦转啦，我爷爷乐呵呵地喊，我们家族的故事从我开始转啦。

自有了这样的认识，我爷爷活得特别有奔头，骑着三轮车，摇着拨浪鼓，用自己发明的腔调喊着：胭脂——啊，水粉！胭脂——啊，水粉！见着俊俏的小男孩，便要开心地停下来，咧开嘴问：哎呀，你是哪家的崽啊？每天傍晚都要站到小镇最高的石头上去，眯着眼，像仔细地打量着属于自己的稻田一样——好像整个小镇光着屁股到处跑的男孩，都是他的女婿候选人。

我曾经在发呆时想象过我阿母的童年，想着想着，觉得可真是别扭。两三岁的时候，我爷爷就每天想着让她和不同的人定娃娃亲，以至于到最后每次看到我爷爷领着我阿母走过来，有男孩子的家人就赶紧让自己孩子躲进屋；阿母五六岁的时候，我爷爷就每天晚上给她一个个分析不同男孩子的家庭和性格……他甚至随身带着两个账本，一个是胭脂水粉的账本，一个是小镇上所有适龄男孩子的名册，每个名字下面，还写着他不断观察后做的批注，遇上特别喜欢的，我爷爷还特意在上面用最上等的胭脂把名字涂红。

我爷爷的魔怔持续了十几年，于小镇来说，像是看了部长达十几年的连续剧。终于，随着我阿母长到十六岁，大家都知道，故事的高潮要来了。

果然，我阿母十六岁生日那一年，刚开年，我爷爷便把整个房子的梁柱都刷了一遍漆；紧接着把厅堂的家具全扔了，换了一套全新的海南黄花梨；最后把门楣的那块刻有堂号的石雕换了，换成有镂空雕花的，还描上了大金字。

女孩子成年礼是不能请客的，我爷爷买了一堆粮油，家家户户地送，然后我阿母十六岁的生日一过，我爷爷拿出他的名册，排好了他认为的等级，把小镇的媒婆都叫来，分了各自的片区，各自撺掇去了。

咱们这儿，结婚一般都是靠相亲，相亲一般一上来就问：你是讨大海还是讨小海的啊？

咱们这儿，人生就分为这两种。

这个问题很重要，想过不同人生的人，生活是过不到一起的。你看咱们这儿，妻子叫"某"，找某的过程，就是找自己的过程。找不到自己前，千万不要找妻子，你找到的某不是你自己，你们早晚会分离的。

总说靠海吃海，其实靠海也不得不吃海，咱们这儿，土地被海水淹渍太久了，红红的，咸咸的，除了地瓜和花生，其他作物都不让活。咱们这儿，一出生，大海就尖着嗓子问人们：你打算怎么和我相处啊？你打算怎么活啊？咄咄逼人、唠里唠叨的，成千上万年地念着，你仔细去听听，海水一涨一退，一呼一吸，潮水上来哗啦哗啦的，下去哗啦哗啦的，问的都是这个问题。

这世界最唠叨的就是咱们这儿的海了。

讨小海的人，胆怯也好，知足也罢，也可能因胆怯而知足，也可能因为知足而胆怯。总之惦念着人间的这点小烟火，就趁着海水的涨跌，跑到退潮后的湿地里，收拾些小鱼小虾小蟹小贝。可以没有船，要有也是小船，就沿着大陆架搜寻自己生活的可能，半步雷池不越。

海好像也愿意犒劳这样的人，只要你按照它划定的地盘、划定的时间去找，它总会留一份合理的口粮在海土里。有时候藏在海土的一个细孔里，有时候埋在沙子底下，有时候就在一片礁石的背面。这样的人生，早出晚归的，像固定时间和海做游戏的玩伴，也像种田的农民，累是累了点，但每天早晨都是面对基本确定的人生，每个晚上都可以拥着自家家人入睡。

讨大海的人不一样。讨大海的人，心里装的都是那唠里唠叨的海浪声：你怎么活啊？你怎么活啊？还是尖着嗓子的。这样的人走出家门就会往海那边看。地面对他们来说就是休息站，他们实际的家在海上，他们活在海浪声里——你怎么活啊？

这样的人最终都会谋得出海的工作，或许运货去其他国家，或者去深海处捕大鱼。这样的人出门一趟得半年甚至一两年，一趟回来的收获能吃个两三年。这样的人出门往往一趟比一趟远，一趟比一趟冒险。这样的人最终很少能把自己的坟墓真正地留在地面上，所以他们经常随身带着神明的塑像，实在遇险回不来了，就对着神明喊：记得把我带回去啊。然后自己就安然随着船被海一口吞了。

我爷爷只给了媒婆一个条件：咱们就要讨小海的人——毕竟还希望他以后不讨海了，随我摇拨浪鼓去。

我阿母倒真没有什么特别的叛逆。她是厌烦着父亲那生硬的意图，但她从小就知道，自己出生在一个怎样命运的家族里。在这样的家族里，我爷爷必然会有这样的偏执的，她的命运肯定要往这个方向推的，就如同暗潮推着浪，一个个浪头就这样推推搡搡地往前走。但她就是想和我爷爷的意图稍微杠一下，显得自己不至于太没自我，哪怕最终只是激起一点小浪花。她莫名在心里定了个规矩：我先拒绝三十个，此后的再认真看。

为什么是三十个？那也只是随便蹦出来的数字。

我阿母十六岁生日一过，隔天，我爷爷早早起床，假装若无其事地舒展身体，憋着藏不住的笑意，换上新制的衣裳，泡上山里刚来的铁观音，打开家里的大门，然后急匆匆地坐回厅堂正中的位置，跷着二郎腿，头一晃一晃，脚跟着一抖一抖，乐滋滋地等着上门的人。他事先交代好了，就让我阿母按照习俗躲在二楼的阁楼里，阁楼有个小窗，可以窥见厅堂里的情况。他强调自己很尊重我阿母的意思，提醒说，只要一看上眼，就敲敲木梁，他就允了。

我爷爷自信，这十几年来，他日复一日地分析一个个候选人给我阿母听，我阿母总会知道如何辨别的。

第一天来的人真是多，二十个总该有的。有几个还是我爷爷册子上特意用胭脂标出的、心尖尖上的人。这些人在门口排着队，轮流在爷爷乐呵呵的注视中走进来，在爷爷乐呵呵的注视中坐下。

应该是特意收拾过的，大部分人是一整年难得的清爽。他们笑着给我爷爷奉上茶，笑着等我爷爷的问题。我爷爷每看一个，都要先自己乐呵一阵。问的问题，翻来覆去就这几个：打算生多少个小孩啊？都可以随我们家姓吧？

等来的当然是肯定的回答。

然后我爷爷就不断地说着好好好，笑眯眯地看着对方，默默地等楼上的动静。但偏偏左等右等，等不来我阿母敲柱子的声音。我爷爷假装被茶水呛到咳嗽，阁楼上没有回应；假装水一不小心弄湿了衣服，起身回房换衣服，阁楼上没回应；假装回房的时候，不小心磕到柱子——阁楼上还是没有回应。

一个接一个的人过去了，我爷爷的脸笑僵了，心情也实实在在地僵了。等到晚上门一关，我爷爷跑到阁楼下方，踢着那根木柱，着急地问：就没看上？一个都没看上？

其实，我阿母在阁楼上偷偷睡着了，听见我爷爷嚷，赶紧探出头，认真地点点头。

那个蔡三没看上？你看那腿，比我粗壮一倍，孩子将来随他，个个都壮啊。

我阿母点点头。

那个黄景郎没看上？那可是读书的人家，祖上出过秀才的啊，要不是他父亲从京城回来染风病没了，哪会愿意入赘咱家啊。

我阿母点点头。

那个张章章呢？我从小看他就脑子活络，而且长得俊啊。

我阿母点点头。

我爷爷气得跺脚：那你喜欢什么样的？

阿母想了想，说不出来：就看对眼的吧。

阿母莫名觉得好玩，咧开嘴对着我爷爷笑。爷爷气恼到最后也只能问：明天继续看？

阿母点点头。

第二天来了五六个人。

第三天来了两三个人。

第四天没人来了。

我阿母在阁楼上睡了四天。

第五天，我爷爷坐在大开的厅堂里，沏的茶换了一盏又一盏，等不到一个人来。在家里踱来踱去，气出不来，自己用脚不断踢着柱子。终于还是忍不住，骑上三轮车，往一个个媒婆家里去，问了一圈下来，原因很简单：小镇就这么点人，年纪合适还愿意入赘的，就这么多了。

知道答案后，爷爷气呼呼地往家里奔。

阿母还躲在阁楼上，爷爷仰着头对着她嚷：你究竟要什么人？要什么人？整个小镇没人了，你还看不上。

我阿母本来又睡着了，吓得一哆嗦，意识到自己好像闯祸了，但又不敢和自己的阿爸解释，悠悠地说：要不把以前的再重新叫来一遍，我当时看得不太真切。

父女俩还在生着气，门口有人在探头探脑。

我爷爷不认得这个人，他没在自己的名册里，没在自己从小观察到大的印象里。爷爷疑惑地问：小伙子来相亲的？

小伙子点点头。

但终究是个小伙子啊，长得还挺周正，我爷爷笑着说：小伙子赶紧进来啊。

那人疑惑着进来，一句话都还没说，阁楼上敲柱子了——

后来我阿母才和我奶奶说：当时不就慌了吗？敲完再定神算算，好像恰恰是第三十个人，命定之数啊。再定睛看看，好像长得也还可以。

听到柱子被敲响了，我爷爷兴奋得脸一直抽动，但他还是假装镇定地询问：想生几个小孩啊？

小伙子愣了许久没回答。

都可以随我们姓？

小伙子又愣了。

奶奶在一旁，担心爷爷可能吓到太实诚的孩子了，想缓和下气氛，问了句：你是讨大海的还是讨小海的？

这个问题，小伙子倒马上回答了：当然讨大海啊。

虽然很困惑于女儿的选择，但无论如何，女儿肯嫁了，家族的命运可以延续了。我爷爷还是耐着好奇，几次试探性地问：女儿啊，你是怎么看男人的啊？你怎么挑的啊？

阿母为了掩饰她其实什么都没想，就说：就直觉。直觉就是他了。

爷爷一听也是乐了，说不定是命运的安排呢！

不，这就是命运安排的！想了又想，我爷爷非常笃定地说。

接下来的几天，爷爷不断带信息给我阿母。

后来成为我阿爸的这个小伙子叫黄有海，原来是山区里的。十五六岁的时候，他村里一个失踪了三四十年的人带着一盒金子回来了，他去听那人讲故事，才知道，原来这世界是真的有海的，原来这海上都是有金子的。他家里的地很少，不到三亩，本来就要靠着租点田干活糊口,但偏偏他母亲止不住地生,一生一准就是个男孩。他算了算,六个兄弟六个家庭,加上自己的父母,这么多张嘴,这么薄的地,活不下去。算明白了,第二天他自己一个人,就往海边跑来了。

我爷爷说到这,重点点评了一句:人家祖传会生男孩的。

然后又继续说了:

黄有海来咱们这后,就想上船去工作。但毕竟是山里人啊,第一次跟着讨小海的上甲板,还是那种小舢板,就呕吐到脱水。被抬下来后,好几个月都不敢上船。

我爷爷说到这儿,乐得嘴全部咧开了,重点点评了一句:估计以后就要跟着我摇拨浪鼓了。他哪儿都去不了。

但他不是说要讨大海吗?我阿母问。

我爷爷一副过来人的样子:我年轻时候也想过讨大海啊。

我爷爷又继续说了:

黄有海毕竟十六七了,确实老喜欢盯着婆娘们看。但这小伙子,还真不嫖不越矩,有女人搭讪了,他还自己羞着不敢看。

我爷爷又点评了:人品也端正的。

我奶奶边听边笑:你这些信息从哪儿来的啊?

我爷爷摇了摇手上的拨浪鼓:全小镇的女人们都是我的耳目。

至此我爷爷非常满意,他觉得,让他生女儿,果然是命运送给他一个和祖宗们完全不一样的故事。

家族转运啦。爷爷开心地宣布。

整个婚礼筹备期间,我爷爷不断有发现。他发现自己太爷爷的墓地突然裂开,还长出来一朵花,乡亲提醒他要去修补,他咧开嘴:你不知道,坟墓开花,家族要发。家里有只老母鸡这一天突然一口气生了两颗蛋,我奶奶要拿去炒,他急忙拦住:那必须留着,鸡生双蛋,丁财两旺,所以得供着。有野狗连续几天宿在门口,我阿母想拿扫帚去撵,爷爷又拦住了:你看那只狗是黑色的吧,黑狗护宅,家有大财。但我阿母争辩着:它身上还有一片片白。我爷爷嘴一撇:那些白,不算。

总之处处都有吉兆,处处预示着:家族转运啦。

我阿母对于这场婚事,在入洞房的时候应该还没明白过来。热热闹闹的事情总有迷惑性,让大家都开开心心糊里糊涂地参与进去,直到最后才发现,这热闹的,竟然是要改变人生的事情,而且还是自己的事情。

我听说,我阿母拜完堂之后,脚就止不住地抖。估计是那红罩头一罩,才确定,这热闹真是自己的,新娘竟然是自己。

洞房花烛夜,红罩头一掀开,我阿母脱口就问:你是只想有口饭吃,还是真想成家?你是只想有个女人呢,还是想结婚?你是只想结婚,还是想和我结婚?结婚了你还要讨大海吗?

据说我阿爸也愣住了,许久才说:其实我还没见过你呢。

我不知道我阿母当时怎么答的。但是啊,生活不就这样吗?

我们还没见过未来的日子呢，但也一见面就这样过下去了啊。

以前在咱们这儿，男人和女人的分工是非常明晰的，男人是碰不得一件衣服、一副碗筷的。男人们在家里，就是得什么都不干，甚至盛个饭，都会觉得是不妥的。

乍一听，这分工对男人真好，其实也不是。

一来顺带的，家里的钱财随着礼俗和家务，全部都归女人管。财政大权在女人手上，看男人还翻出什么浪。另外，家里一切都不让男人干，也是在逼着男人们，得想想，家外面的事情如何去做啊。

毕竟是入赘，我阿爸拿不准，自己要干传统男人干的事情，还是干传统女人干的事情，还是传统男人、传统女人干的事情都要干。一大早起床，犹豫着自己该怎么做。我阿母突然喊住他，拿衣服给他穿上，又蹲下身，拿着鞋子给他穿上。领他到厅堂，厅堂里的八仙桌上就两副碗筷，我爷爷正笑眯眯地等着他。给阿爸盛好地瓜粥，我阿母就退回到厨房里，和我奶奶一起吃饭了。

这两个女人看着厅堂里的两个男人，你对我笑，我对你笑，好像这个家庭终于回归到了正常闽南家庭的样子。

我爷爷那时候真是感慨，吃那碗粥据说吃得眼眶泛红。他对着我阿爸说：你就是我儿子了。

我阿爸愣愣的，估计还在琢磨着突然披上的这身生活，合不合身。

我爷爷问我阿爸：要不要和我摇拨浪鼓去？

我阿爸回我爷爷：我还是想去讨大海。

我爷爷一副老神在在的样子：生好小孩再去？

我阿母对我阿爸是真好。毕竟，这是恋爱和结婚一起来的。我阿爸吃饭的时候她在偷偷看，我阿爸睡觉的时候她在偷偷看，我阿爸无聊地晃着的时候，她也在偷偷看。

她给我阿爸做衣服，做鞋子，做各种汤。

这样的日子，对我阿爸也是真好，但又真别扭。过惯了没劳作就要饿肚子的日子，怎么不干活地把一天天过下去，这个他真不懂。

而且当"怎么才能不饿肚子"这个问题不再天天摆在眼前了，他才发现，这生活如何过下去，他从来没有想过啊。

我阿爸问：咱们有船吗？要不我走船去？我爷爷笑眯眯地答：咱们没有。

咱们有地吗？要不我种田去？我爷爷笑眯眯地答：咱们没有。

我爷爷察觉着我阿爸表情很不好，说：要不你出去玩？

每天我阿爸早上吃完饭就出门，到饭点再回来，沿着海边一圈圈走，看人杀猪，看人做买卖，看人装卸，看人乞讨，看人奔丧……家里没有人知道他开心不开心，反正他从未在外面过夜，也从来没有什么不好的消息传回家里。

我爷爷察觉我阿爸的表情依然很不好，说：还是不开心？

我阿爸说：我不会玩啊。

成亲才一个月，我阿母就发现自己怀孕了。生的是我。

我爷爷说：没关系，这才第一个啊。你们手脚再快点啊。

生完我没几年，我阿母又怀上了。又等了九个月，生下了我妹——你太姨。

我爷爷乐呵呵地说：没关系，这才第二个啊。月子坐好，咱们继续啊。

然而生完我妹第二天，我阿爸说他出一下门。

那天晚上他没有回来。

从此再也没回来。

其实我阿爸没回来的第一个晚上，我爷爷就突然觉得，他永远不会回来了。

那天晚上，我爷爷一直等到第二天的鸡鸣。先是把熬不住在厅堂椅子上直接睡着的奶奶拉起来，问：咱们是不是对有海不好啊？

我奶奶睡得有点蒙，说：没有啊，不都挺好的？

我爷爷实在没琢磨透，在我阿母门外走来走去，努力让自己不去叫醒还在坐月子的我阿母。但我爷爷心里那个瘙痒啊，犹豫了许久，他还是推门进去了，小心翼翼地问：你是不是对姑爷不好啊？

我阿母醒来，坐起身，想了一遍又一遍：真的挺好的啊。

又想了一遍：真的很好啊。

又想了一遍，阿母哇一声哭出来了：我真的不知道哪里不好，是我不好吗？

自此爷爷不再问我阿母了。只是每天晚上说不上是心里梗得难受睡不着，还是总有点奇怪的侥幸心理，总想等着我阿爸。反正自那以后，我爷爷好像不怎么需要睡觉了。

晚上，爷爷经常坐在厅堂里，干干地发呆，坐到天亮。经常几个小时一动不动，像棵黑松。有次，我甚至看到一只燕子以为他真是树，飞到他肩膀上。他也不赶，直到燕子在他肩上拉了雪白雪白的屎。

白天还是骑着那辆三轮车出去，但拨浪鼓不摇了，叫卖声也不喊了，安静地在石板路铺就的巷子里穿梭。他最终没能开口去打听，他觉得丢人，又觉得有消息的人总会主动和他说。

小镇的女人们还是要用胭脂的啊，大家琢磨着时间，总会早早在各自家门口等。爷爷卖好胭脂，总像个乞丐一样，奇怪地赖在门口，眼睛直勾勾地看着那人家不肯走。才有人突然想明白：他是不是想让我们主动和他说一些线索啊。

大家开始苦思冥想地找有的没的线索给我爷爷，仿佛这才是买胭脂真正的钱。

有人说，那几天看到王氏的部队在港口招兵。

有人说，看到他和一个女人上了去往南洋的大船，说那女人还大着肚子。

还有人说，那天下午看到他在海里学游泳，不知道是不是浪太大，把他卷走了。

总之，哪一种说法都是：他不会回来了。

但我家还没传后啊。我爷爷小声地嘟囔。

打听了一圈又一圈，我爷爷终于推开我阿母的门，宣告：有海应该不回来了。

我阿母奶着我妹，不说话。

许久，爷爷说：咱们再找个？

爷爷笑眯眯地看着我阿母。

我阿母不说话。

又许久，爷爷说：没有香火了啊，祖宗们要饿肚子了哦。爷爷讨好地看着阿母。

阿母没说话。

我爷爷还想说什么话，但看着我阿母这样的表情，又想把这些话吞回去，突然，身体一抖，打了一个响嗝。

阿母看着爷爷，爷爷一直打着嗝，最终没有再问什么。

这嗝自此就黏上了，只要爷爷一张口，就打，闭上嘴，也要闹腾个十几分钟，才会消停。

爷爷自此就不经常说话了，但是每到半夜两三点，全家总可以听到，那棵老松树，总要长长叹口气，然后就马上打嗝。如果再仔细听，每天深夜可以听到爷爷慢慢走到阿母房门口，估计是想开口说什么，嗝一直一直打，但最终还是没说什么。

其实阿母那几天也在努力劝诫自己，赶紧再嫁个人，遂了自己阿爸的意。但她还是没法开口答应，每次已经打定主意，刚想让自己开口说话，总有巨大的悲伤从心里涌出来，捂住她的嘴。

爷爷没再开口，阿母没能开得了口。直到一个晚上，爷爷的叹气声、打嗝声、走到门口的脚步声——急促的打嗝声后，砰的一声，好像是什么东西垮了倒在地上。

我阿母赶紧打开门，确实是我爷爷。他瘫在地上，见到我阿母出来，咧开嘴笑，指了指厅堂，说：该把床——嗝——搬出来了。

我阿母慌乱地喊：我不搬！趁着自己现在新产生的难过正在和心里原来的悲伤僵持着，我阿母在慌乱中终于喊出来：阿爸，咱再找个人，再找个人。

倒是我爷爷笑开了，摇摇手：不要啦不要啦。

我阿母着急了：为什么不要啦？

爷爷咧嘴一笑：咱们玩不明白了。

那几天啊，天格外冷。冷冷的潮气从四面八方摸索着过来。

我随阿母守在厅堂里，看着爷爷，总觉得爷爷不是躺在水汽里，而是躺在他自己的记忆里。

他腿动不了了，手动不了了，尿管不住了，屎管不住了。但他躺在厅堂里，还在习惯性乐呵呵笑。

我问：爷爷啊，你在笑什么？

爷爷乐呵呵地笑：我在想——嗝——你太爷爷见到我——嗝——会说什么，我在想，我有没有比——嗝——你太爷爷活得——嗝——好？

我问：爷爷啊，你对太爷爷会说什么啊？

爷爷哭了：我会——嗝——说，我活得还不赖吧。

我也哭了：那爷爷咱就继续活下去啊。

我爷爷乐呵呵地笑：不了不了，搞不明白了。

我爷爷就在厅堂里躺了两天。我阿母觉得，是爷爷真心不想活了，才走得快。

因为爷爷是几代单传，实在没有堂亲，只有奶奶、阿母、我和我阿妹轮流守着。

刚好隔三座房子的那户人家的老人也躺在厅堂里。那家的门一直开着，房子外面热热闹闹地摆了七八张桌子，桌子上摆好了茶点和茶，亲人们喝茶、聊天、打牌、喝酒，以各种方式消磨着时间，轮流值班。

我奶奶特意把我家的门关上，但是声音还是跟着海风，这么一阵一阵送了过来。

我爷爷听着声音，就哭。哭一会儿后又像睡着了。睡醒了，听到那些声音又哭了。几次张张口想说什么，但是嗝马上又从他胸口涌出来，堵住他的嘴。

我们那时候，爷爷辈的人一般走得早，五六岁就会认识自己家的死亡。无论是爷爷奶奶还是外公外婆，这种自己家的死亡，都是突然间从生活中剜去一块肉，那伤口，就打开着，风吹过都会疼，还不能盖，盖着会发脓，所以就开着，等着肉慢慢地长，慢慢地愈合。你们这年纪，一开始知道的死亡，大都是别人家的，自家没死过人，就和没上过课一样。

我记得，我爷爷是凌晨五六点走的。当时轮到阿母和我守着爷爷。阿母正趴在爷爷的床头边，而我则窝在我阿母的脚边睡着。

我爷爷轻轻地摇醒我阿母。

女儿啊——我爷爷突然不打嗝了。

阿母醒了，看到自己的阿爸正咧着嘴对她笑。

爷爷说：我这段时间，老在想，这命运到底怎么给我们安排故事的？

阿母说：阿爸你不打嗝了？

爷爷不接阿母的话，继续念叨：实在没有道理啊，他不让我下海，也不让我扎根；他不让我绝望，也不让我有希望；他让我以为好起来了，最终却坏到底。然后最过分的是，我还想把他的故事再翻过来，他就要让我走了。

阿母说：那你留下来和他吵架啊，你别走了啊。

爷爷咧开嘴笑：找不着他啊。说完，自己笑得快喘不过气。

阿母带着哭腔说：那咱们继续找啊。

爷爷自顾自说下去——

这几天我老在想，要告诉你一个故事。

我很小很小的时候，我听我太爷爷——你老祖宗——说过，他见过郑和从咱们这下西洋啊。

那壮阔啊，一大片三层楼高的船，在他身后排列开。每艘船上都有人在奏乐。

正中间的头船，有人喊了一句什么，左右两边一艘艘传下去，虽然在海边，却像是山谷里的回响。

什么奉天承运……

什么皇帝诏曰……

什么以天为父，什么以海为母……

一会儿代表天，一会儿代表海。

他浑身金黄金黄的，大家都说他是穿着黄金的。

他拿着很粗大的一根香，喊了声什么。我太爷爷，也就是你的老祖宗说，他没听明白，但那声音啊，会往人心里钻。

太爷爷讲到这儿就和我哭，他说：他们就要去到海上啊，去大海上啊，去一个我一辈子都不会去的地方。我一辈子都去不到啊。

他还在想着的时候，突然四周同时放烟火。天空好像都被烟火给包住了，像是一床巨大的被子朝他拍过来。太爷爷被打蒙了,就一直哭。

他和我说的时候还是一直哭。他哭的时候就一直喊着:我去不到啊,我一辈子都去不到啊。

我笨,我当时听着只明白一个道理:这世界永远有我们到不了甚至想象不到的地方。

我那时候很小,但听着这个故事就浑身哆嗦,好像也听到那声音了,也看到那铺天盖地的烟火,边哆嗦边笑,边哆嗦边哭。

从小到大我经常想起这个故事,我不想当装卸工的时候想起,我第一次有女人的时候想起,爷爷死的时候想起,你结婚的时候想起,你生小孩子的时候想起——我每每开心不开心到一个点的时候,就仿佛看到那床铺天盖地的烟火被子,我都在想,我这辈子算什么啊?我在想,是不是有些很好的日子我去不到啊,甚至,我一辈子都想象不到啊。

阿母吓哭了,问爷爷哪里疼。

爷爷咧着嘴笑,继续说:从有海没回来的那天开始,我一闭眼,就一直是那床烟火被子。然后一直在想,我一辈子就这样了?然后我突然想,咱们全家族是不是就是老天爷放的一串大烟花?是这样的话,咱们也不差啊。从我爷爷的爷爷,爷爷的爷爷的爷爷,这故事就一直在编排,一直在累积,然后你出生,就是火开始点燃了——滋滋滋,滋滋滋,全家族到你这全炸开了。

真美啊。爷爷边笑边哭。

阿母听不懂爷爷想说什么,但她知道,这是她父亲整个人生讲的最后一个故事了。她慌张地说:我这就找个人去生,给咱家生一个两个三个孙子。

我爷爷笑得很开心,说:咱不生了,不生了,生下来的人,你能告诉他,怎么活吗?

我阿母一下子愣住了,许多东西一下子从喉咙口涌出来,像呕吐一般。她歇斯底里地哭着:我也不知道啊阿爸,我怎么办啊?

我爷爷咧着嘴笑,眼泪却一直汩汩地流:对不住啦对不住啦,把你生下来,对不住啦。

爷爷还在笑着、道歉着,身体开始颤抖,越来越僵硬。

阿母知道爷爷要走了,我也知道爷爷要走了。阿母转身要去叫醒奶奶,爷爷拉住了阿母。

爷爷继续笑着,身体继续抖着,脚突然猛地一蹬,爷爷要走了。就要走了,却像突然想起什么一样,突然大喊:哎呀呀,你说,这烟花会不会,会不会是老天爷的一个屁啊——

最后一个字是顺利滚出来了,但爷爷来不及把嘴笑开,就这样僵僵地半张着,好像在大声呐喊着什么。只是那句话,被风撕了,被海浪吞了。

按照我爷爷的遗嘱,丧礼做了七七四十九天功德。

所谓功德,就是那些天里,各方戏台二十四小时轮流上演,高甲戏、梨园戏、木偶戏、布袋戏、猴戏……不管认识不认识的人，任人打趣；支起几十张桌子，二十四小时不间断上菜，任人吃喝；支起个大香炉，二十四小时不断地烧香纸。

镇上的老人都说我爷爷疯了，再怎么有钱，哪有这么糟蹋的——这是朝断子绝孙的方向走啊。

我年纪小，但还记得，沉甸甸的铜钱用扁担挑进来，像地瓜一样卸在厨房里，又一担担挑出去，换成一堆堆的食材。

来的其实都是不认识的人，在那个年代，还是挺多人靠吃功德过日子的。据说被人吃掉的功德，在地府里也可以兑换成财富给祖宗们用，而那些吃功德的人，到地府或者下辈子是要还的。

人太多了，而且一天比一天多，看看戏，吃吃宴席，帮忙烧烧金纸。

我奶奶这七七四十九天一直守在香炉边，火烤着她的脸越来越红，脚上起的水疱越来越多。认识的、不认识的人想来安慰她，以为她是难过。她摇摇手，顾不上和对方聊天，赶着说：帮着多烧点啊，多烧点，这次得让这么多代祖宗在下面够用啊。

四十九天功德做完，金纸烧完，留下的灰，都可以堆起一层楼高。我奶奶看着那座灰做的楼，含着嘴——她这一辈子唯唯诺诺的，连笑都含着——庆幸地说：应该够了吧。

一开始，以为奶奶的脚只是被烫伤了。但是冒出的一个个水疱，越长越大，一个个气球一样，鼓鼓的，戳破了，都是脓水，过不了几天，就又长出新的水疱，而且越长越多。慢慢地，从脚上蔓延到腿，再蔓延到身体。

我问奶奶：是不是好疼？

没关系没关系，哪有发疱不疼的。奶奶含着嘴，笑着说。

我问奶奶：凭什么让你发疱啊？

奶奶说：没关系没关系，哪有人一辈子不发疱的，总要发疱的。

我后来才理解，奶奶没喊疼，不是因为坚强，更像是接受——接受这人生本应如此。因为，我后来也学会了，很多疼痛啊，接受了好像就不痛了，甚至琢磨得细一点，疼到最厉害的时候，心里会莫名地平静，像整个人悬浮在海里那样的平静。

小镇上的医生一个个轮着来看过了，说不上是什么病，也说不上不是什么病，胡乱开了一些药，我奶奶也胡乱地吃。半年不到，奶奶彻底走不动了，整天就瘫在床上，到后来，更像长在床上了。

奶奶的下半身一直都是脓水，脓水好像胶水，把她粘在床上了。

我阿母想了个法子，在床的下部开了个孔，周边用布垫着。拉屎拉尿排脓水，都从那个孔出来。那孔周边的布一天总要换洗个三四次。

说句没良心的话，奶奶在爷爷去世后就马上生这种怪病，真是帮到了我阿母——阿母不用琢磨怎么把自己的人生继续下去，奶奶的疾病自然把她拖进一个明确的生活里了。

我阿母一夜之间会做饭了，会洗衣服了，会规划整个家庭的生活了，会把泪憋住了，会吞着苦开心地笑了。

我们家里因为奶奶的疾病，反而获得了几年心里很踏实的平静，甚至可以形容为幸福。

就这样过了七八年，奶奶活成了一棵植物。她加上她的床，像个巨大的盆栽。时间一久，我就想，奶奶像植物，植物应该可以活得很长很长吧。我后来还想，是不是安静的人都会活得久点，就如同植物。它们不说话，所以一不小心命运也忘记有它们了。

这样一想，我莫名地安心。

早上是我负责把饭送到奶奶房间的。奶奶总是一大早就坚持坐起来，但坐着坐着，就又困到睡着了。她身体半躺着，脑袋半耷拉在肩上，脸上斑斑驳驳，整个人看上去，就像一棵形态奇特的黑松。我经常坐在她旁边安静地等，等到奶奶醒来，笑眯眯地看到我，我才把饭菜摆好。

晚上睡觉前我总爱往奶奶房间里跑。我就坐在奶奶的床沿，看着她本来一直笑眯眯地看着我，慢慢眼皮发沉，发沉，然后头一耷拉，睡成一棵黑松的样子。我还要走到她跟前，用手指戳戳她的脸，她会突然醒来一下，半张开眼，习惯性地笑一下，又继续睡。

直到有一天，我早上端饭过去，坐在奶奶边上等啊等，等到九点多，奶奶还没醒来。阿母来问，我说，奶奶还在睡呢。

等到中午，奶奶没起来。阿母要我叫醒奶奶，我摇摇手，轻声说，奶奶还在睡。

等到下午，奶奶还是没起来。阿母蹲在奶奶房门口呜呜地哭。我恼极了，还是轻声说：奶奶还在睡，不要吵奶奶。

奶奶那一觉太沉了，奶奶真的睡成一棵树了。我终于忍不住小声地对奶奶喊：奶奶起来了，我害怕了。

奶奶没起来。

我也开始呜呜地哭：奶奶你起来吧，我真的害怕了。

奶奶最终还是没起来。

因为没有做功德，又实在没有堂亲，我奶奶的丧事从头到尾都只有我们三个人。

老天爷有时候真够调皮，偏偏，偏偏和我们家隔着三座房子的那户人家，又有一个老人去世了。

一样的七八桌，一样的亲人轮流。

我阿母把门关上，带着我们姐妹俩，边烧着金纸边哭。哭着哭着，感觉不解气，就开始骂。一开始也不懂怎么骂，就学着说，干，我干……骂着骂着，感觉好像心里堵的东西疏通了一些，但又突然想：这骂的对象究竟是谁啊？这样的事情要骂谁啊？她在天井里走来走去，突然仰着头，手指着天空，喊：我干——

那晚天空很透亮，星星很多。阿母骂得撕心裂肺的，天上只有星星一眨一眨的，甚至感觉有些调皮。

阿母的怒气开闸一般：我干，我干，我干。

天上的星星一眨一眨一眨，继续调皮地眨。

奶奶葬礼结束后，我阿母在床上躺了一天。第二天，她突然早早醒来，下定决心一般，把我们摇醒：咱们得问清楚去，你们去不去？

自此，阿母开始拉着我们一圈一圈地逼问神明了。

乡亲们讲我阿母的故事，最后总是要啧啧啧地发出几声赞叹，然后摇摇头：可怜啊。

好像，他们自己的人生就不可怜一样。

但他们也不是没采取行动。

据说是担心我阿母这样下去，死了会纠结着不肯走，"到时候乡里可是要不安宁了"。乡邻们商量着，得在她活着的时候解决这个潜在的风险。

一开始大家应该是约定了，谁和我阿母见着，就和她说几句，劝解看看。

阿母应该知道乡邻们是怎么想的，每次看到有人要来安慰她，她拉着我们转头就走。

再后来，直接几十个妇女一起来我家，每个人拎着海味或者地瓜，说要来家里坐坐。

我阿母很困惑地看着这些七嘴八舌的人，不知道她们为什么要这么说话。她们安慰人的逻辑，最终都有一个陡峭的终点——

这是命啊。

比如，你看，当时这么多人想入赘，为什么偏偏挑了那个人——这是命啊。

你看，如果你和有海多聊聊心里话，或许他就不会走了——这是命啊。

你看，如果你阿爸没做这么多天功德把钱折腾完，你还是很好招个人或者改嫁的——这是命啊……

就像一块石头丢进海里，或者一艘船沉入海底，反正，这命就是海，反正，这就是命啊。反正这就是命就是海就是一切的终点了。

我阿母不理解，为什么所有人会觉得把这一切归结到这句话就可以了。她看着一个个这么努力，并且沉浸在自我满足感里的人，越发觉得可笑。

大家七嘴八舌忙活了许久，以为自己应该好不容易完成了什么。作为想结束时的习惯动作，这个时候会有人问：你怎么想？要不你也说说。

我阿母就等这句话，她扑哧一声笑了。第一句话：干你们妈的，干。

女人们都蒙了，有的人捂着嘴，有的人捂着耳朵，有的人锁着眉。

还有勇敢的人想力挽狂澜：哎呀，知道你是个可怜……

谁他妈可怜。

大家被吓呆了。

我不可怜，我就是要说法，凭什么这就是命？命是谁？它凭什么说干吗就干？人他妈的是什么？算什么？是猪是狗是老天爷随便点的一个炮仗一个屁？

我阿母跳到人群的中间，仰着头，用手指着天：我干我干我干……

有人双手合十念阿弥陀佛，有人被惊吓到一直流泪，看到身边有人，一起身就跑了，一个个蒲公英般随风散了。而我阿母脸通红通红的，站在那里，就像是蒲公英的花蕊。

自此，再没有人来和我阿母说话了。

活着的人不愿意和我阿母说话，我阿母就更只能找神明说话了。

我阿母这一圈圈地问，问了整整三年。

那些年我追在她后面跑的时候，总想走得快点，多看看我阿母的正脸。

其实从我出生开始，很少有机会能看到阿母的正脸。她奶我的时候我还没记忆，长大一点她奶我妹的时候，总是要躲在稍微隐秘点的地方。从我阿爸走后，我们一家人也没有在一个桌子上吃过饭，都是把菜夹一点放在饭中间，大家各自捧着碗蹲到各个地方吃去，好像这从此是个没有资格团圆的家了。

我已经不记得我阿爸的脸了，我担心我以后也不记得阿母的脸。

只是我跑得快点，我阿母走得就更急。她好像不愿意我记住她。我永远只看到她背后的头发，我看到它们从一片乌黑，到突然变成了夹杂银色白色的发丝。我心里难过地想，这是衰老吗？怎么一个女人还没有成熟就要变老了？怎么好像还没进入夏天，就突然到冬天了？

再烂的活法，也算活法。

再烂的活法，日子也是会过去的。那时候我看不见，后来一回首，那时间一刀刀真真切切刻在我们身上。

我记得第一年，出每座庙门的时候，阿母总还是要心怀不甘地用脚踢一下香炉，第二年的时候她不踢了，甚至回南天时还会捂着脚踝疼得轻声哼；最开始的时候，问卜的声音总要盖过寺庙义工团念经的声音，后来，一看到一堆人在那诵经，阿母也不吱声也不竞争了，摇着脚不耐烦地等众人诵完；一开始总要把庙婆骂哭，从第三年开始吧，阿母还是会和庙公吵架，但再也骂不哭人了，而且吵完架后，她不像以前那样着急离开了，我隐隐感觉，阿母变得不仅是来吵架的，更是来休息的了。

咱们这儿无论哪座庙，庙的中间总会格外宽敞，这是供大家问卜用的，而两边，肯定各有至少一排的座椅，可以让人休息，也像是剧院的观众席。

我阿母后来越来越愿意坐在那些长椅上，看着一个个来问卜的人发呆。

大家问卜的时候声音各有大小,能听到的每个人的故事也影影绰绰。我阿母用手托着脑袋,像小时候在看戏一样。

虽然是在庙里,但我有时候恍惚,觉得我们其实就坐在海堤边,我们就是在看海,人生的海,命运的海。而一个人就是一朵朵浪。这个时候,也是我唯一能看见我阿母侧脸的时候,她真美啊。

走了一圈又一圈,阿母的脚步好似越来越慢了,身形也好像不动声色地越来越瘦了。好似,她本来就是个靠着怒气撑满的球,随着怒气的消退,身体也越发虚弱了。

直到第三年的一天,我阿母挎起篮子,想往门口冲,却突然摔倒了。她不以为意地爬起来,走了几步路,又摔倒了。她掸了掸身上的灰,自己倒了一杯温水,镇静了一会儿,才又起身,招呼着我和我阿妹,继续原来的行程。

那天她问神明的问题是:我是不是也要走了?

我偷偷瞄过,抽中的签是四季春,是上上签,说的是:种子才刚发芽啊。

阿母拿着签,先是莫名的错愕,然后是莫名的羞辱感,她嘴撇着,似乎想笑,又似乎无可奈何,眼睛死死盯住神像,最终自言自语:这又是什么鬼道理?问的是何时死的事情,竟然回答我这才开始活。

阿母已经生不起气来了,这么多年,她似乎已经耗尽了一辈子的愤怒，耗尽之后，她察觉到，自己竟然隐隐约约希望自己能接受。

但问题是，怎么接受啊？我阿母还学不会如何活啊——我阿母落下的人生课程可太多了。

意识到这一点，我阿母突然累了，突然这十几年来的累，在一瞬间被发现了。她累得站不起身，累得走不回家，累得差点抬不起眼皮。她干脆就爬到寺庙里的长椅上睡着了。我和我阿妹也不敢叫她，就一直坐在旁边等。等到太阳快下山了，我阿母这才醒过来，一醒过来，就满眶泪水。

我和我阿妹问：阿母你怎么了？

我阿母没看我们，转身像对着那神像问，又像对着时光问：你说我怎么办啊？

那天回家的路上，阿母走得缓慢。到家了，推开门的时候，阿母突然问我：你几岁啦？

阿母，我十五岁了。

那你可以准备嫁人了啊。阿母第一次转过头来看着我。

阿母第一次正面看我，我也才第一次看到阿母的正脸。

我阿母真美啊，眼睛汪汪的，嘴唇红红的，脸上开始出现沟壑了，但她原来好美啊。

阿母眼眶红红地对我笑了笑说：哎呀，我十六岁就嫁人了。

我说：阿母我不嫁人，我要陪你和我妹。

阿母说：你们得嫁人，你们日子还长得很，你们还得有将来。

这是我印象里，阿母对我第一次说"将来"这个词语，以至于我当时不知道这个词语什么意思，只记得发音是"jianglai"。

我以为话讲完了，我阿母却突然站起来，像发誓一样对我说：你们必须就此没有过去，只有将来。

自那天开始，我阿母不去庙里拜拜了。

她先是让我和阿妹好好在家待着，自己独自去拜访各个邻居的家。

这些邻居，突然被我阿母敲开了门，总是不免错愕、紧张。我阿母笑着说：别怕，我是来问事情的。

阿母咨询的是两件事情：一是有没有好的"拾黄金"的风水先生——在咱们这儿，把已经入土的祖宗的骨骸拾拣出来，烧成骨灰装进骨灰盒里，这叫"拾黄金"。多半是在家族想改运的时候，才会这么做。在咱们这儿，相信一个家族的活人和死人是相连的，家族的逝者扎在土里吸收到的灵气和运气都会给到家族的生者。二来，有没有好的媒人给自己家女儿做媒。

来应征的风水先生有许多。阿母一个个聊，挑中了一个，便让他选好日子，一个一个拾好祖宗们的"黄金"，然后一排排整齐地摆在我爷爷发家时修建的家庙里。

那风水先生不解，猜度着提醒：是不是找个更好的风水地，把所有祖宗都葬那儿？要不要我帮忙挑一块地？

阿母没有回答。

媒人们当然一个都没有上门。我阿母也不去问，她知道的，在小镇上能和我们这家人结亲家的，真得是个奇人。

阿母去镇上给我们三个人置办了几身好看的衣服，便开始领着我们，去大普公庙旁边那个神婆家里。

那时候的闽南，一个镇上就有十几个自称可以通灵的人。但是街头巷尾议论下来，好像各有可以大概猜测出手法的地方，让人感觉不是真的通灵，唯独大普公庙旁边那个神婆，据说是真神通。

我知道我阿母是不信的，她连神明的话都不信，怎么会信神婆的？她应该另有想法。

大普公庙就在入海口。每天不断有船顺着江往这边入海，到了大普公庙这个地方，掉转了船头，大家一起朝着庙的方向拜一拜，这才驶向大海深处。

那神婆的家，就在大普公庙左边那条巷子往里走。

我原本以为，那会是个特别幽深恐怖的地方，不想，沿路都种满了各种花：茉莉、芙蓉、蔷薇……推开神婆家的院门，整个庭院打扫得干干净净，还晒了鱼干和地瓜干。

我看了半天，不是庙宇那种布局，是有神殿，但用布帘围着，因此也看不到神的塑像，只有一个大大的香炉，和挂在屋顶垂下来的大大的香圈。

就一个中年妇女坐在院子里发呆。我阿母走到她跟前，刚要说什么，那中年妇女只是说了句：不用问了，我不骗人的。人的话不能信，我可不能让神的话都没有人信。

我明白了，这就是那个神婆。

阿母也不管神婆说什么，拿出一块银子，和一张写着我和阿妹八字的红纸说：请您就和别人说，我们家两个孩子特别旺人。

那神婆先看的是我阿妹的八字，撇了撇嘴，说：这可算不上旺人。又看了看我的八字，手指掐了掐，看着我说：这孩子啊，可怜啊，到老无子无孙无儿送终。

我阿母恼极了：说什么啊？那神婆重复道：无子无孙无儿送终。我阿母顾不上对方自称是神明附身，把手帕一扔便要去打她。不想，被那神婆一把抓住，嗔怪着一推：是你要问的，又不是我要说的。那神婆转身想离开，我本来无所谓这种神神道道的事情，但看到阿母被欺负了，也生气，追着那个神婆问：谁说的？

神婆转过身，说：命运说的。

然后我撸起袖子，两手往腰间一叉，脚一跺，说：那我生气了，我要和他吵架了……

故事讲了一圈，又讲回了开头。我阿太自己笑开了：我真是老糊涂了。

阿太屈起身体，用手托着下巴，这身形，让我想起，她刚才说的那个在寺庙里发呆的她的阿母。

我问：阿太啊，你不是要和我说你自己的故事吗，怎么一上来就讲那么多人的死亡？

阿太边托着下巴看着我边说话，孩童一般：这世间一个个人，前仆后继地来，前仆后继地走，被后人推着，也揉着前人，一个个人，一层层浪。我爷爷我阿母的浪花翻过去了，我的浪才往前推；我的浪花要翻过来了，这不现在又把你往前推。我的人生，自然是他们的故事；他们的人生，也就是我的故事。就如同我的故事，终究是你的故事。

就是那些故事生下我的啊。

我刚想说：阿太，你不会走。还没出口却被阿太迅速打断了：会走会走，和你说完这些故事马上走。

阿太一脸坏笑：早说完，早走——

回忆二

海 上 土

灵感是浮游在海上的土

我当时怎么都想不到，那个老和神明吵架的阿母，竟然会被神婆硬生生地弄哭成那样。

也怎么都想不到，这个把我阿母弄哭的神婆，后来成了我的婆婆——那神婆说我无子无孙无儿送终，最终却让自己的儿子娶了我。

很多年后，那个神婆已经成为我婆婆了，突然没头没尾得意扬扬地问我：你知道那天我在算计你阿母吗？你知道这让她多活了一年吗？

那神婆口袋里总装满瓜子，她习惯每说一句话时把瓜子嗑开，咀嚼瓜子的节奏就嵌在说话的节奏里。她还总能把瓜子壳吐在一句话需要停顿的地方，好像瓜子壳就是她说话的逗号和句号，好像没有瓜子她就不会说话。

神婆往自己嘴里送了一粒瓜子，她说：你阿母一开口我就知道她想让我干吗。

神婆吐出瓜子壳，说：但我偏得拧着。

又送进一粒瓜子，说：你阿母才不得不活下来。

然后突然放下瓜子，说：这个算计可是神明让我干的。如果要感谢，你得连我一起谢；如果要算账，你算神明头上去。

说完，也不管我认不认这个解释，自己哈哈大笑开了。

那确实是我见过，我阿母哭得最严重的一次。

那天，我阿母生气地拖着我和我阿妹往外走了。神婆也看上去生气地往里面的房间去了，然后她像突然想到什么，一转身，小跑着追了出来。

那个谁——她朝我们喊。

阿母在气头上，不理。

叫你了。神婆追过来继续喊：你是不是觉得做成这些事，自己就可以安心去死了？

阿母转过身，木住了。

但你做不成的。神婆笑眯眯地说。

阿母眼眶红了，转身拉着我们要走。

那神婆继续追着说：你是不是不知道怎么活了？

阿母拉着我们走得更快了。

但你也没法死。神婆继续追着说。

我阿母像是被雷劈中了一般。她先是愣在了原地，然后气愤到浑身发抖，随手拾起路边一块石头，往追过来的神婆砸过去。

神婆一跳，躲过了，嬉皮笑脸地继续喊着什么。

神婆是不追了，但她的话已经像路边的野狗一样，追上来，还咬上了。

阿母走几步路，胸腔发出拖拉机般咕噜咕噜的声音。再走几步路，胸口似乎翻滚得更厉害了。突然如凭空炸出的雷一般，哇一声，哭声从阿母身体里冲出来了。

我现在这个年纪，已经认识很多种哭声了。但我还记得阿母那次的哭声，那是哇一声，不是呜呜呜或者嘤嘤嘤，这种哭声，如同心底的火山，发到底，枯竭了，然后，再来一次。

我听着那哭声，先是跟着难受，但又莫名觉得不对劲：这不是五六岁小孩的哭法吗？我当时觉得有点好笑，然后心里更难受了：怎么把我阿母欺负成这个样子呢？而我妹——你太姨，显然很熟悉这种哭法，跟着哇哇直哭。

我阿母走在前面，缠着脚，身体依然一扭一扭，哇哇地哭。我在中间。后面是我阿妹——你太姨，边小碎步跑着追我们边哇哇地哭。不管经过哪个地方，看到的人都惊奇——这个整天追着神明论理的人，怎么会被弄到这样孩童般地号哭？

莫哭莫哭，我羞愧地追着喊，阿母咱们莫哭。

阿母继续号哭着，我赶紧追到阿母前面，想安抚她，定睛一瞧，我阿母的脸上，挂着的也真是五六岁小孩的哭相。

我是后来才知道，我婆婆是咱们镇上嘴最毒的神婆。找她问事的,经常都被弄得哭着出来。每次把人弄哭,她还一副嬉皮笑脸得意扬扬的样子,嗑着瓜子,晃着腿,重复说着:我说中了吧?然后抿抿嘴,一副很满足的样子,根本不顾对方已经哭成了天崩地裂的样子。

她连小朋友都不放过。有次我见到一个六岁的小女孩,被她说到靠着墙角屈着身体浑身发抖着哭。我气到指着那神婆骂:哪个人不是带着人生过不去的坎来找你的,你就不能对人好点?更何况这么小的孩子。那神婆撇着嘴,不开心了:我就告诉她,她阿母已经准备投胎了,我错了吗?那孩子听了,又呜呜呜呜哭起来了。神婆气得跺了一下脚,转身走远的时候还骂骂咧咧的:她阿母死得多好啊,她都不懂。我这和谁讲理去?

按照那神婆的说法,人就分两种死,死得好和死得坏。她说,死必须是果子熟了自己掉落地那种死,其他的死都是不对的死。特别是那种被哪个问题卡死的,自己想不开死的,做鬼的时候还要卡在那儿,下辈子又得重新过一遍当时卡死他的那个问题——太傻了,太亏了,她说。

你知道吗,人有好多辈子的;你知道吗,人为什么这么多辈子?就是要一辈子一辈子地过,最终过到人间困不住你了,那魂灵自然就轻盈了,也不用谁封,到时候你自然知道自己不是神也是仙了。所以,她觉得,自己神婆的工作就是让所有人死得好。

那天说完,她还对我扬了扬眉毛,嘚瑟地说:我这辈子肯定会死得很好,你也必须是。你要走的时候,我一定来验收。你要是趁我不在，就不好好死，看我不找你算账。

我那时候已经是她媳妇了，整天和她打打闹闹，我直接怼她：那我要是活得很长，你就不投胎一直等我啊？

神婆咧嘴一笑：我就等，看你能不能活到九十九。

她没想到吧，我现在就活到九十九了。过几天或者过几十天，我就要死了，我就看着，她来不来接我，来不来验收。

据那神婆说，我第一次找她算账那晚，她就相中我了。我后来问过原因，她咧嘴一笑：就得这么活，这样活才能死得好。然后说：像我。

那晚，我阿母到了家，摔了锅碗瓢盆，撕了床单，踢了几下柱子，也就此没有力气地瘫倒在天井里，一直发呆到月亮升上来，直直照着她。我想扶起她，稍微走近一点，她大喊别动，喊着喊着，眼泪鼻涕一起流，任性地躺在地板上，一直看着月亮。我看了她许久，想着，我阿母现在不像是我阿母，更像我的妹妹，甚至我的孩子了。这样想之后，我就想去抱她。阿母愣了一下，后退了一步，似乎知道我想的是什么，马上以阿母的身份对我生气地大喊一声：做饭去。

我本来是想第二天白天再去找那神婆算账的，但白天阿母一定不会让我去，从小到大，阿母把我和阿妹看得那么紧，我们俩没单独出门过。要出去，就只能趁她睡着的晚上出去。

我从来没晚上出过门，我当时还不认识黑夜这家伙，不认识的东西我们都会害怕。但折腾到晚上十一点左右，我无论如何都睡不着，我知道了，不出去这一趟，可能第二天还是睡不着。

现在这世界到处都是灯，看不到真正的夜晚了。我们那时候，夜晚的那种黑是真的黑，墨水一般。当时我一开门，看到的是一团黏稠的黑涌过来，可能是海风吹着的感觉，这团黑，还像浪一样翻滚着。

那是我人生第一次单独夜行。我探出头，看到路影影绰绰沿着海岸线攀爬过去，一眼看过去，觉得格外漫长——我现在九十九岁了，我可以说，像人生一样漫长。

当时我确实站在门口犹豫了很久，但我想，这沿路都有我认识的神明，我不应该害怕什么。想，这所有寺庙的灯火，一年到头从早到晚都要亮着的，我不应该害怕什么。

这么一想，我觉得我可以夜行了。

我把门关上，一转头，趁内心的害怕还来不及抓住我的腿，抬起腿来就跑，冲进那团黑里。

我知道，两百多米远就是夫人妈庙，我一冲出去，就赶紧找夫人妈庙的灯火。果然，一到路上就看到，那灯火一跳一跳，像夫人妈的眼睛，一眨一眨地看着我。

海浪确实像在追着我，但我知道，夫人妈在看着我。一这么想，我就觉得，那些海浪像路边的狗，只是在你跑的时候喜欢跟着你跑，你慢了它跟着慢。

海上确实起起伏伏着一点点光，确实像一只只从海里探出来的眼睛。但我知道，夫人妈在看着我，一这么想，我就觉得，那一点点的光只是窝在海里的一条条鱼，热心为我打灯。

路上偶尔有人家还亮着灯火，快速跑过那户人家，可以听到喃喃的声音。但听不清，被风拉长了，可以像叹息，也可以像有人轻快地吹着口哨。路上偶尔有人影——我也不确定是什么，我不认真去看，而对方也好像看不见我——毕竟当时在夜半的海边，出现晃悠悠走的或者奔跑的人，都挺奇怪的，彼此都无法确定对方是什么。

偶尔还是会心慌，慌的时候身体马上会产生些奇怪的凉意，让我的寒毛都竖了起来。我对着那凉意说，别惹我啊，我认识夫人妈，认识妈祖娘娘，也认识大普公……说完，那凉意好像被吓跑了。然后我知道了，这世界上很多坏东西都是在发现你软弱的时候才追上来的。

我跑到夫人妈庙，对着她笑着挥挥手，小声喊着：谢谢夫人妈啊。夫人妈庙的灯火眨得更快了，我知道是她在对我笑。然后我眼睛就抓着下一座寺庙的灯光，往前跑……我就这样在各路神明的注视下一路跑，跑到了那神婆家。

那神婆家的门大大地开着，看上去像从来没有锁门的习惯——门闩就放在旁边，积了厚厚的灰。我走进去，看到一进门用作神殿的那个厅堂里，有个老妇人正坐在神像边上轻声地说着话。我没多看,但还是琢磨着:应该不是鬼,鬼怎么可以和神明这样拉家常?但又想,也可能是鬼,咱们这儿,神明对待鬼魂都像对待自己的孩子。

这么晚了,神婆竟然也还没睡——我是到后来才知道,她经常要凌晨一两点才睡。

她就躺在藤摇椅上,藤摇椅就放置在院子里。她抱着盆瓜子,边嗑着瓜子,边偶尔用脚推着藤摇椅,见我来了,用眼角瞥了我一下,说:来了啊?好像早早知道我要来一般,好像一点都不在乎我来干吗。

我还没想好怎么怼她,先挨着她,坐在旁边的石礅上。

神婆瞥我一眼,说:门一直开着,想回去自己回去,想找神明说话就自己去说。想找我说话,我没睡着就来这找我说。

说完就又不管我了。

我们就这样安静地杵了三四分钟,神婆突然抬起头,对着半空挤眉弄眼的,然后喃喃说着什么。

我问:你在和谁说话?

神婆往嘴里塞了一颗瓜子说:妈祖娘娘刚飞过去,我和她打招呼了。她讲完嘚瑟地悄悄瞥了我一眼,估计想看看,有没有把我震慑住。

又过了一会儿,她吐出瓜子壳,又抬头喃喃说点什么。然后她又瞥我。

我问：妈祖娘娘飞回来了？

神婆白了我一眼：大普公啊，你没看到啊？

我当然没看到啊，我莫名被激怒了，问：真的有大普公吗？如果有，他是坐着云飞过去还是骑着什么神兽？

神婆白了我一眼：当然是坐着云啊，文官都是坐轿的，武官才骑兽，当了神也一样。

我抬头，看了看天说：不是啊，现在天上没云啊。

神婆愣了一下，看了看天，确实没有云，只有北斗七星一眨一眨。她好像在认真回想：对啊，刚刚我看他是飞过去的还是跑过去的？

我逮住她了：那神明还用跑的？

神婆转过头来，愣愣地看着我，突然从藤摇椅上一下子站起来，一摆一摆比画起来，自己大笑起来了：大普公穿着重重的官服，跑起来像鸭子。

说完，又好像担心天上的大普公还没走远，悄悄抬起头打量了一下，咧开嘴笑：还好没被听见。

神婆要去上厕所，我没有尿意，但也跟着去。

神婆走几步，就回头看一下跟着的我，她想不明白，我为什么连她上厕所都要跟着。她走进厕所里了，看到我还在厕所外等，她有点恼了：我上厕所你干吗跟着啊？

我说：有件事情，你上厕所我就想不明白了。

神婆说：我上厕所，你能有什么事情想不明白？

我说：真有。我在想，你上厕所的时候，神明经过是不是也看到了，他看着你光屁股，你也看见他看着你光屁股，怎么办？

那时候咱们的厕所都没有屋顶，就一个坑，两块石板中间一条缝，四周围着砖墙或木板。什么东西从天上飞过，可不把拉屎的人看得一清二楚？

我听到那神婆在厕所里先是大笑，然后就一声干呕，再一声我干——我知道，她笑得一不小心吸了一口臭气。

我心里暗自得意，却没想到，那神婆平复了好一会儿，一字一句回我：我，也，和，他，打招呼啊。

她每个字的尾音都是颤抖的，明显想憋着笑，但终于还是在说完最后一字时扑哧一声，又哈哈哈地笑开了，然后便是一阵干呕。我在厕所外也跟着乐起来，一不小心，海风突然把一股臭味往我嘴里塞，我也被呛到干呕起来了。

我还在干呕着，厕所里面的神婆却突然安静下来了，然后很认真地说：不管你信不信，神明就一直这样看着咱们。

我本来想反驳，但听着这句话，头不自觉抬起来——我好像也看到，在我们的头顶上空，是一个又一个悲悯的眼神。

我们也算不打不相识了，那个晚上，我们就这样有一搭没一搭说着话。

我毕竟只有十五岁，分不出真假，她说着我就听着。

神婆说，她是到三十多岁才当上神婆的，在那之前，她叫蔡也好，是家里的第三个女儿。父亲看到生下的是女儿，说了句：也好。

神婆说，她是先认识鬼，再认识神的。而她确定自己可以认识鬼，是因为晒豆子。

她说她记不清楚了，应该就是六岁的时候。那个下午，她的阿母问孩子们，谁能帮忙晒豆子。她的阿母交代一定要晒透，要不会发霉，还交代，已经闻得到空气开始重了，晚上一定有雨的，所以记得收豆子。

蔡也好赶紧举了手。

那时候，所有人似乎从一出生就得干活，她四岁多就要帮忙插地瓜藤，六岁多就要帮忙收地瓜。晒豆子在她做的活里不算累，但其实也是真累：就是把比自己还重的几袋豆子拖到大门口的晒场上，倒出来，推平，然后就晒，晒好了再一袋袋收拾好，装成比自己还重的一袋袋，又拖回家里。

蔡也好前面是两个姐姐，后面是两个弟弟。她一出生，就莫名地慌张，总觉得父母看不见她，所以她什么事情都较着一股劲，无论她父母问什么，她总要争着举手。

那些豆子真多真重，蔡也好铺开、晒匀，就累到一直喘，喘着喘着她就想歇一下,结果一歇就睡着了。直到听到一声雷鸣——那是从海面上传来的,然后是风声——那是海上的雨横冲直撞奔过来的声音,她才一下子吓醒,跳起来想要赶紧收豆子。

但那可是能把海上的雨吹来的风,自然能把那些豆子刮得乱七八糟。她怎么扫都无法用扫帚把豆子归拢到一起。她边拼命用扫帚抵抗,边哇哇地哭。

从海上来的风还在刮着,从海上来的雨越来越近了。她感觉得到水汽越来越厚,呼吸越来越重,然后她听到风里夹着声音,七嘴八舌的:"咱们帮帮她。"她以为自己听错了,甩了甩头,还是听到那些声音。然后那些豆子就像被什么赶着,一直往中间聚拢。她赶紧用簸箕把豆子一扣,套上布袋,豆子收好了。

她在犹豫着要不要对那些声音说谢谢,但她不敢说。她把布袋扎好,刚把豆子拖到屋子里,天就哐的一声落雨了。她看着暴雨里的院子,想着,鬼在雨里会是什么感觉,她忍着没问,只是看了雨中那些看不见的鬼魂很久。

神婆说:那是我第一次听到鬼的声音。看我没反应,追问了一句:你不信啊?

我说:我只想知道,你能帮我阿母吗?你想帮我阿母吗?

神婆不管我,继续说。

她说那一天,最高兴的其实是另外一件事:原来自己不是水耳朵。

她忘了从几岁开始,就发现自己偶尔能听到一些"多余"的声音。那些声音她听得不是很清楚,也没认真去辨认,但就突然凭空在了。

她一度认为这就是水耳朵。也不懂从哪一代人开始的说法,水鬼投胎的人都会是水耳朵,上一辈子耳朵里的水还没流干,这辈子,耳朵总要汩汩流着上辈子的水。水耳朵的人在水里是听不到声音的,都让水堵住了。水耳朵的人下不了海。

这个秘密她从来没有对人说过,毕竟,据说长水耳朵的女人还会招来长水耳朵的孩子,被人知道是水耳朵,可不好嫁人。

然后那天她确定了,原来她只是可以听到鬼的声音,她不是水耳朵。她开心了好几天。

我问:那你耳朵流水吗?
神婆回:流啊。
我问:那你为什么不是水耳朵?
神婆咧嘴一笑:就不是。

神婆又继续往下说了。那时候她虽然才六岁,但她可聪明了,听得到鬼说话这事,她一个人都没说。她说,六岁的她就知道,一旦开口和那声音说话了,她会过上完全不一样的生活。

她问我,有没有发现,咱们这儿神婆很多,神女很少。偶尔有年纪小的神女,从她被认为是神女开始,就被供着。虽然咱们这儿和神亲,但谁会娶一个神女当老婆啊,谁敢和一个神女睡一张床啊。大部分都是三四十岁才突然开始当神婆的。神婆说,那是因为,即使要当神媒,也要先把人间该有的好事都先经历过,这才心甘情愿。

神婆说,她那时候哪懂嫁人那事,她就看着人家穿嫁衣的时候真好看,看见老人被自己的子孙簇拥着时笑得露出所剩不多的几颗牙,觉得挺可爱。所以,她不能当神女。

出阁前,她就和咱们闽南海边任何一个女孩子一样,窝在家里帮忙做家务、织网、学做衣服,以及见习所有侍奉祖先和神灵的仪式——从她稍微懂事,她阿母就和她唠叨:咱们这,女人嫁过去,不仅要接管一个家庭,可还要接管一个世界,除了看得见的家人,还有看不见的祖先和神灵。何况,看不见的还有自己家人的精神世界,那还得请祖宗和神灵帮忙。

阿母还担心她不信,讲了许多故事。她当然相信了,但她依然乖巧地听着。

她长大了,然后被安排相亲。她挑了其中一个男人,她嫁了,她怀孕了。她摸着自己的肚子,走在小镇上,看到有小孩跟着一个女人去买菜,她知道,那是她五年后的生活;她看到有中年妇女在女儿出嫁那天哭得差点昏厥,她知道,那是她二十年后的生活;她看到有老妇人被媳妇咒骂,一个人窝在墙角唠叨,像是对神明偷偷告状，她想，好吧，这或许是她三十五年后的生活；她也看过已经瘫在厅堂里的老人，她想，那或许也是她的一生。

虽然很多人不甘愿活成一样的故事，但她从小就觉得，人生有确定的情节其实挺好的，不用另外找活法。相同的活法里，还是有不同的滋味的，她觉得这样就挺好。

这二三十年，唯一算得上出格的，就是她戒不掉偷听鬼说话。

她心里难受的时候，就去听鬼说话。

第一次听到鬼说话后，她一度到哪儿都张着耳朵，却发现，根本没那么多鬼。经过了许多年的探索，她才大概知道了，就两种地方鬼比较多。

一个是神灵送鬼魂们离开的据点——那是顺顺利利从人生毕业的鬼，像火车站一样，每隔几天大家等在那儿，等着一起离开。那个站点，经常几天换一个地方，她偶尔撞上一次，感觉像中了奖，找个借口掩饰，就窝在那边，一听大半天。

神明选择的地点总是太随意，一会儿在晒豆子的院子，一会儿在某户人家的厨房，有时候还在某个厕所里。有次她就在厕所里撞上了，她假装便秘，在里面一直蹲着，听鬼魂们唠里唠叨讲人生的滋味，直到脚真的麻了，不得不起身。

走出厕所的时候，神婆认真地想，如果自己离开这世界前要到的最后一个地方是厕所，她还会来吗？然后她再一想，对哦，鬼可能闻不到味道。

但她发现，神明选厕所的次数还真多，这让她阿母一度以为，她肠胃不好，每次一上厕所，总要上半个时辰。

另外的地方，更是分散且随机的——那些被困住的鬼魂，它们死后就窝在生前最纠结的地方，而且不断重复着自己最纠结的那个问题。

她最喜欢发现这样的鬼魂，好像小时候去海滩上戳一个个沙洞，看冒出头来的，是鳗鱼还是螃蟹。

讲到这里的时候，神婆抬头问我——当然塞了一颗瓜子：你家出门左转第一家肉店你知道吧？

我点点头。

神婆说：那里就有一个鬼。你知道它不能离开的原因是什么吗？

我当然不知道。我还是问：所以你能帮我阿母吗？你想帮我阿母吗？

神婆吐出瓜子壳，继续说：它就是生气自己当伙计卖了一辈子肉，但一口牛肉也没吃过——他老婆也不知道从哪儿听来的说法，说佛教徒不能吃牛，吃了，就对自己小孩不好，所以他就一直忍着。但他闻着觉得太香了，在脑子里，他已经想象了无数次吃牛肉的样子。终于到要死了，他鼓起勇气哭着问自己老婆：我能吃点牛肉了吗？就一点点也可以。毕竟是最后时刻，家人赶紧做了牛肉汤，刚喂进去一块牛肉，还没来得及嚼，他就死了。她说，每次就听那个鬼翻来覆去地讲，那肉已经到嘴里了，他刚要嚼，然后，他死了。又说，那汤汁已经到喉咙口了，就要下肚了，然后，他死了。

说到这儿，神婆自己笑了。我没笑，但她还是很严肃地对我说：不可以笑，虽然许多人到死都不甘的事情，在别人听来都那么搞笑。说完，自己还是忍不住笑了。

神婆说，其中她最愿意去听的，是蔡氏家庙斜对面那家打锅的。这家一直住着一个鬼，是那个补锅人的儿子。据说那打锅人祖上是明朝的尚书，一家族的人逃避战乱逃到这海角。整个家族南迁的时候可是有两百号人，最终活下来的就他家。他娶了个妻子，但妻子难产走了，不过有了个儿子。他一看有读书样，好像看到自己祖宗的样子，赶忙锦衣玉食加大棍棒子一起给，盯着他好好读书。秀才早早考过了，但举人就一直考不上，他儿子几次想学打锅，或者捕鱼也好，打锅人就是不允。然后有天他推开书房门，儿子悬梁了。

打锅人愤愤不平，儿子的尸骨烧了就埋在自家后院，依然觉得自己的儿子还在书房读书。

神婆说，打锅人没说错，他儿子确实一直在书房里读着书。

她有段时间每天去打锅人家里报到，为的，就是听那鬼魂，从"四书"读到"五经"，从庄子读到老子。打锅人以为这个叫也好的小女孩喜欢看他打铁，还好奇地问：你一个女孩子家怎么对这个感兴趣？也好说：很好听啊。

打锅人不理解一个女孩子为什么会喜欢听打铁声,但他也不赶。他说,他家是不可能再出现女人了,这个叫也好的小女孩愿意陪他,挺好。

说到这,神婆还补充了一下:可惜我就只能听鬼读书,但没有办法学写字,要不,说不定我现在也是读书人……

神婆那天晚上和我讲了许多鬼魂被困在人间的原因。她说:你看,这么多人到死还过不去的坎,对我这个又老又臭的神婆,对你这个又小又无知的孩子来说,是不是挺搞笑的。

我不觉得搞笑,因为,我那时候心里在想:我爷爷、我奶奶、我阿母的故事,包括我未来的一辈子,讲出来,被另外的人听了,会不会也挺搞笑的。

神婆说,她就这样偷听了几十年鬼的故事,但从来没和鬼开口说话,而她没想到的是,第一个和自己说话的鬼,是自己的丈夫。

神婆说,她一直在想,自己是从什么时候开始披上现在这身命运的。她把自己的记忆找了又找,后来觉得,或许是因为她生下了一个儿子。

她生下儿子那天,丈夫讨小海回来,手上都是黏稠的海泥,他把手洗了又洗,这才敢抱。一抱,就不舍得放。她看着高兴,然后就自己念叨了：皮肤那么白嫩，哪像以后要去海边讨生活的人？手指那么长，明明是拿笔的手。

她就随口这么一说，她丈夫先是很高兴，说：就是就是，咱儿子就是和咱们不一样。然后就突然不吭声了。

过了一段时间，她丈夫和她公公一起来找她，说，他们决定要赌一次，讨一次大海。他们说，南洋恰好有商人来定了一批布料，他们算过，押运一趟往返，扣去租大船的费用，还能挣个几百两。几百两什么意思？神婆说，当时她丈夫这么问她，她还没答，丈夫自己先答了：咱们就可以算不那么穷的人家。

不那么穷的人家能干吗？也好问。

她丈夫回答：可以把儿子送去学堂上学。

去学堂上学可以怎么样？

丈夫回答：就可以不用像我们一辈子浸在海水里。

丈夫还说：其实咱们祖上原来也是个什么大学士，逃到这来的。来到这里后，咱们都被生活按在海水里，都忘了，咱们是谁。

其实那神婆是不信的，因为家里实在没有什么大学士的痕迹。但她丈夫信，她公公信。

直到要出海的那天，也好才知道，这次讨大海真是一场豪赌。上船的不仅有她丈夫和公公，还有她公公的兄弟以及兄弟的儿子。她算了算，夫家这边，除了一个腿脚不便的堂哥，全家族都去了。

她其实心慌过，也动过念头想拦，但她不知道用什么方法可以拦得住。

她是站在大普公庙旁边的那块崖石上，看一整个家族出海的。那神婆说，也是直到那天她才发现，原来入海口那块大崖石上，立了高高低低一二十个人形的石头；她以前没注意，那天她看到了，才发现那些石头真像一个个人。她当时还好奇地想靠近去看看，她婆婆赶紧喊住她：离远一点，那都是盼不回丈夫的女人化成的石头，靠太近，晦气。

她一听，吓得赶紧跑。回来就赶紧不断洗手，反复回想，自己到底摸了没有。

她丈夫说的，这一来一回，估计三年。但她的儿子会爬了，会走了，会咿咿呀呀地学说话了，她丈夫还没回。

那些日子，她心慌了就去镇上到处走，窝在不同地方听不同的鬼自说自话。她是想过，说不定找鬼打听，鬼能知道点什么，但她还是没问。

她想着，如果丈夫变成鬼了，它肯定会回家，回来肯定会难过地自说自话，她肯定会听得到。

所以她不问。

三年过去了，无论以人的样子，还是以鬼的样子，丈夫都没回来。

直到第五年吧，自己的儿子已经会跟在她屁股后面去买菜了。那天她刚买菜回家,就听到有声音在说着:我不应该离开我妻儿的,我不应该离开的。

她先是哭了,才想到要赶紧找,确定下眼睛会不会看得到,如果眼睛看得到,自己的丈夫就是活着的。

她循着那声音,找到自己的房间,真真切切听到那声音在说话,但她没看见人。她想,自己的丈夫会不会调皮,躲到床底下了。她趴下往床底看,没有。她想,会不会躲到了衣柜里。儿子不知道为什么在厅堂哭了,婆婆抱着他进来找也好,看她满眼泪水,笑着问:你想你丈夫我儿子啦?

也好摇头。

婆婆想了想,突然也哭了:难道他不在了?

也好摇了摇头。

丈夫的鬼魂回来整整一周,还不是神婆的也好,还是没和她丈夫说话。这一周,她的丈夫一直重复着那句话。她就扛了三天,实在扛不住了,带着被褥跑到厢房去睡。但那声音太大了,一直在整座房子里回荡。她听得实在难受,就背着自己的儿子到小镇上去晃。

这小镇,铺天盖地的有海浪声、风声和一个个人的声音,以及,只有也好知道的,一个个鬼魂重复的讲述。她漫无目的地背着儿子,在小镇走了一圈又一圈,直到晚上才回去。回到家,每听自己丈夫讲述一遍,心就拧一下。

婆婆觉得她是生病了，先请来了医生。没用。又请来了神婆。婆婆请来的神婆一走进屋子，一看到失魂一般的也好，气呼呼地说：闺女，你都知道的，你开口问吧，这是你的命。

神婆一分钱没收就走了。婆婆陪着神婆出去。也好的儿子在睡觉。也好开口了。话还没说出来，泪水先潺潺地流。

她终于说了：我知道你死了。

丈夫的鬼魂听到也好的话，安静了一下，估计是愣了，然后，就号哭起来。

在婆婆回来之前，也好已经大概知道了丈夫他们讨大海的遭遇：本来一切都很顺利，船快开进台湾海峡的时候，其中一个族弟说，听说台湾的高雄那里来了一些商人。那时候的台湾高雄，很多外国商人，很多外国货，但他们不知道的是，那边也有倭寇。可能是买的东西太多了，大家吹嘘的嗓门太大了，他们装好货品，准备第二天起航回家，结果当天晚上就被割喉了。让神婆觉得愤怒的是：她丈夫已经当鬼了，还不知道，到底是哪群倭寇割了他们的喉。因为，那群倭寇都戴着鬼的面具，而且抢完就开着船走了。

自己当了鬼竟然还是没法知道仇人是谁，你说鬼有多窝囊——也好说到这个地方的时候，还是结结实实地生了气，吐了口痰，再继续往下说。

那丈夫的鬼魂，把故事从下午讲到晚上。她做饭的时候，听着；洗碗的时候，听着；给婆婆打洗脚水的时候，听着；哄儿子睡觉的时候，听着。

听到其他人都入睡了，自己丈夫的鬼魂也讲完了。

也好说：我都知道了，那你走吧。

丈夫的鬼魂说：我不走。然后，又绕回原来的那句：我当时不应该离开我的妻儿的……

神婆睡了一晚好觉，虽然迷迷糊糊中一直听到丈夫的鬼魂重复讲着那句话。她才知道，很多人的内心不怕苦难，怕的是不安定。

只不过，神婆刚睁开眼，听到的还是丈夫的鬼魂重复讲着那句话。虽然理解的，恰恰因为鬼魂什么事情都干不了，就只能说话，就如同老人很容易是话痨，也是这个道理，但她听得头实在疼。

她劝不动丈夫的鬼魂，但又无法让自己听不到鬼魂的声音，那声音，好像是长在自己的脑袋里了。也不知道这样的事情和谁说，又怎么说得清楚。

这样的生活真的太难受了，那鬼魂的话一直往她脑子里钻。她肉眼可见地消瘦下去。

她婆婆不知道发生了什么，问也好，也好也不说。一天早上，也好刚起床，婆婆就拉着她到大普公庙来。婆婆说，也好，和人不想说或者说不清楚的事，就和神明说。

也好抬头看着大普公，大普公的神像被塑造成眼睛睁得大大的双眼皮，看上去一副热情洋溢的样子。

也好跪下来，闭上眼，双手合十，小声地问：大普公您听到吗？
没有声音回应。
也好又问了句：这世界上都有鬼了，是不是应该要有神啊？
没有声音回应。
也好挺失望的。她想，如果没有神明帮忙，她如何和自己听得到的丈夫的鬼魂相处下去啊？但她还是站起身来，对自己婆婆笑着说：我都和神说了。
婆婆开心地跟着松了一口气，说：知道咱们这儿为什么要有神了吧？也好点点头。
和婆婆收拾好东西，就要往外走。有个气喘吁吁的声音追过来：别走啊，我刚到。
也好愣了，转过身，看看大普公的神像，好像就是他说的话。但那神像明明英俊挺拔，声音听上去却像是个胖子，喘气的声音真重。也好犹豫着，仍跟着婆婆往外走，只听那胖胖的声音说：你就不能体谅下神吗？你就不能等一下吗？

神婆说到这儿，转头一直看着我，可能希望我问她。我于是问了：你后来看得到神吗？他到底胖不胖啊？

神婆开心地赶紧回：神如果显像的时候我就看得到，但鬼已经没有像了，所以我看不到。然后说：那大普公真是大胖子，他当时托梦给那个造像师傅的时候，肯定不诚实了。说完，自己捂着嘴哧哧地笑。

那个早上，婆婆带着也好的儿子就在庙里玩，儿子把石马当马骑，把神轿当轿子坐。而也好和大普公——她认识的第一个神明——说了一上午的话。

也好说，大普公讲话时老爱挨人很近，或许是要表示亲近。她挪旁边一点，就感觉声音也跟着过来一点。毕竟第一次认识，她也不敢太无礼，就抠着脚指头，硬着头皮和神这么聊下去了。

她问：鬼的事情你们神不管吗？我丈夫都唠叨这么多天了，你们神都没有来管。

大普公说：我们管的地方太大，管的事太多了，顾不上。

她问：那我刚刚叫您那么多次，怎么也不回？

大普公说：我们管的地方太大，管的事太多了，顾不上。

她问：那现在怎么办？

大普公说：都知道了啊，自然会去处理。

大普公还说：所以以后你在人间就多帮忙开导一下别人，别这么折腾自己折腾别人还折腾神。我们现在神明可真不够。

也好和婆婆、儿子一回到家，确实听到，大普公正在和丈夫的鬼魂说话，苦口婆心地开导。也好心想，还以为是什么神通，不还是劝吗？唯一的区别，神明知道的事情多点，能举的例子多些。那场开导，真是宏大的开导：一来，持续了三天三夜；二来，中间无论鬼还是神，真的一口气都没喘，也不用喝水润润嗓子。

丈夫的鬼魂，翻箱倒柜讲了自己的一辈子；而大普公，则详细地介绍了神明的业务职责，以及看不见的世界的运行规则。

那场开导终于结束了，也好发自内心地感慨：当神真不容易。大普公得意地说：这是我的工作风格，也有那种凶巴巴的，一见鬼就问服不服。还有那种出场要带腰鼓队的，真是铺张浪费。

开导结束后，自己丈夫的鬼魂也要跟大普公去庙里待着，大普公这部分还是要求有仪式感的：所有他普度的鬼魂都统一在他庙里集中，七月底天门开，大家再一起骑马升天或者入地。

丈夫的鬼魂来告别了，它说：如果你希望我走，我这辈子就陪你们到这儿了啊。如果你希望我留，我就留着等你一起走。

也好想了想，还是说：你走吧。她想，就当自己丈夫只是又去了趟远航。但她也没想到，自己说完，就难过到不行。

神婆说到这儿的时候，眼眶还是红了，但瓜子继续嗑着，藤摇椅继续摇着。她吐了一片瓜子壳，愤愤不平道：我怎么知道，它从此真不来和我说话了，你说气人不？死也没必要死得这么干干净净吧。

那时候我还小，分不出真假，神婆说着，我就听着。

接下来的故事，神婆突然不想讲了，或许是因为难过。

她就说，反正不知道怎么的，好像小镇上的鬼魂都知道她可以和它们说话，都纷纷来她家找她。也好实在烦了，一次次跑去求神明赶紧带走它们，有些神明来不及开导的，就让也好帮着开导。也好因此太忙了，忙到没法干活，只好和自己的婆婆说了。

婆婆一听，还挺开心，说：鬼都知道你都来找你了，神都知道你都让你帮忙了，那你还不给人说？

也好想了想，也对，但心还是突然一慌：可是我也不确定我是真的听到，还是只是我太难过了臆想的。

婆婆说：不管真的假的，能帮到人就是神了，管他呢。

婆婆说完后，才反应过来：对了，那我儿子你丈夫是不是死了？你是不是和它说上话了？

也好愣了一下，说：我还没和它说上话，我也不知道。

也好的婆婆想了想：这么久应该死了，你这神婆看来法力还不够，要不，早和我儿子你丈夫说上话了。

也好的婆婆又说：我想了又想，我儿子应该死了。没关系的，我死的时候就知道了。

神婆的故事，还是太长了，不知不觉我就听了一个晚上。

第一次熬通宵的人，看到天翻出蒙蒙的白，心还是会莫名一紧的。我赶紧站起身来，和神婆说：我得走了，但我有最后一个问题：你能帮我阿母吗？你想帮我阿母吗？

神婆吐了瓜子壳，说：当然帮啊，我不帮，她死了还是会来找我。我还不如现在帮了。

我觉得这个回答很诚恳。本来确实已经转身要走了，又想到，其实还有个问题。于是我说：我还有另一个最后一个问题。

神婆往嘴里塞了粒瓜子，晃着腿，好像知道我要问什么。

我还是问了：你说我无子无孙无儿送终，是真的还是假的？

神婆吐出瓜子壳，咧嘴一笑：你都不信命了，干吗问命的事情？

我觉得好像有道理，便赶紧跑回家了，边跑边想着：是命不讲道理，我干吗要信？

本来是想再多睡会儿，但是我妹——你太姨一大早就敲锣打鼓般地在我耳边哭。

我刚睁眼，还没问，我妹——你太姨先开口了：阿母不见了。

去厨房，厨房没有人动过的痕迹；去阿母的房间，房间里没有人收拾的样子；去大门，还好，门还是从里面闩上的——阿母没有出门。

我妹——你太姨，扯着嗓子在一个个角落喊阿母，没有一个角落有回音，没有一个房间有动静。我知道，我妹的眼睛不自觉老往天井中的水井方向飘，一抹红从脖子根一直往上冲。

我可不信，但心里还是会慌。我走近水井，探头一看，没有其他东西，还是安静的一井水，一晃一晃，映着蓝色的天。我还认真看了井里映照出的天——其实本来又是好看的一天，但我阿母不见了。

阿母去哪儿了呢？我坐在天井的石阶上，发着呆。我听见各种鸟飞来，飞走。我数了数，应该有十几种鸟。我突然想，为什么我以前听不到。我闻到空气中，一阵阵，各种游走的香味，我才发现，我家院子里的桂花和一些我不知道名字的花开了。我突然想，为什么我以前闻不到。我突然很感伤地想，这生活中应该有许多好的部分，但我以前为什么不知道？而且，我的阿母不见了。

门响第一声的时候，我没意识过来——毕竟我家的门自己估计也不习惯有人敲的。

响第二声的时候，我确定是我家的门了。但我还是纳闷，这世界上，还有谁有任何理由，来敲我家的门。

我打开门了，是那神婆。

我看到她一边的嘴巴肿了。我说：怎么啦？她翻着委屈的白眼，说：被打耳光啦。然后压低声音说：有些神当了神还没肚量，开不了玩笑。

我问：哪尊神啊？

她白了我一眼：你说呢？坏蛋。

神婆直直往我家里走，边走边说：收拾下赶紧走。

我问：去哪儿？

神婆已经走到厅堂了。她打量着木梁，说：南洋来的？打量着地砖，说：德化的金砖？然后她抬头环顾厅堂，厅堂里摆满了阿母请回的祖宗们的骨灰盒和灵位。她扑哧一笑：你阿母还真刚。又说：还真是想一出是一出。

我说：我阿母不见了。

神婆边继续好奇地打量着，边漫不经心地回复：她死不了的，她不敢死。

我问：那你能帮我找到我阿母吗？

神婆说：当然可以啊。

说完，神婆抬头对着厅堂顶上的阁楼喊：不能生不能死，你就在半空藏着啊？

阁楼里没有动静。

神婆继续对着阁楼喊：不知道怎么往前，又没办法活到过去，就卡着啊？

阁楼里没有动静。

神婆叹了口气，突然无比温柔地说：哎呀，可怜的孩子，下来吧，我来帮你。

阁楼上，传来哇的一声。

很明显，那是阿母的哭声。

我阿母可能觉得自己的表现太丢人了，下来的时候先是扭扭捏捏磨磨蹭蹭的，然后又带着莫名的怒气，对着我说：你不懂得去做饭啊，都过时辰了。

对我阿妹说：我就休息一下，你干吗喊？

对着那神婆说：谁让你进来的？

那神婆倒没有生气，笑嘻嘻转过来指着我，说：就她啊。

然后用一种本来就约定好的口气问：怎么还不赶紧走？

阿母问：去哪儿？

神婆回：去参加葬礼啊。

神婆笑盈盈地走在前面，阿母跟在神婆后面，我跟在阿母后面，我妹跟在我后面。

领头的神婆走路柔柔软软的，原本张牙舞爪的阿母跟在后面老是觉得别扭，迈着小碎步，几次踩到神婆的脚后跟，神婆不耐烦地转身瞪了瞪阿母，阿母则气呼呼地怼：会不会走路啊？

镇上的人没有预料到会有这样的组合出现，大家像看神明出巡一样，一直盯着我们看。

阿母追上来问神婆：为什么要去参加葬礼？

神婆说：我很喜欢参加葬礼。

阿母继续问神婆：为什么喜欢参加葬礼？

神婆从口袋里掏出瓜子，塞进嘴里，说：听听别人一辈子的故事，储存着，可以帮咱们自己过好这一辈子和下一辈子。

阿母说：胡说，这辈子怎么记得上辈子的事情？

神婆吐出瓜子壳，说：你是不是很多事情凭直觉就知道怎么做？——那就是上辈子学的。上辈子学到的东西都在的，只是你不记得而已。

神婆又往嘴里送了一颗瓜子，说：所以要多参加葬礼。

爷爷去世的时候我太小，懂得不多。奶奶的葬礼很潦草，一不留神就结束了。所以那天参加的那个葬礼，我觉得挺新奇。

还没走到，就远远看到立满了密密麻麻红红火火的拱门。厅堂两边分别是一支西洋乐队、一支南音团。西洋乐队弹奏一曲，南音接着上，南音吟唱完，西洋乐队接着上。旁边的空地上，还有人在耍猴戏，那些猴如人一般，听着指令表演着踩高跷等杂技，每表演完一个节目，就要绕场一圈，对着所有人一一作揖。

我问神婆：怎么热闹得像赶集？

神婆回：好死比活着舒服，那当然是要庆祝。

再往里走，就看到一堆穿着孝服的人，排队排得很整齐。要说难过，排头的那位，总是哭得声嘶力竭，肝肠寸断的；要说不难过，那便是，排头的哭到一定时间，会戛然而止，收起哭腔，面无表情地走到队伍后面，坐到地上，抖着腿，不耐烦地等着自己的下一次号哭。

我问神婆：这又是为什么？

神婆回：这是哭丧队。咱们这里，这个环节亲人不能哭，要不，亡者的灵魂不舍得走；但又得有人哭，要不，亡者的灵魂会觉得在世的人无情。

我问：连难过都要这么复杂？

神婆回：那可不。守灵的时候不能哭，要哭丧队哭；出殡的时候不能哭，还要敲锣打鼓，要让人知道这是喜丧，亡者是幸福地死去的；要入土的那刻一定要号哭，让亡者知道亲人的情感；

葬完之后亲人们要拼命地庆祝，并且大喊：发啦发啦。意思是，亡者找到风水宝地，死得其所，会保佑整个家族兴旺发达……

我问神婆：所以死到底是该开心还是不该开心？

神婆不耐烦地回：死和活一样的，有开心也有不开心。

神婆领着我们往里走，西洋乐队、南音团、耍猴的和死者的家属都和神婆打招呼。

神婆找了个桌子，拉着阿母和我们坐下来。桌子上有瓜子，神婆一把一把往自己口袋里装，装满了自己的口袋，也不管我们愿意不愿意，就拿着瓜子往我阿母、我、我妹的口袋里装。

装好了，刚好主持人一个起调，神婆跷起二郎腿，抖着脚，掏出瓜子开始嗑。她像是突然意识到阿母的存在，转过头笑呵呵地说：赶紧听赶紧听，最重要的部分来了。

那是念悼词的环节。

在那户人家的厅堂里，中间是亡者的遗体，亲属们一排排跪在前面，西洋乐队和南音团各自守着一边。先是负责整场法事的师公摇着铃，念念有词，烧了张符纸，两边的音乐同时响起。然后一个披着红大褂的老者走到跟前，大喊一声：尚飨。

走出来的是亡者的儿子，他掏出一张红纸，就跟着上面的文字读：

呜呼哀哉，吾父张万林，辛苦一生，勤恳为家……

那儿子念得磕磕碰碰，面无表情。神婆听得皱眉，然后竖起耳朵，左右探寻着什么。

我小声地问：你是在听亡者来没来？

神婆瞪了我一眼，怪我打扰了她：当然在啊，早早就蹲在棺材边等着了，已经在发脾气了，觉得自己的儿子情感不够真挚，觉得自己这一生白瞎了。我在听他骂人，可好玩了。

那操办法事的师公显然也感受到了，小声提醒着亡者的儿子：你得带感情啊，你得哭啊。

那儿子冷了一下，愣在那许久，酝酿了一会儿，毕竟是面对自己父亲的死亡，还是容易调动记忆的，眼泪成功地开始潺潺地流。边流着泪，边继续念着：

爱护家庭，关爱妻儿，热心邻里……

师公还是不满意，提醒道：不是你自己哭啊，要哭给大家知道。

儿子莫名怒了，流着泪，发着脾气：我不是要一边哭一边念吗，怎么还可以哭给大家听啊？

下面亲属里有人也着急了，指责那儿子：怎么不可以？然后站起身来：听听啊。然后就开始示范。

一发音，就带着重重的哭腔：爱护……呜呜……家庭……关爱……呜呜……妻儿。

师公满意地点头，问那儿子：懂了吧？

此时，那儿子的情绪显然愤怒占了绝大部分，他憋了哭腔，大声地念了起来，但反而没眼泪了。

有进步啊，就这样。师公表示赞赏。

不过，尾音的哭腔再出来一点。师公偶尔还小声提醒下。

悼词念完，一堆乱七八糟的仪式行毕，然后就准备出殡了。

神婆挽着我阿母的手站起来，我和我阿妹也赶紧跟上。

神婆边往外走边和我阿母咬耳朵：听出来了吗？这亡者死得真好，我都不用操心。

我阿母不理解，还有点生气：怎么好了？悼词里不就生了，活了，生别人了，养活了，老了，然后自己死了吗？

神婆说：你听出来了吗？是不是死得理所当然？你觉得生了容易？活了容易？生别人了容易？养活了容易？老了容易？这一道道关，说起来容易，哪道又真的容易？但他都没被卡住，简直是上好的死了，就像熟透了自然从树上落下来的果子，都不用去掰。死的时候，世间和自己都没有伤口，这还不好？

阿母或许是没听明白，又或许听明白了，所以不说话了。

神婆还在口沫横飞：你看，你不就过不去，硬是寻死，还敢小看人家。

阿母生气地甩开神婆挽着她的手，转身就往家的方向走。我和我阿妹赶紧跟过去。

神婆也不劝，只是在后面像通告一样喊着：从明天开始来我家，来我这边做帮手。

阿母听到了，没回。

我赶紧回：好的。

第二天一早，阿母比往常的时间点早起了，然后不断来我的房门口晃。我知道我阿母在等我问,所以我问了:咱们去神婆那里做帮手好吗?

阿母假装犹豫。

我说:昨天咱们没吵赢,今天去赢回来。

阿母说:好吧。

到了神婆家门口,阿母站在门口犹豫了一下,最终人没进门,声音先嚷起来:我来了。

在那当作厨房的偏房里,传来神婆的声音:那进来啊,我地瓜粥刚煮好。

说着,那神婆就端着一个托盘出来了,四碗地瓜粥,一小碗当配菜的鱼干。

我阿母当时着实愣了一下,继续很冲地说话也不是,马上温柔下来也不是,她犹豫了一会儿,最终还是进去,扭捏着坐下。

那神婆把一碗粥吹了再吹,吹到粥凉成了米糊的样子,往我阿母面前一推。

我阿母想开口说什么,神婆说:先吃。我阿母就没吭声了。

神婆一碗一碗地帮我们把粥吹凉,一碗碗摆在我们和自己面前。吹好了,那神婆自己吸溜了一口,说:大早上就得吃粥。

那一天,神婆没有特意招呼我们什么。

其实,她谁都没有招待。

神婆这个职业还真闲，大部分时间，她就在院子中间那把藤摇椅上躺着，胸口捧着瓜子，嗑着瓜子，眯着眼睛晒太阳。

是有许多人来，进来的时候，和她打下招呼，就各自去神殿点燃沉香，喃喃念叨了自己的苦难和烦心事，便安安静静地坐下。

她们中只有不多的人会掷筊或者求签，一定要和神婆聊什么的人就更少。好像从坐在这神殿里开始，每个人都把自己内心的东西掏出来了，晾晒在神明面前，然后一切就好了。

这里更像是镇上的公共晾晒场。

那些郁结的人，则会假装若无其事地晃来晃去，终于晃到神婆面前，对着眯眼晒太阳的神婆，问：也好婆婆，在晒太阳啊？

第一次叫的时候，神婆都要假装没听到。有人因此就会怯怯弱弱又退回去了。

我以为那是神婆偷懒，神婆后来解释：如果那人选择把自己的问题吞回去，而不是叫我第二次，就证明，他的心力足够解决自己的问题啊。

那种会叫第二次的人，神婆就认定她必须很重视了。她会坐起来，双手握着对方的手，问：怎么啦？

然后那人无论年纪多大，被这么一握，都会像小孩子那样，直接一屁股坐在院子的台阶上。一坐下来，就开始讲故事，讲自己到目前为止的人生。

神婆听故事的时候不嗑瓜子，但是会不断地抖脚。

讲的人生气的时候，神婆跟着青筋暴涨；讲的人难过的时候，神婆跟着眼眶红；讲的人笑的时候，神婆笑得比对方大声。

讲的人讲完了，停下来，看着神婆。

神婆双手重新握住对方的手，然后说：我去打听下啊。打听好了我就告诉你。

有的人会问神婆能不能帮忙算算八字，或者卜个卦，又或者画一张符纸。神婆总会说好的。但她后来和我说，其实她哪懂，就只是胡乱对付一下，满足一下对方的需要。

神婆不招呼我们，我们别扭了一阵，就各自找活做。

阿母找了把竹椅就坐在神婆旁边，没有人找神婆的时候，她就发呆；有人找的时候，她就托着下巴，认真地听着。

我本来也是坐着的，但是实在觉得坐不下去，就拉着我妹——你太姨，到处找活干。我后来扫过神殿，倒过香灰，给访客倒过水，冲洗过庭院，甚至还擦洗过神婆卧室里的夜壶，洗过庭院里的厕所。我想着，神婆帮我阿母，我帮她干活，这就很好。

但是一整天下来，除了中午和晚上要做饭的时候，神婆拉着我阿母，说要教我阿母下厨外，她什么话都没和我阿母说，什么事情都没为我阿母做。

我早上的时候想，或许下午神婆就要帮我阿母了。

我下午的时候想，或许晚上。

吃完晚饭后，我知道自己生气了，我生气地收拾餐桌以及洗碗，我生气地给神婆清理瓜子壳。神婆也知道我生气了，但她白了我一眼,什么都没说。

晚饭后,还零零星星来过几个人。九点后,就几乎没有什么人了。

神婆还是躺在院子里的藤摇椅上,不催我们走,也没让我们留。

阿母还是坐在神婆旁边,我妹——你太姨困了,窝在阿母身上。我倔强地站在神婆旁边,一直盯着她。

还是我阿母先熬不住,说:我们回去吧。

我妹——你太姨马上活过来了,蹦蹦跳跳地冲在前面。我们要走的时候,神婆说:明天记得来啊。

阿母没回。

我也没回。

我原本以为我可以熬到第二天白天再质问神婆的,但我就是睡不着,还是趁着阿母和我妹睡着,又冲到神婆家。

神婆家依然没有关门。

今天神殿里没有人。

神婆依然在院子里嗑着瓜子。见我来了,依然说:你来了啊。

我生气了,跺着脚,手指着神婆:你这是在帮我阿母吗?

神婆好像很惊讶我会这么问:不是已经在帮了吗?

我两眼盯着她,像只准备朝人吠的狗。

神婆不耐烦地吐出瓜子壳：我问你，那些神明的签诗写的都是什么？

我想了一会儿，不确定地答：故事？

神婆继续问：你去寺庙，那些庙公庙婆讲解佛经的时候，用的是什么？

我不确定地回：故事。

神婆说：这就结了。我怎么知道怎么帮人活下来？我就知道，神明就是这么干的，我也就跟着这么干。去葬礼，听一个人一辈子的故事；在这里，听每个人活着的故事。

神婆特意顿了顿，口气像个真的神婆一样：告诉你一个秘密啊，虽然我已经认识了鬼和神，知道死完全没有狗屁用，但好几次，就是不想活了，就是挺想死的。有一次是我婆婆死了，我想，自己是不是干脆也死了算了。有次是觉得我儿子长大了，我想，是不是干脆死了算了。有次无缘无故的，觉得这生活无边无际的，像海，不就是一个接一个的浪，是不是干脆死了算了……那么多次想死，我就是听着一个又一个人的故事，这才活下来的。我也说不上，是谁的哪个故事，告诉我什么道理，也说不出，我感受到了什么，但我就是这样活下来的。然后我把我的故事，说给另外的人听，把他的故事，说给别人听，大家就都活下来了。

我不知道怎么回复，坐在神婆旁边的石礅上。

神婆不嗑瓜子了，也不抖脚了，她长长地伸了一下懒腰，说：我有时候在想，说不定，人的灵魂就是这故事长出来的。人用了一辈子又一辈子，以这一身又一身皮囊，去装这一个又一个故事。

不知道为什么，在那一刻，我好像看到许多人的岁月，像海一样，朝我涌过来。

那神婆温柔地看着我，说：傻孩子，再告诉你一个秘密啊——只要我们还活着，命运就得继续，命运最终是赢不了我们的。它会让你难受，让你绝望，它会调皮捣蛋，甚至冷酷无情，但你只要知道，只要你不停，它就得继续，它就奈何不了你。所以你难受的时候，只要看着，你就看着，它还能折腾出什么东西，久了，你就知道，它终究像个孩子，或者，就是个孩子，是我们自己的孩子。我们的命运终究会由我们自己生下。我们终究是，自己命运的母亲。

我也不知道自己为什么难过起来了，很多问题想问，但是又好像没有什么问题可以问了。然后那一刻，我突然明白也非常笃定，这个蔡也好就是咱们这小镇最好的神婆了。

自此之后，每天早上阿母又如以往一样，鸡鸣就会起床，和往常不一样的是，她会稍微认真收拾下自己和我们，才挽上篮子唤我们出门。

出门就是去那神婆家。

小镇上有葬礼，神婆总会带我们赶过去。其他时候，她就坐在院子里的藤摇椅上嗑瓜子，等着间或有人来和她说故事。

她依然在听完故事后,向别人承诺,打听后会答复的。

但她并没能全部答复。

她会解释:我去打听了,没打听到,你可以去神殿里再问问神明。

我问过神婆:我见你除了葬礼哪儿都没去,你怎么去打听?

神婆说:鬼会来找我,神也会来找我,我不需要出门。

我不信,继续问:你都有鬼和神做情报员了,怎么还这么不神通?

神婆瞪了我一眼:海上多少条浪,每一刻做多少变换,谁有神通数得清?

阿母依然每天坐在神婆旁边,发呆或者托着下巴听故事。

她厨艺越来越好,好像感觉还胖了点。我妹——你太姨也跟着发胖了。

而我,不到一个月就对神婆家了如指掌了。

我特别喜欢待在神婆家,擦洗着每块砖、每根柱子时,我心里都在想,这要是我家该多好。

我在想,我喜欢这里,或许是喜欢来这里的人,每个人的眼神,都是温温的,虽然带点悲伤。

另外,这里总是香香的,好的沉香,便宜的土香,热热闹闹的,感觉人在这里待久了,都被这香味腌渍透了,每个毛孔都是香的。

我还经常愿意躲在神殿里,虽然没有什么心事可以摊开,但抬头看这烟雾缭绕里的一盏盏灯,想着,这应该有点类似希望的感觉吧。

当然,我还发现,神婆家里有个男人的房间,挂着宝剑,桌头还放着拳谱和画本。

我问过神婆:这是你儿子的房间?

神婆说:是啊。

我问:他怎么没有回来?

神婆说:他去讨大海了。

我没好再问,但神婆倒愿意说:他没和我说为什么,我也没问。我想,或许他以为自己去讨大海了,能在某个海面上突然看到自己的父亲吧。

我不知道要回复什么,随便"哦"了一声。神婆却突然自己想到什么,开心地笑起来:要不,这次回来,我撮合你和万流吧。

我脸一下子臊红了。

神婆继续说:不然,谁能娶你啊?

日子久了,总会有一搭没一搭地乱聊。

我阿母问:人死后是去哪儿呢?

神婆当时在晒太阳:能去天上的已经去天上了,必须到地下去的也被拉去地下了,还在纠结的就在这人间晃荡着。

我阿母问:我死后去哪儿?

神婆吐出瓜子壳，说：那你自己比我还知道。

我阿母问：你怎么知道别人的命运？

神婆当时迷迷糊糊快睡着的样子：就是有时候我突然听到一些人的一些消息，我也不知道是神还是鬼告诉我的，也不确定那声音是从过去流过来的，还是从未来飞过来的。

说完，神婆就打起了鼾。

有次我们四个人去镇上参加了一个葬礼，是一个没有尸体的葬礼。

有一个家族的男人一起远航，已经七八年没回来了。

那个家族还活着一个老祖母，七十多岁了——这在那时候已经算非常老了。她说她知道自己要走了，让家族剩下的人把她抬到厅堂。她说，她看到自己的两个儿子五个孙子已经早早等在这儿准备接她，交代所有人趁着她的葬礼之前，先帮着把那些孩子的事办了。

老祖母躺在厅堂里，旁边就在为她的孩子做着法事。那神婆特意想去和老祖母说话，老祖母笑开已经没有牙齿的嘴，在神婆开口前就一直摆手：不要安慰我，不要。我很开心的，我们都顺顺利利地走了，完成了这辈子，挺好挺好。

整个仪式期间，那个老祖母一直笑呵呵地看着。念完一个孩子的悼词，那老祖母都要举起手，竖一下大拇指。其他人难过了，想哭。老祖母说：活着和死了的孩子你们都不哭，咱们都活得很好。

孩子的仪式做完，那老祖母也不知道什么时候已经走了。

回去的路上，我阿母说，那老祖母，死得真好。

神婆听到了，开心地拍了拍阿母的背。我阿母嫌弃地把她推开。

走到一个路口，直走，就是那神婆的房子，右转是通往入海口的那块崖石。

阿母走到前面去，往右转，大家也跟着往那块崖石上走。走到崖石上，我阿母和我们说，她想起我爷爷给她讲过的一件事。说想念谁的话，可以到这崖石上来，一直看着海面，诚心的话，可以在那一天看到海上漂来一座岛，岛上就是你想念的那个人。再睁眼仔细看，你会看到那岛上有一座座房子、一条条街道，就是那人生前住的地方。

那神婆说：你说的那个不准，不是岛。海上是有一只只巨龟，那些巨龟可以从阴间游到人间来，它们会听海上的声音，听到喊谁的名字，就会去那个世界，把那人的灵魂载过来一下。那些巨龟太大了，一只就有我们一个镇子大，上面还有山有树有花有鸟的，它们游的时候，头和身体都在海面下，许多人就以为那是岛了。

阿母问神婆：谁和你说的？

神婆回：还用说吗？大家都知道啊。

我在一旁自己琢磨着：这会不会就是记忆？是太想念某人，

一直看着海面,看到的幻象。我就这么想着,但我不想说出来。我觉得,大家那样想,挺好。我也愿意那样想。

和那神婆待久了,会感觉自己活在一个真真假假、相互错落、辨认不清的世界里,觉得我生活的小镇,比我记忆中的大太多了——除了人间,还有天上、地下和海面,也比我记忆中的拥挤太多了——除了生生不息的人,还有,有些人看得见有些人看不见的神和鬼。

我也没再去辨认那神婆讲话的真与假,反正我只有十几岁,神婆说着,我就听着。我还要活这么多年,有的是时间去验证,但我想,其实干吗去验证?有这样的世界,不也挺好的。

我阿母肉眼可见地胖了,我阿妹肉眼可见地胖了,我看着她们发胖的躯体我就开心。我开心岁月开始温和地往她们身上贴,而不是一刀刀往她们身体和心里割了,我于是想,这样的日子应该算好日子了吧。

杨万流——神婆的儿子回来的时候,我在冲洗厕所,出来时,听到神婆和我阿母在那叽叽喳喳。

神婆得意扬扬地——当然还是嗑着瓜子——说:我儿子挺俊吧。

我阿母回:是挺俊。

神婆说:最俊也就是这个年纪,他还不让我多看几眼。

阿母突然间说：你现在可以帮我了吧？

神婆警惕地问：帮你什么啊？

阿母说：对镇上的人说，我两个女儿八字都很好啊。

神婆吐出瓜子壳，咧嘴一笑：现在还想去死吗？

阿母摇摇头。

神婆继续笑着：但我不能说谎啊。

阿母说：那我女儿怎么办？

神婆说：你看我儿子怎么样？

我阿母还愣着，神婆已经继续说：反正我觉得我第一眼就欢喜屋楼。

阿母还是愣着：你不是说她无子无孙无儿送终吗？

神婆吐出瓜子壳，说：是啊，那又怎么样？

阿母以为我没听到那天下午她们的对话，晚上回去的路上，边走边和我说：你知道咱们这儿，子女的婚事都要听母亲的吧？

我不吭声。

我妹——你太姨问：什么是婚事？

阿母和我都不吭声。

回到家了，我一个人洗漱完赶紧回屋躺着。阿母突然开了门，就站在房门口说：听阿母的话好不好？

我不知道自己为什么哭了，还哭着回：好的阿母。

真的吗？阿母开心地一蹦一跳走了。我是后来才知道，那晚上阿母翻找自己好看的衣裳，一直到凌晨。

我不知道那天晚上那神婆是怎么和杨万流说的。

第二天一早，阿母不着急出门了，她拿着一身好看的衣裳，一定要我穿上。阿母说，这是她结婚后缠着奶奶找人做的。她本来想，等生完儿子身材恢复后，穿出来给我阿爸看的。她说，她想着这样我阿爸会更喜欢她，她想着，这样我阿爸会更加觉得自己的生活很好。

她要我穿上那些衣服，但我不肯。我不肯，她就突然哭了。她哭了，我就赶紧穿上了。我穿上了，阿母眯着眼往后退，让我转身给她看。看着看着，阿母又哭了。

阿母还在哭的时候，有人敲门了。

我要出去开门，阿母不让。她让我去房间里待着，交代说，她叫了我再出来。

我听到她走出去了，门开了，我听到神婆的声音，我听到神婆声音后面还有个介乎男孩与男人之间的声音。那人的声音客客气气的，拘谨得很。

我听到他们一起走到厅堂来，我听到我阿母疲惫又开心地说了句：真好啊。

然后便喊我出来了。

我当时是不知道要干吗的，穿着那身衣服就如同穿着戏服，手足无措、跟跟跄跄地赶紧走出来。直到那时候我才发现，这么多年来，我从来没有和同龄人说过话。我有点慌张，脸红通通的，一直低着头。

我阿母说：你抬头看看，抬头看看。

我一抬头，看到那男人的脸。那男人眼光刚触及我脸的时候，我看到他笑了，笑得和海上的月光一般。我也不自觉地笑了。

但笑着笑着，我突然有一种强烈的直觉，哇一声哭了出来。

神婆笑了，赶紧走上来抱住我：怎么啦怎么啦？

我问神婆：我阿母是不是要走了？

神婆哈哈大笑：你不想死了，对吧？

神婆咧着嘴问我阿母。

就这样，那神婆成了我婆婆蔡也好，神婆住的地方成了我后来生活了一辈子的地方，我现在躺着的藤摇椅，就是那神婆躺过的藤摇椅。那个说我无子无孙无儿送终的神婆，最终让她儿子娶了我，而我最终竟然也愿意嫁给她儿子。

我和杨万流——你太公，结婚就定在见面那天的一周后。

结婚后我几次问杨万流：你怎么第一次见面就答应和我结婚了？

杨万流反问我：那你怎么答应的？

我说：我是没有人敢娶我。

杨万流说：我是不能娶别人。知道我阿母怎么和我说的吗？她说，当阿母的就告诉你，你注定要娶这姑娘了。

我笑了：又搬出满天神明来要挟你啊？

杨万流说：这不，我都习惯了。小时候连我不吃地瓜，她都要威胁——神明会生气的。

我问：那当时你怎么回答？

杨万流说：我娶回来不碰她可以吗？不回家可以吗？

我不开心地看着杨万流。杨万流嬉皮笑脸地说：我阿母当时把手往桌上一拍：可以！你死在外面我都不管。

从第一次和杨万流见面到结婚，就七天。我阿母真够急的，我则完全是蒙的。

我只记得，阿母那几天让我们把家里的门紧紧闩上，然后指挥着我和我阿妹，跟着她一起搬出奶奶当年为她准备的嫁妆和衣服、家里剩下的金银细软，一件件摊在庭院里——哦，对，就和我现在一样。

她和我现在一样，把所有物件摊开，一件件仔仔细细地看。看着这个物件笑，看着那个物件哭，但这是哪个故事里的物件她一句也没说。

她就这样边笑边哭，最终把所有物件整理出来了两堆，我阿母说：这一堆是你的，这堆是你妹的。

我妹——你太姨当时还不懂事，毕竟才十二岁，开心地又蹦又跳，拿着玉镯就往手上套，拿起衣服就往身上套。

我问了一句：那阿母你的呢？

我阿母愣了一下，然后哈哈大笑：我也是你们的啊。

我们这边没亲戚，我婆婆——就是那个神婆，那边也没叫亲戚（后来我想，可能是那次出航族亲都死得差不多了），就杨万流骑了一匹马，来敲我家的门。

这马胸前是别了朵花，杨万流确实也穿上了大褂，但一人一马，终究是安静得有点寥落。

我阿母笑着说：我嫁人的时候有海入赘，阿爸还是让人抬了轿子，带我去敲锣打鼓地兜了一圈，又回到自己家里。

杨万流哧哧地笑：我可以带屋楼去兜一圈的，边兜我边唱歌。

我阿母说：按照习俗我是要拿棍子敲轿子的，这样女儿嫁了就不会退回来了。

杨万流哧哧地笑：阿母您可以踢马屁股。

我阿母哭着说：我不能让我女儿这样嫁了啊。

杨万流蒙了，问：那阿母您说怎么办？

阿母扬了扬手，说：人你就带走吧。

我也哭了啊，边哭边喊：我嫁过去一下，待会儿就回来了。

阿母边哭边推着我上了马。

杨万流是真高兴，一路上大喊大叫地唱歌，说，这就是他给我请的锣鼓队。

我是哭了一路，说不上是因为难过、害怕、兴奋还是庆幸。我就是哭着。

到了那神婆也就是我婆婆家，她做了一桌子菜，神殿的桌上也摆了一大桌菜。

但也就她一人等着。

她笑眯眯地把我扶下马来,拉着我和杨万流说:你们就简单点,抓紧拜一下天,拜一下我,拜一下彼此,就算成了。然后我去叫屋楼的阿母,回来咱们就赶紧吃饭,我饿极了。

我当时着急回家啊,赶紧拉来杨万流,随便拜了拜就朝门外走。看杨万流没跟上,还困惑地问:咱们不结完婚了吗?我可以回家了吗?

那神婆——我婆婆,扑哧一声真笑出口水来了:结婚了,你以后就和杨万流住这儿了啊。

那我阿母呢?

我婆婆说:我想,这就叫她也搬过来住。

那神婆,也就是我婆婆刚要出门,我妹来了。她扎着辫子,蹦蹦跳跳的,头上还插着花。

我婆婆问:你阿母呢?

我妹回:她说她祭拜下祖宗们就过来。

我婆婆说:那我去叫她。

我婆婆说过的,她叫了我阿母就回来一起吃饭。

我婆婆腿脚很好的,我阿母腿脚很好的,她们走路都很快的。

我娘家到我婆家很近的,我用跑的,二十分钟就能一个来回。

但是我婆婆去了半个小时还没回来。我妹说：我饿了，能先吃吗？杨万流说，说不定她们在讲悄悄话。

但是我婆婆去了一个小时了还没回来。我妹说她吃饱了，困了。杨万流说：那悄悄话真长，要不咱们也先吃。

但是我婆婆去了两个小时了还没回来。我妹在打呼。杨万流说，听我婆婆讲过，新娘子嫁进来那天就出门，婚姻会出问题的。

但是婆婆去了快三个小时还没回来。杨万流说：要不咱们去看看？

结婚的衣服我们都没换，骑的还是迎亲时候的马。我们穿过小镇，街坊觉得很新奇。我不知道明天会流传什么故事，我也不在意，我只想知道，我阿母和我婆婆怎么了。

到我家了，门是开的，那神婆——我婆婆正坐在天井里。

但我找不到我阿母。我问我婆婆：我阿母呢？

我婆婆说：我刚走到的时候，看到她正背着最后一批祖宗牌位，往你们房子后面的海边走。

我婆婆问她：你干吗去啊？阿母开心地和她说：我要把所有祖宗的牌位都扔进海里。我婆婆问她：你为什么扔海里啊？阿母开心地回她：反正我阿爸当年烧的金银够多的，够花了。我婆婆笑她：你还这么幼稚啊，你还在生气啊。

我阿母说：我生气啊，我是还在生气啊，怎么扔下我一个人，差点活不下来又死不了。

我婆婆说：你阿母说完，就哇哇一直哭。我也不好拦。她往海边走，我也跟着走。走到海边，我还笑着说：等你吃饭，赶紧的。你阿母还回我：好啊，我很快的啊。

你家后面不是有一块大礁石吗？你阿母抱着那几个祖宗牌位，爬到礁石上，她看着海，看了一会儿。但海在涨潮啊，海风还很大。我催她赶紧下来，你阿母说：好啊。然后她就把牌位往海里一扔。然后，她就掉下去了。

我婆婆说到这儿，就停了。

我说：为什么掉下去啊？

我婆婆很生气的样子，说：我也不知道啊，她到底是跳下去的还是滑下去的啊？要是滑下去的，我他妈的和神明没完，干他妈的，世间都是这种烂故事，真是脑子被屎糊了。要是跳下去的，他妈的我和你阿母一辈子没完。她骗了我，她不相信我，她让我难过了。

说完，我婆婆呜呜地自己哭起来了。

我脑子里突然滋的一声。然后我看到了，看到阿母正浮游在水上，像只小船。海浪推着她一晃一晃，就像有母亲在推着自家孩子的摇篮。她好像很开心，虽然她的身体跌肿了，脸圆成一团。不知道为什么，我也跟着笑，眼泪还一直流着。

我和阿母说：你不能这样走啊，人要怎么过自己的一生，我还不知道啊。你是不懂，你是没有教我，你至少得陪我啊。

阿母没有回答我。

我和阿母说：你是跳下去的还是滑下去的啊？要是跳下去的，我这辈子都不理你了。

阿母没有回答我。

据万流说，后来阿母的尸体是在我婆家那边找到的。

万流说：你看，她还想着要来一起吃饭的。他是对着我们三个说的。

我婆婆——那神婆不回话。她没再难过，但整天气呼呼的，扯着嗓子到处嚷：你阿母没有来和我说清楚前，我不会给她操办葬礼的。说完了，还对着各个方向嚷着：听到没，赶紧来和我解释清楚。

我妹——你太姨，从早到晚地哭。她哭着说：我无父无母了，我无父无母了。

我不回话，也没哭。我一直很愤怒，过一会儿就问一次我婆婆——那个神婆：我阿母来和你说话了吗？

神婆说没有。

我问：那你能去找她吗？

神婆很生气地说：我找不到啊。

过了一会儿，那神婆像想到了什么，跳起来说：人死后要倒着走，把自己踩过的所有脚印拾起来。咱们去堵你阿母？

我说：好啊，堵住她。得问清楚才能让她走。

神婆让我回想，如果把我阿母的人生路重走一遍，要怎么走。

我说：应该就是从这边到我家，再到这边，再到我家，再是我家我家我家，再是绕着海边的庙，一座座庙，一圈两圈三圈……

神婆说：明白了。你阿母的一辈子就三个圈圈，你家一个圈圈，海边的庙一个圈圈，你娘家到你婆家一个圈圈，咱们总能绕着找到她的，就怕她不搭理我们。

我问：那怎么办？

神婆说：你想想怎么让她开口。她开口了，我就能听到。我听到了，就能问她。我问她了，我就一定要问清楚。

我们出发了，我走在前面，神婆在中间，我妹在后面跟着。我边走边想，我要说什么才能让阿母开口。

我们先是要从我婆家走到娘家。我边走边想，阿母在这条路上拾起一个个脚印时，她会看到我跟在她后面的样子吗？自从我阿爸不在后，阿母就没正面看过我。

于是我说：阿母啊，如果你在，你赶紧多看看我的模样，你不要只带着我小时候的样子走。

我们又绕着一座座神庙走。我边走边想，阿母进到这一座座庙里去拾脚印，如果神明也在，她会像以前一样骂神明，还是神明会骂她？

于是我说：阿母啊，你太得罪神明啦，你下辈子、我这辈子还要靠他们保佑的。你见到他们了吗？你和他们好好说话了吗？

我们走到我家里，绕着我家前前后后地走。我边走边想，阿母走到这里应该着急了吧，按她的性格，应该等不及要去见我爷爷奶奶，她的阿爸阿母啦。

我想着想着，想到，所以我凭什么因为自己想要找阿母，就不让她去找她阿母？我阿母只是个小女孩啊。

这样想之后，我就不想堵住我阿母了。这样想之后，我就站在我家的天井里一直嚷：阿母你走吧，你赶紧走吧，不要回答我，不要回答我婆婆，你赶紧走吧。

神婆不知道我心里想的是什么，但她看我哭了，用嫌弃的口气，喃喃说着：算了算了，走吧走吧，我不和你怄气了，你也别来找我了。

要走回家的时候，又走到那个岔路口。直走，是我的新家——那神婆的家。右拐是入海口那块崖石。

我走到我婆婆前面去，往右拐。我走到这入海口的崖石上，一直往海边看。

我婆婆说：你想看到谁吗？你可以对着海喊名字。

我还在哭着，我想着，我不能喊，就让我阿母安心地走了吧。

我转身要走，神婆却突然兴奋地叫我赶紧看，往海的深处看。

我看到了。我看到了一座巨大的岛屿，往我们的方向游过来。

我嚷着：是阿母吗？是你吗？

那座巨大的岛屿像听到我的声音，游过来的速度更快了。

我哭着喊：阿母是你啊，真的是你啊。

然后我心慌地想，不行，我不能拖住我的阿母，我得让我的阿母走，我得让我的阿母赶紧去找她的阿爸阿母。

我哭着对那岛屿喊：我不想你了，你赶紧走吧，我真的不想你了，你赶紧走吧。

那岛屿停住了，像听到我的话了，在犹豫着，在难过着。然后，一整座岛，就突然完全消失了。

回来后，我婆婆——那神婆，关了三天家门。

她没说为什么。大家看门关着，自然就知道了，连敲门的人都没有。

我婆婆还是躺在藤摇椅上，还是嗑着瓜子。一躺一整天，嘴里喃喃的，一直嗑着瓜子。

我问杨万流：要不要去和她说说话？

杨万流说：不用，应该是一堆鬼和一堆神轮流来安慰她。

我说：你怎么知道。

杨万流说：我奶奶去世的时候，她也这样。

阿母的葬礼最终还是我婆婆操办的，边操办，边咒骂着：我就不应该给你办送行礼，我就不应该。

说完，还是干练地指挥着。

别人的葬礼会有一堆亲戚守灵泡茶嗑瓜子，我阿母的葬礼也有了——都是神婆的信徒（或者顾客）们。

别人的葬礼会有西洋乐队和南音团，我阿母的葬礼也有了。

别人的葬礼要游街，游完这个活了一辈子的地方，再送到海边的墓地。我阿母的葬礼也有了。

我婆婆就是不安排念悼词的环节。我妹问：为什么？

我婆婆对我妹说：我和你姐还在生气。

但我婆婆还特意邀请来几个读过书的先生，穿着大褂披着红绸带骑着马，马的头上别着朱砂笔，走在阿母葬礼队伍的前头。

我问过婆婆，为什么要做这样的安排。我婆婆说，笔能点开天地，为灵魂开路。路开好了，她赶紧走吧。

出了镇子直直往海的方向走，便是我阿母最后的容身之所了。

杨万流已经让人把墓地做好了，墓洞也挖好了。我偷偷瞄了一眼，黑不溜秋的，恍恍惚惚地看不到底，心里咯噔咯噔跳。

想着，阿母睡在里面该多冷啊。

我问我婆婆：我阿母来了吗？

我婆婆依然气呼呼的：我不知道，我不和她说话。

第一锹土撒进去的时候，我才想到，我忘记问我阿母那个问题了。我赶紧从我心窝窝处最深的那个口袋，掏出我画的阿爸的画像，打开了，对着躺在土里的棺木里的阿母悄声问：阿母啊，我阿爸是长这样吗？

阿母当然没有回答。

你太姨好像听到了,激动地跑过来,想抢我那幅画看。我也不知道自己为什么,下意识把画一揉,放嘴巴里吞了下去。我妹拉着我捶打了许久。

阿母的葬礼一结束,我就突然莫名觉得自己的身体轻飘飘的。一整个队伍往家的方向走着,我边走边想,因为我是无父无母的人了,所以我身体轻飘飘的。这样一想,好像我是如何来到这世界的,甚至我整个人,都是不真实的了。

神婆可能知道我在想什么,手把我挽得紧紧的。

神婆说:我问过了,你阿母只是滑下去的。

我愣愣地看着神婆。

神婆点点头:真的,我问过很多神了,我还和他们吵架了。你阿母死得很好。我还要求,你阿母下次投胎,要有个好命运。

我鼻子一直酸:那你为什么还不和我阿母说话?

神婆说:嫌她没用啊,这么难看的命运压上来,至少得打它几拳头吧。

我眼眶一直红:怎么打啊?

神婆说:以后我教你。

我好像心里好受些了,转念又问:你和神明说我阿母投胎的事情,算走后门吗?

神婆半仰着,得意扬扬地说:不算,这是合理的赔偿。

送葬的人群都散去了，杨万流在劈着柴火，我婆婆在热腾腾地做饭，我妹哭着哭着就睡着了。

我看着杨万流和我婆婆，我突然想，我阿母对我真好，她在人生的最后时刻，把我和这世界上另外一个人绑上了重重的关系，要不然，我也要飘走了。

但是又突然一想，那我阿母是什么时候解开绑在我身上的她的绳子的啊？

对阿母的感激，让我又呜呜地哭。

对阿母的气恼，让我又呜呜地哭。

我妹被吵醒了，帮我擦擦眼泪，说：阿姐别怕，我在呢。

对哦，我和你说过吗？那天我把我阿爸的画像吃进肚子里后，我好像真的就此没再想过我阿爸了。

后来到了我六十四岁，你太姨六十岁的那年，我和她就坐在这里听收音机。那时候咱们这还总能收到台湾那边的电台。

说来奇怪，你太姨每天都想听高甲戏的，那天不知道为什么找了半天，找不到想听的戏，就莫名转到了一个新闻台。那个新闻台里本来正在说着一只母猪生了十二只小猪的事情，你太姨边听边在那儿傻笑，半躺在长椅上，吃着烤好的地瓜，乐滋滋地摇着脚。

新闻讲得好好的，突然中间插播了一则新闻，企业家黄有海先生刚刚去世。

我一听这名字愣了一下，转头看着你太姨，她也正惊奇地看着我。

电台里继续说着：黄有海先生本来是大陆的，随军来到台湾，做过……

虽然都六十岁的人了，你太姨跳起来就大喊大叫。

电台还在说着：黄有海先生在世时经常说，他一直希望能回大陆，他在大陆有一个妻子和两个女儿。

你太姨抱着收音机对着我喊：这是咱阿爸吧？这是咱阿爸啊！

我心里等着，等电台念出他妻子和女儿的名字。但电台关于黄有海先生的报道就此结束了。接下去的那条新闻，是有头鲸鱼搁浅在海滩上。

那天下午，你太姨抱着收音机翻来覆去调各种台，想再听到关于黄有海的消息，但始终找不到。就像扔进海里的石头，看到了一点浪花，就再也找不到了。

我想，这会不会是我们两个人的错觉，又或者，是老天爷安慰我们，显一下神迹。

折腾到晚上十一二点，你太姨像被人打了一顿一样，最终放弃在电台里找阿爸的消息了。你太姨有气无力地拉着我确认：你说那是咱们阿爸吗？

我说：我不知道啊。

你太姨说：反正肯定是的。

我说：但是他死了。

没关系，我有阿爸了就好。你太姨说完，心满意足睡觉去了。

对哦，我和你说过吗？其实我阿母离世的那天，在送我阿母走的路上，我还是认真地再问了一次那神婆也就是我婆婆：我无子无孙无儿送终是瞎说的还是千真万确的？

我婆婆没有回头看我，边赶路边说：真的啊。

谁说的啊？

我婆婆这个时候倒是转过头看我了：我听到了。

我问：那为什么还让杨万流娶我？我无子无孙，你们家怎么办？你以后死了，谁给你祭祀啊？

我婆婆突然转身停住，说：可怜的娃，我听到的是，杨万流会有子孙的，你没有……

我听到这儿，一直不确定要不要抬头看阿太。我担心阿太会哭。我不知道怎么面对老人的哭，我总觉得一旦老人开口哭，就是他们身上堆积的那些人生同时开口在哭。

阿太的人生到如今已经漫长又和缓了，像山间宁静的河流。我要如何去安慰一条河流的哭泣？

我还在胡思乱想时，阿太用拐杖捅了捅我，说：你能帮我抓下后背吗？痒。

说完，她在躺椅上侧躺起来，背对着我，脸朝着夕阳那边。

我在帮她挠痒的时候，她竟然打起了盹。一呼一吸，声音悠长。

阿太果然老了啊，身体像泄气的气球，已经萎缩成八九岁孩童的模样。我甚至觉得，她这个时候更像是我的妹妹，甚至我的小孩。

我突然理解，为什么阿太说她的阿母像她的小孩了。

我悄悄探出手，想去摸摸这个老小孩的头，她却突然醒了，伸了伸懒腰，打着哈欠，问：我讲到哪儿了？

我不知道怎么接。

是讲到我婆婆说我没有子孙，杨万流有，是吧？

我点了点头。

我阿太笑开了：那神婆说得真准。

回忆三

田 里 花

想结果的花,
都早早低头

自从我阿母走后,我阿妹除了睡觉、上厕所,其他时间就一直盯着我看。

我知道的,她在担心,我会不会在她一眨眼间,也像我阿母一样,突然顺水推舟地就死了。

之所以说我阿母的死是顺水推舟的,是因为在阿母走后,我也进入那种状态了。然后我知道了:我阿母不是滑倒也不是跳下去的,就是在某一个时刻,心里的某一个念头——刚好可以这么滑下去——她就在那一下,顺水推舟让自己走了。

我知道了,人心里真的有一片海,一直在翻滚着,而自己的魂灵如果没有一个重重的东西去压住——类似于压舱石的东西,只要某一刻某一个小小的情绪的浪过来,魂灵就会被这么打翻,沉入那海底去了。

阿妹看我的眼神告诉我,她知道阿母没了之后,我心里没了压舱石。

而从她看我的眼神,我也知道了:我阿母没了之后,我是她唯一的压舱石了。

我阿母刚走了三天,我阿妹就很认真地来和我说了:阿姐,我想清楚了,你必须赶紧生小孩。

那时候我们还披麻戴孝,在阿母的灵前烧金纸。她一说,我就愣了。我生气地白了她一眼,看了看阿母的棺材。我阿妹知道自己问得多么不合时宜,但她还是着急到憋不住,追着问:能答应我吗?问完,自己脸涨得通红通红,又要哭了。

我当时没回她。

阿母的头七刚过那天,阿妹起得特别早,一起床就来找我,一见我,就说:阿姐,咱们送完阿母了,你可以赶紧生了吗?

阿妹两眼瞪得大大的,满脸急迫的神色。我那时候正拿起拖把准备去拖地,随口答应了一声就想继续忙。但阿妹觉得我这样的回答不是从心里出来的,她黏着我,非得让我认真地回复。

你说,生不生?我阿妹问得很激动。

我不管,反正你得生。阿妹根本不等我回答,就一字一顿用力地说着,说完,眼眶又红了。

那段时间,她每天总要来见我好几回,一见我,总先打量我的肚子,看有没有动静。每次看不出来动静,还总要追着问:你到底有没有在准备生啊?

我被阿妹问得恼了,作势要揍她。她是怕我的,被我一吓就赶紧跑,过了几个时辰,又来看看我的肚子,又来问一次……阿妹心里认定了,只有当我肚子里有个孩子,才如同一艘船有了压舱石,不会被突然而来的命运的乱流冲走。

其实我忘了自己是什么时候想要孩子的。

到你这个年纪,应该也发现了吧,每个人心里藏着的那片海,深得很。我们很多时候都不理解自己,更何况别人呢。许多事情往往过了很久,才在某一天恍然大悟:原来我当时是那样想的啊。

我一开始想要有孩子,或许只是因为想和命运怄怄气。

我当时确实怄气怄得非常投入,经常一个人发呆,想着:有孩子后,我要在家门口,每见着一个人来,就以我的孩子为证明,和那个人说:你看,哪有什么注定的事情?别听那神婆乱说。

我还想:有孩子后,我无论坐着走着躺着都要昂着头。那神婆说,这是我的命运,我不知道命在哪儿,怎么给它看,那我就要无时无刻不趾高气扬地活给命看。

那段时间我其实偷偷怪过阿母的。本来咱们这儿,老祖宗准备了一整套为了祖宗们得好好活下去的说法,但偏偏我阿母,把所有祖宗沉海底了。我不需要为过去活了,就只能为将来而活。但那时的人们,特别是女人,脑子里哪有像你们现在的人那么多的词语，什么理想啊，责任啊，自我啊，使命啊……关于将来，我只知道这么一个词语：孩子。

那年，我十六岁。

十六岁在你们这个时代很大了，该长出来的都长出来了。但在我们那时候，十六岁的男女，都还是孩子。

我们那个时候，人发育晚，但偏偏结婚早。现在想来，发明这个方法的老祖宗，是精心准备了一个善良的活法：抢在心里那些乱七八糟的东西长出来之前，就先让人结婚了。就像，先给你安排答案了，再给你题目。等你的心里开始长东西了，或许会躁动，但看着答案都有了，只要答案错得不是太离谱，犹豫着，日子已经过下去了。

你们就不一样了。

现在的人发育早结婚晚，问题都先摊开在面前了，非得回答了，才能安心结婚，结婚后也还要看着冒出来的一个个问题，一路过五关斩六将地过下去。

你外婆以前和我着急过你阿母，你阿母前几天还和我着急过你。我和你外婆说的话，就是我和你阿母说的话。

我说，孩子们不知道，我可知道：你们当时的活法，生活可没抛出那么多问题给你们。现在的活法，非得往每个人心里挖啊挖啊，非得挖出藏着的所有问题。这些问题，真需要整个世界所有人几代一起想方法。一个孩子现在回答不出来，也没什么好大惊小怪的。

你阿母——我外孙女还不认我说的，问我：总不能就这样让孩子没头没脑地去撞吧？

我问她：要不还能怎么样？

我说：如果这一辈子就能活明白所有问题中的道理，那下辈子就没必要投胎了，活完这辈子，就赶紧申请当神仙去吧。

我是活到这个年纪，才能说出一套一套来的，那时候的我，比你外婆、你阿母和现在的你笨多了。那时候的我，不仅不知道将来是什么，不知道人为什么要结婚，还不知道，到底怎么才能有孩子。

但当时的我没有阿母了，又不懂和鬼神说话，我阿妹还那么小，而那神婆一口咬定我没有孩子。我想来想去，只好晚上睡觉的时候偷偷问杨万流。

我开口问杨万流，说：你懂吗？

就这么一句，没有前言没有后语，杨万流马上说：我好像懂。

杨万流还说：要不我试试？

然后他就要靠近我。他一靠近我，我就慌，一慌我就一下子把他踢下床了。

第二天，我婆婆看到杨万流头上有个小包。她笑嘻嘻的，什么都没说，但那表情又好像乱七八糟说了一堆。

但她最终没说，所以我最终也就什么都不能和她解释了。

我们那时候，都是结婚后才开始认识自己的丈夫的。丈夫也一样，是结婚后才认识自己的妻子的。

因为是结婚后才认识的，我们认识起来就比你们现在快多了。三个月不到吧，我觉得我认识杨万流了——我知道，虽然杨万流的母亲是神婆，但并没有让他的人生和这个小镇上的人有多么不同，毕竟在咱们这地方，神婆就和炒菜的、捕鱼的、杀猪的差不多；我知道，自己父亲死了这件事，在杨万流心里刻下了什么，所以他长大了干的第一件事情就是去讨大海。他应该已经把自己的父亲讨回来了。要不，他怎么可能一回来就觉得自己可以成家？

然后，我还因此清晰地知道了，杨万流肯定很想要孩子，而且最好是儿子。

其实杨万流的想法藏都藏不住的，偶尔我俩一起出门，他的眼睛只要看到孩子就挪不开——我想，或许，他想照顾小时候的那个自己；或许，他想代替并帮助自己的父亲，当一回好父亲；又或许，两者都是。

我估计，杨万流也是没几个月就认识我了。所以，他会突然没头没脑地对我说：你记得啊，你现在可是有亲人的，你不是一个人的；你记得啊，夫妻可能都是上辈子上上辈子就认识的，说不定我认识你的时间比你阿母还长……

我知道，杨万流知道当时的我心里没有压舱石，他想成为我心里的压舱石，他担心自己留在我心里的分量还不够，所以他想到另外一个方法：让我赶紧有个孩子。

所以，杨万流也老盯着我的肚子看。

每晚睡觉前，杨万流总会突然坐起来，盯着我的肚子琢磨，后来甚至还要上手摸一下。每天早上醒来第一件事情——我还没起床，他就开始找我的肚子。和我阿妹不一样，他不会问什么，但他这样又盯又摸的，让我的脸一直烧。

后来我们熟悉了，熟悉了我就可以动手了。只要发现他盯着看准备动手，我就踢他，我一踢他，他就躲，笑嘻嘻地跑开。他跑开后，我才赶紧自己偷偷感觉下，肚子里有没有什么变化。

可惜你不是女人，你不知道那种感觉。那种感觉，真有意思。

每次我在感受肚子的时候，总觉得自己像潜进大海深处找鲍鱼——所有细微的感受像海水一下把我包裹住了，我拼命地往下游，往下游，游到最底处、最细腻处，翻找一个个感官是否发生了某个细微的变化。

有件事情我以前对谁都没说，现在我要走了，我可以说了：我其实曾经找到过。

这件事情，我在心里翻来覆去琢磨了整整八十三年了。我想，其他问题我可以不问，就这事，我死后肯定要找神明问清楚的。

那是我们结婚第三个月吧，虽然肚子没有变化，但我感觉到了，我说不上具体哪个位置，但我确定，自己肚子里好像有什么了。

紧接着，月事确实没来了，确实会偶尔想呕吐了，甚至，开始真切地感受到，肚子里隐隐有动静了。那种动静非常奇妙，好像你身体的某部分有了自己的意识，好像你要重新长出个自己了。那时候，我特别喜欢把手放在肚子上，拼命感受自己身体内部那微小的动静，那种似乎从海底深处传来的轻微波动。我还记得那种感觉，我想，或许树枝抽芽也就是这样的吧。

我犹豫过要不要和阿妹说，让她不要这么盯着我；我犹豫过要不要和杨万流说，让他不要每天逮着机会就偷摸我的肚子，但我最终没说。

因为，我想着，就这样说了该多没意思。我就让这肚子长，长到大家一看就清楚了，我还偏不开口，我就等，等着谁来开口问。我还特别希望，先看出来的是我婆婆，也就是那个神婆，当她开口问了，我就要昂着头，盯着她，笑嘻嘻地问：是谁说我没孩子的？是谁呢？

这样想之后，我一天一天过得焦急又开心，天不亮就起，盯着东边看，看到太阳出来了，我开心地喊一声，太阳你出来了啊，然后看看自己的肚子。傍晚估摸下时间，盯着西边看，看到太阳洒出一堆红霞，我开心地喊，太阳你回去了啊，然后看看自己的肚子。

那段时间，我还在心里反复排练我婆婆问我时的场景。每想一次我就乐一次。

我就这样开心了一个多月吧,然后有次我肚子疼,很平常的那种肚子疼,我想,应该是中午吃坏了肚子,就去了趟厕所。我蹲着的时候,还在算着孩子生下的时间,然后听到扑通一声,什么东西掉下了粪坑,然后我看到自己下面全部是血。

我是不疼了,但我蒙了,我不确定发生了什么,只是知道,肚子好像一下子空了。

后来我月事又来了,后来又不想呕吐了,后来肚子没有动静了。

有很长一段时间,我反复琢磨,此前是不是自己的错觉,但我摸着自己的肚子,确实记得此前肚子里传来的那种动静。我恍恍惚惚地特别难过,但最终什么也不能和别人说。

我想着,如果这只是一场错觉,说出去太丢人。如果是被命运拿掉了孩子,那我更不能说——不能让谁知道,我又被命运揍了一拳。

这种不能说也说不出的难过,会在心里发脓。我胸口一直闷闷的,有种东西梗着,而且越来越大。

梗着的这个东西,我最终是哭出来的。肚子空了一周后吧,我突然梦到我阿母——那可是她走之后我第一次梦见她。

在梦里我远远地看到她,赶紧向她跑过去。边跑我边想,我可有太多事情想问我阿母了,我可有太多事情想和阿母说了。我想问她怎么样了,干吗去了,见着爷爷奶奶了没有,祖宗们怪她吗。我得和她说我好像有过了,又好像没有了,我担心自己不能再有,但我又不能和其他人说……

但我在梦里太难过了，一难过就说不出话。我不想在阿母面前哭，所以咬着嘴唇。咬着嘴唇，就更说不出话。

在梦里，阿母一开始只是看着我，见我一直说不出话，我阿母开口了：哎呀，我得去投胎了。

我点点头。

阿母说：我一直在等你生下我呢。

我哭着点点头。

阿母问：你到底能不能把我生下来啊？

我来不及回话，就哭醒了。

我醒来时，杨万流出去挑水了，我婆婆在院子里嗑瓜子了。想着没有人看到我哭，于是就多哭会儿。边哭边想，我得抓紧时间生下我的阿母。

我阿妹什么都不知道，她就是每天来看看我的肚子，甚至到后来，一见我就发脾气，说：你怎么还不生啊？你是不是故意不生？

她边说边跺脚，跺完脚，又快哭了。她不知道我发生了什么，她不知道我有多难过。我生气了，大声地凶她：要不你来帮我生啊。她也生气了，说：好啊，我帮你生。气呼呼地转头就走。

杨万流也什么都不知道，他就每天偷摸我的肚子。杨万流摸来摸去，肯定摸不出什么。他以为，那里面什么都没发生。我看他一脸失落的表情，却不能和他说肚子里发生过什么。

杨万流始终没开口问我,他就是焦躁地在家里走来走去;后来,就到街上走来走去;再后来,每天早上肚子摸不到变化,他就赶紧往外跑。从早上跑到晚上,中午饭都没回来吃,但晚上一定回来,一回来就又不死心地盯着我的肚子看。

我不想杨万流盯着我的肚子看,所以我问杨万流:你干吗去了?
杨万流说:我干等着难受,想着,先为孩子讨生活去。
我说:但我们又没孩子。
杨万流说:我们就要有了啊。
我不想说我肚子里有过的变化,所以我只能推给那神婆:你阿母说我无子无孙啊。
杨万流气冲冲地回:她就瞎说。末了,还愤愤不平又加了一句:她要那么神,怎么不见她把咱们的日子安排得好些啊?

杨万流一直在构造一种生活,一种他想象得到的最好的生活。我知道的,那种生活里,有他有我有那神婆,还有我们的孩子。
那段时间,他尝试的可够多的:他和别人去讨过小海,跟着一天的起早贪黑,才知道,那海还是抠抠搜搜的,起早贪黑就那点口粮,他觉得不够——不够养他想象中的很多个小孩。
他挨家挨户找认识、不认识的人,都去问过,看谁有兴趣和他一起,去接那些想把货物运出去的单,再到这里来雇想讨大海的人。是有几个人有兴趣,但有人问:如果沉船了怎么办,咱们是不是要养那家人一辈子？他觉得不行——他可不能把一丁点风险留给自己的孩子。

他还试过，像我爷爷一样研究胭脂，但是他看了半天，就是分不清胭红和脂红有什么区别……杨万流一直在找，不讨大海——他不想和他父亲一样离开孩子，但想赚到和讨大海一样多的钱。

后来，他说他找到了，不讨小海，也不讨大海，就在小海出去一点、接近大海的地方，圈着一片海，在里面养那种讨小海讨不到的鱼。

他找到这个方法的那天，对着我的肚子得意扬扬地说了半天，说完，仰着头嘚瑟地说：放心，你阿爸都准备好了，你们慢慢来。

我默默地用被子把我的肚子盖上。我知道，没有"你们"，也没有谁来。

杨万流那边感觉一天比一天红火，我的肚子依然没有变化。每天醒来我就看着自己的肚子发呆。

我最终决定去找神婆。

我家的神婆一口咬定我无子无孙，我只好偷偷去找另外的神婆。

当时比较出名的，还有西村口那个神婆。一进门，我就觉得，这神婆明显讲究多了，各种经幡、大香圈挂在顶上，她自己两腿盘着坐在中间。我想和那神婆说话，神婆说：你和神说，神会告诉我的。眼睛连睁都不睁一下。

我问：怎么说？

神婆不耐烦地说：烧香不会啊？

烧完香，我问：然后呢？

神婆继续盘坐着，说等着。

我等啊等啊，看着大盘香一点一点地燃。我比画了它燃烧的长度，又算了刚刚过去的时间，我估计，那大盘香应该可以燃烧一个月。

我又等啊等啊，想着，再等下去，杨万流回来就找不到我了。我正犹豫要不要走，那神婆开口了：

神说了，众生皆苦，万物皆虚妄。

我想着，这神婆说话，可比我婆婆花哨。

我问：我记得神明不这么说话啊。

神婆应该是被激怒了，眼珠子动了一下，估计本来想抬眼瞪我，又懒得瞪我，最终还是闭着眼。然后她就说了：就是，努力了就可能会有。

屁话，我心里想着。

我离开神婆那儿，想着，果然还是我家那个神婆靠谱，没有本事的人才净整这种花哨玩意儿。关于命运，其实她什么都不懂。

然后想，我还不如自己去问神。

我边想着，边往第一座庙的方向走。我一抬头，看到——这条路不就是我阿母以前每天带着我去和神明吵架的路吗？我眼睛里浮上了一层水雾。在那层水雾里，我看到了，我阿母就走在前面。我赶紧跟着往前跑，边跑，眼泪边扑簌簌地一颗颗往下掉，但我不想去擦眼睛，我担心一擦，就看不到我阿母了。

我知道，我又想我阿母了，我得赶紧生下她。

我一座座寺庙问卜过去，用了十几天吧。本来是奔着孩子去的，但是我每进一座庙，就会看到阿母在这庙里过去的影子，我就赶紧在记忆里不断翻找，这样，我就能找到我阿母再多点。我每进一座庙，抬头一看那神明的塑像，老觉得，他们就是我娘家亲人了，我会忍不住和他们絮叨，说阿母不在后我过的日子，说我现在过得很好但又不知道怎么过下去，最后我才会问：我会不会有孩子啊？

我一抬头，神明们仍是那样慈悲的眼神。

夫人妈庙抽到的是第十四签，说的是薛仁贵从西凉逃回中原的故事。

我问庙婆这个故事和我会不会有孩子有什么关系。

那庙婆说：这个故事意思是，你的孩子会从很远的地方逃到这里来。

关帝庙抽到的是，姜子牙钓鱼。

我问庙公：那他最终钓到了吗？

庙公说：钓到了，只不过不是真的鱼，是另外一种鱼……

就没有一尊神很笃定地和我说，一定有，或者一定没有。

我想，或许命从来就不是由他们负责和我解说的。或许他们就是负责这样慈悲地看着我。

我还是去看了镇上的郎中。

那时候，郎中不像现在分这么细，男的女的老的少的，人的猫狗猪羊的，反正什么都能看。我记得有个郎中，叫青山。他一见我走进去，就盯着我屁股和肚子看。我一坐下，还没开口说看什么病，他就说：你不好生养吧。当时看病的人多，他这么一说，大家就都盯着我的屁股和肚子看。我生气地说：你都还没看。那个郎中面无表情地说：一看就知道。

回来的路上我自己琢磨：是不是那神婆根本没用什么神通，看我的屁股和肚子就知道我很难有小孩？然后我想，如果是这样，那神婆心真大。然后又想，如果是这样，那神婆可是真疼我。

这样想以后，我就觉得鼻酸。所以我更应该生下孩子。

吃了两三个月青山郎中的药，愣是没有动静，我又换了一个郎中，又没有动静，又换了一个郎中……最后，我脑子一热，一天喝三个郎中的三服药，我想，总该有一服药成吧。还是没有动静，我把每个郎中的药都加量，我怄着气，想着，我就不信治不了自己。

我估计，我婆婆、杨万流和我妹都知道我在干吗了。

其他可以瞒着，这煎药的动静和味道可太大了。

我这辈子搞不清楚许多问题，其中一个就是中药。郎中看病时比我婆婆还神神道道，开出的药方，那是一味比一味新奇，我在想，每个郎中肯定都熟读什么《山海经》，因为他们开药，比的就是想象力。

找药的过程更是艰辛，而且要医治的病越厉害，那药材的获得就越离奇。郎中们开出那张奇异的药方后，总会先沉默着，到你真的着急了，才告诉你，其实在哪条路走几步哪个方向哪棵长了多少个果子的树下，哪家人有哪味药，还交代"别问他药材从哪儿来"——每次去看郎中，我都觉得像听了段戏。

不过，我后来想，是不是寻找药的过程，也是如同神婆寻找神明的过程啊？是不是寻药的过程，也本就是那治疗的过程啊？这么想之后，也就没情绪了。

毕竟，我是神婆的儿媳妇，还有什么不能理解的呢？

但我还是容忍不了煎药的部分。那些味道在整个房子里敲锣打鼓，到处和所有人说：有人要吃药啦，有人觉得自己有病啦。

杨万流不回来吃午饭的。我婆婆吃完午饭就要在院子里打盹。我妹妹无论早饭、午饭还是晚饭，吃完总要睡一觉。她说她还是小孩子，长身体。

所以我选择在午饭后煎药。

我一般把药材藏在灶台旁的柴火堆里。一吃完午饭，我收拾好东西，就躲进厨房里，把毛巾沾湿了，堵住向着院子的所有门窗，只开着朝向外面巷子的那个窗。煎好药，喝完，就赶紧用水冲洗干净所有厨具，拿着蒲扇拼命把所有味道扇到外面巷子里去。

但其实每次走出来，我总会突然在哪个地方嗅到，有一缕药味偷偷跑出来，爬到了房间里、神殿里、过道里……那些药味，真像不省心的淘气的孩子，但你指着它们骂，也没什么用。

虽然喝得艰难，但我还是一直喝着药。不是觉得有效，只是觉得不喝，心就躁。一度我都怀疑，那些药，其实是给我安神的，而不是助孕的。

那段时间，我阿妹好像也因此知道些什么了。她还是每天来看，但是隔得远远的，然后看一下，就难过得哭一下。

那段时间，杨万流更少开口问我了，也逐渐不怎么盯着我的肚子看了，他好像也知道什么了。

所有人都不会开口说的，但所有人都因此卡着难受。所以，我知道，只有我自己开口。

大概是结婚后的第四年吧，有一天，杨万流一回来，我就拉着他说：我觉得我不会有孩子了，你说怎么办？

杨万流说：谁说的？我不信。

我说：我很确定了，我一定不会有孩子了。

杨万流难过地说：反正我不信。

那天晚上，我不知道杨万流有没有睡着，我没问他。那天晚上，反正我是没怎么睡着，杨万流也没问我。

自那之后，我们没怎么说话了。倒不是他对我不好了，只是，我们一说话，总觉得要聊到孩子。而这个问题，我们又都不知道怎么聊。这个问题像座会长大的山，隔在我们中间，我发现，我们越来越不好和对方说话了，能说的也越来越局限于明确的短问题，比如，吃饭了？比如，出门啊？往往用一个词语就能回答。

就像在山两边的人，只能应答些简单的词语。

就这样持续了几个月。

有一天吃晚饭的时候，杨万流说：歪头黄在问我要不要一起去讨趟大海。

杨万流说完，我妹急了：那可不行，我阿姐还没生孩子。

杨万流说完，神婆不开心了：都有妻子了，讨大海干吗去？

杨万流说：他记得的，他上次去马来西亚的一个地方，那个地方有一座庙，求子特别灵。

神婆说：骗人的，我和神那么要好，我会不知道？

杨万流说：他还记得，那庙里说是有秘方，吃了保有。

神婆不屑地摆手。

杨万流说：他还想，即使找不到，这次出海赚的钱，就可以带我去大地方的医院看看，比如厦门甚至广州。

我知道的，杨万流没法让自己待在绝望中，但他又不想丢掉我，他在想办法。

这样一想，我知道了，杨万流真是个好人。这样一想，我觉得杨万流一定得有小孩。他们还在争论着，我想了想，还是开口了：杨万流要不你再娶一个吧？是不是再娶一个就可以不讨大海了？

我忘了我们当时是什么时代，但我记得，那个时候，男人是可以娶多个老婆的。

我阿妹一听，哇哇叫嚷着：那可不行，我不同意，凭什么啊？我刚想和我阿妹解释，神婆说：那可不行，那你这辈子怎么办啊？我刚想和我婆婆解释，杨万流说：那可不行，我命里就一个老婆。

我听杨万流这么说，更觉得，这么好的人，就是非得再娶一个老婆。所以我说：我不管，你就得再娶一个老婆。

我婆婆很生气，站起来，说：那我也不管了。说完就气呼呼走了。

第二天，杨万流一起床就出门去了——他去和要一起讨大海的人筹备出海的事情。

第二天，我一起床，就硬拉着我婆婆说：走，去找媒人去。我婆婆抓着藤椅，铁青着脸，怎么拉都不去。我妹很生我的气，一看到我转头就走。

杨万流那边好像进展得很顺利，我不知道，我也不问。

我这边进展得很不顺利——一来是那神婆放话出去，说，哪个媒婆敢接这事，她就让神鬼都去找那人算账；再来，那些媒婆以及那些想成婚的人觉得，自己婆婆和丈夫反对，一个妻子还坚持给丈夫找新老婆，肯定有问题。我无论说什么，她们一句都不信。何况，杨万流家里毕竟也不是什么大户人家。"除非你当妾，让别人来当妻。"我想了想，说可以啊。结果那媒婆反而不吭声了。

杨万流准备了两个月，才准备好起航。

那两个月里，家里顿顿都是各种鱼——杨万流那些试验用的海鱼，就这么一条条捞起来煮了吃。

各种鱼长的各种样子，我婆婆都认识。用我婆婆的说法，在咱们这儿，人生几乎就是由鱼构成的。比如周岁那天，一定要吃血鳗，这种鳗鱼就像一条活着的血管，小孩吃了，像是从海里输了一次血，就可以稳稳地走路了；比如成年那天要吃弹跳鱼，这样人生自然能屈能伸韧劲十足……

我婆婆吃得很开心，边吃边解说。我阿妹吃得很开心，边吃边说真好吃。

我知道的，吃掉的是杨万流本来要和我过的日子，所以我一口都不吃。

杨万流终于还是要走了，走的前一天晚上，杨万流说：你等着，我很快回来。

我不搭理他。

杨万流走的那天早上，他收拾好东西，说：我走了。

我不搭理他。

他要走出房门了，我突然想到一个办法，赶紧追过去说了一句：要不你就在马来西亚找一个生了吧。

杨万流突然就气了，一句话都不回我，转头就走了。

那神婆和你太姨去送他了。她们回来说，杨万流站在船头一直在找我，没找到我，就一直落泪。你太姨还说，杨万流一落泪，就被旁边的人取笑，杨万流揍了取笑他的人，还把那些取笑他的人都揍哭了。

我不搭理她们。

杨万流走的那个晚上，我又梦到我阿母了。

梦里我阿母很着急地说：我等不了了，你生不下我了，我没法等你了。

我阿母还在解释什么，我在梦里气到转头就跑。但醒来后，我难过极了，我想着，阿母又不是故意不要我的，我怎么能让她这么难过地去投胎？然后又想赶紧睡着，想再去梦里找我阿母。我越着急，越睡不着。折腾到早上天蒙蒙亮，我睡着了，但是，我再也没梦到我阿母了。

我知道的，我阿母投胎走了。

那天我睡到太阳晒屁股才醒来，一睁眼，就看到我阿妹正坐在旁边，一直看着我。

我阿妹说：阿姐你哭了。

我说：我没有。我觉得在阿妹面前哭丢人，所以我不能承认。

我阿妹说：我哭了一个晚上，也想了一个晚上，我觉得没有办法，现在只能是我尽快嫁人了。

其实我根本没有明白阿妹这句话的意思。为什么我一难过，她就得嫁人。

阿妹没再和我解释什么，感觉她只是来告知我一声，而不是让我去帮她操办的。

她向我宣布，她准备今天开始就行动了。

我生气地说：哪有姑娘家的婚事，自己抛头露脸去谈的？

我阿妹说：谁说不可以？

我阿妹的确马上行动了。她找那神婆，正式向她宣布自己必须在一个月内嫁人。

我婆婆问她：怎么嫁？

我阿妹说：所以你得好好配合。

我婆婆说：怎么配合？

我阿妹说：你必须见人就说，我八字好，好生养。还必须帮我到处打听人选。

我婆婆说：那可不行，你八字算不上好，我和你阿母说过的。

我妹说：那你就说，她要嫁人了，她很好。别人问你什么好，你不答，你就笑。

我婆婆听了，笑开了，问：这样都行？

我阿妹看到了，说：对对对，就这么笑。

我阿妹那几天把自己打扮得非常好，也是那几天我才发现，原来我阿母给我的几件嫁衣，都让她偷拿过去了。

一天天的，她换好衣裳了，就守在家门口，见人就笑容满面地打招呼。

此前哪有人在神婆这儿受到这待遇，有人总要夸：这么好的姑娘，怎么以前没看到啊？有人还问了：你婚事定了吗？

我妹就等这一句。她回答得很大声：还没，这不，还在找嘛！

说完，就一直转过头来，对在一旁的神婆使眼色。

神婆乜着眼，看上去很不情愿，但话倒是说了：她要嫁人了，她很好。

旁边又有人说：这不，看着就很好，还命好。

神婆张了张口想纠正，我阿妹直直盯着她，神婆最终还是微笑了一下。

我觉得实在丢人，几次想拦住我阿妹。阿妹倒一副越战越勇的样子，绕过我，就往人堆里扎。她一往人堆里扎了，我就不好骂她——要是我一骂,所有人都会知道她这么恨嫁,她估计就真嫁不出去了。

我也真是佩服我阿妹,过几天,有人来打听她的八字了。咱们这儿,男女对看前,都要先把双方的八字对一下,合适再安排,省得看上了八字不合,白浪费感情还多生波折。又过几天,甚至有人直接领着人来家里对看了。我阿妹没像我阿母躲在阁楼里。到时间了,人家来了,她没和我婆婆说,也没和我说,就自己出去和对方聊。我几次作为家长想去把关,她一看我来了,就和我说:别来了别来了,是我嫁人,又不是你嫁人。

我听得脸一红,气到转身就走。

终于,那一天,我阿妹送完人跑来和我说:这不,找到了。

我愣了一下,有点蒙。

我阿妹以为我没听清楚,又说了一句:我找到可以嫁的人了。

我当时不知道为什么,哇一声就哭了。

边哭还边骂:你也不要我了。

我没想到自己会这么难过。我把自己关在房间里,满脑子一直想的是,阿母不要我了,杨万流不要我了,我阿妹也不要我了。这样一想,我就难过。

我婆婆来敲过几次门,我不开。我阿妹来门外哭过,我也不开。然后,她们好像就一起不管我了。我悄悄打开一点窗户,听到她们还是在商量我阿妹出嫁的事情。

这样的难过，让我没有当好一个尽责的阿姐。阿妹要嫁的人，我本应该去多方打听的，但我被气愤和难过架在那儿，虽然还会在人多的时候凑过去听听，看能不能恰好听到什么，但就是问不出口。而这种被动听来的消息，还真是不全：只知道那人叫王双喜，家里原来是讨小海的，脸蛋长得不错，就是身体弱，瘦得像猴，为人也像猴，挺机灵的，总是窜来窜去。

这样的信息太不够，我终于忍不住开口问那神婆了。

我装作一点都不在意，刚好扫地扫到那神婆旁边。神婆还是在那藤摇椅上嗑着瓜子晒太阳。我问：所以你帮忙问过神明了吗？他们合适吗？

神婆歪着头，好像没听清楚一样：你在说谁啊？说完，就咻咻地笑。

我知道那神婆又耍坏了，眼光看着一边，假装若无其事：就那个王双喜。

神婆说：哦，他啊，没有人让我问神明，我干吗问？

我被气到了，气呼呼地拿着扫帚就要走。那神婆在我后面追着喊：要不要我去问问？

我头都不回，说：不用。

王双喜就此每天都来。

我看着他就难受，问他：来干吗？

他说：没事没事。

我说：你没事干，就不用总来。

他说：我就想娶你阿妹。

我一下子像被什么卡住喉咙了。

王双喜来了，我阿妹就老是想黏着他。

我觉得太丢脸了，都没成亲怎么能当着神殿里那么多人的面腻在一起？我故意不断派各种活给我阿妹，我阿妹知道我在干吗，一副我什么都知道的样子对我笑了一下，开开心心去忙了。

王双喜在家门口一坐就是一天。我从窗户探头看，他竟然搬来板凳，跷着二郎腿，边等边唱歌。

我在这头的窗户边生气，我妹在另外一头的窗户边笑。笑声被我听到了，我生气地骂我妹：你笑什么！我妹脸通红通红的，跑回自己房间，把门关上了。

有一天，王双喜居然没有来。我左等右等，等不来，心里莫名地慌张。我还探出头去找了找，没看到王双喜。回来的时候，我看到我妹对我咻咻地笑。

我问：你笑什么！

我妹不回我，转身又回自己房间关上了门。

我后来懊恼了很长时间，当时怎么没察觉，半夜那个奇怪的猫叫，肯定是有问题的。但我只是奇怪了一下，就又睡着了。

再后来就意识到出问题了，我妹突然主动来找我。

她还没进门脸就通红通红。我心一下子慌了，我知道发生什么了。

我妹说：姐，我真想嫁人。

我问：你晚上给他偷偷开房门了？

我妹点点头，说：我必须赶紧嫁人，赶紧生孩子。

我还是不理解我阿妹的话，心里闷疼闷疼的，但我知道，她必须嫁人，所以我最终只是说：明白了。

我阿妹要嫁人了，我不理解，为什么在我生不出孩子后，在杨万流走后，我阿妹觉得自己必须赶紧嫁人了。

第二天我早早地出门了。要出门时，我觉得我得带点东西，摸来摸去，还是拎了一把砍柴的刀。一个一个人打听，打听到王双喜家里。王双喜正要来我家，看到我来了，满脸堆笑对我说：阿姐你来了。

我没回，举着砍柴刀对王双喜说：你得对我阿妹好，对她不好，我跟你拼命的。王双喜正要回答些什么，我也不听了，拿着菜刀，路边恰好有棵树，我往树上一劈，劈下了几根树枝。我恶狠狠地说：记住了？然后转身就跑。

当天早上，王双喜就又来我家了。看我在神殿，他就跟来神殿。看我转身走去庭院，他跟着去庭院。我干脆躲进厕所，他就守在厕所外。我在厕所里，假装自己便秘，然后抬头看着天，想着，那天神婆被我堵在厕所里，我问过她，神明会不会看到我们光着屁股。她说会。

我蹲在厕所里想,每天他们看到这么多人在难过,为什么不做点什么?这么一想,又抬头看了看,向天空挥了挥手,但我终究还是看不到神明。

从厕所出来我就被王双喜堵上。王双喜说:我看了个日子,初五和你阿妹结婚好不好?

我说:好。说完我就走回自己的房间,关上了门。

我听到我妹跑过去找王双喜了,我听到他们好像在谈笑着。一会儿声音不在了,我出门来看,王双喜不在,我阿妹不在。我一个人走去阿妹的房间,她房间里收拾得真干净。所有的衣服全部拿出来,一件件叠好了。

我一个人坐在我妹的房间发着呆。发了一会儿呆,又去自己的房间翻找,把当时阿母给我的东西全部找出来,一件件收拾好,一件件往阿妹房间搬。

我本来已经把自己关在房间,以免我阿妹回来,拉住我要和我说话。但想了想,我不能一件阿母的东西都不留啊,我赶紧开了门,跑去阿妹的房间,拿了一件阿母的衣服,就往回跑。

到了很晚,阿妹才回来。我听到阿妹推开门,走进家,走到自己房间,点上灯,她看到了。然后安静了许久。过了一会儿,我听到阿妹向我的房间走来,走到房门口了。阿妹果然又哭了。阿妹说:姐,我不嫁了。

我没回。

阿妹说：姐，我不想嫁了。

我说：你现在必须得嫁了。

那天，王双喜是将近十一点才来的。

我躲在窗户边看。他带了花轿来，我想，挺好，比我当时好。他也带了南音团来，我想，挺好，比我当时好……

我提前和婆婆说了，就说我生病了，而且我也不懂，就不出去了。那神婆知道，她说就她来弄。

我看到我阿妹哭了，我看到我婆婆劝我阿妹了，我看到我阿妹哭着劝王双喜了，我看到王双喜背着我阿妹出来，我看到我阿妹要上花轿了，我看到她一直往我房间的窗户望。

我躲得很好，她看不见。

我听到她一直喊：阿姐，阿姐，我走了啊。

我一开始不想回，等到她轿子走了，我想回她，但喊不出声。我知道我一直在哭。

我阿妹也离开我了。除了那神婆，我没有亲人了。

我心里空落落的。然后我想，其实还挺好的，或许我就是晦气，阿妹最好就此和我断了联系。

阿妹第二天来返亲，我房门还是关着。后来我阿妹来探亲，我远远看到了，就赶紧回房间关上门。后来阿妹来得越来越少了。我心想，这不挺好的？虽然是这么想着，但心里就是难受。

我其实一直想数数杨万流走了多久了，但每次想数的时候，我就故意打断自己。我可不想也成为入海口崖石上的望夫石。丢人丢到底了，几百年一直立在那儿，被人知道她们一直在盼着自己丈夫回来。我和她们不一样，是我让丈夫去的。

我其实也一直想数，我阿妹多久没来探亲了。但我也故意打断自己。第一周没来，我是心里空了一下；第二周没来，又空了一下，再一下……再后来，我心里突然变得很安宁，估计心里空成一片湖了。湖里的水，就是我反复告诉自己的话：这不就是遂你所愿吗？

我忘记过了多久，至少过了一个春夏秋冬了。那天记得我在发呆，然后听到门口传来一个小孩的声音。那小孩在哭着，还边哭边喊：小姨小姨。

我当时觉得奇怪，心里想，怎么有人让小孩哭成那样？我抬头往外望，那时候是大中午，太阳晒得马路明晃晃的，我就看到一个女人，推着一个小孩往我家的方向来。

那小孩应该是刚学会走路，走得一蹦一蹦的。那小孩应该是刚学会说话，重复地说着两个词语："小姨"和"阿母"。

我一开始没认出推孩子的女人是谁，只看到那孩子边往我的方向走，边喊一声阿母，然后又哭着回头，喊一声小姨。

我揉了揉眼睛——怎么那女人好像是我阿妹？但她胖了一圈，而且老了许多。那女人也看到我了，突然间开心地笑了起来，然后又哭了起来，抱起前面的孩子，直直往我这边来了。

她一笑，我认出来了，是我阿妹。她一哭，我更确定了，她是我阿妹。

我阿妹抱着孩子走到我面前，又哭又笑，然后催着自己怀里的孩子，说：叫啊，泥丸叫阿母啊。

那小孩紧张地看着我阿妹，哭着喊：小姨小姨。

我愣住了，说：宝宝好，那是你阿母。我是你大姨。

那宝宝困惑地看着我。我阿妹说：赶紧叫阿母。

我明白了，我太生气了，我哭着大骂我阿妹：别乱说，你别乱教孩子。

那宝宝此时却突然对我喊了声：阿母。

我阿妹开心地一直哭一直笑，我生气地一直哭。

我阿妹得意地仰着头说：我厉害吧，杨万流一走我就想到这个方法。我阿姐有孩子了。

说完像小时候那样，哇哇地大哭起来了。

阿母走的时候，我好怕你也走了，杨万流走的时候，我好怕你也走了，所以我只有这个办法了。我只有这个办法了……

那天晚上，阿妹说她不回去了。她说，从生完孩子，她开始教孩子喊自己小姨，王双喜就明白了，就开始和她吵架。她说，今天她要来的时候，王双喜和她拉扯上了，还恶狠狠地说，走了就不要回去。

所以我就不回去了。我阿妹大声地宣布,好像她宣布了就有效了,就像她以前一样。

人好玩的一点是,只要有人记住你曾经是什么样的,你在她面前就会又活成什么样。

我反复打量阿妹,她身上有许多以前没有的东西——她真是个母亲,那看着孩子慈爱的眼神,是以前我没见过的;那一手抓着孩子的腿、一手换尿布那个麻利劲,我以前也没见过;她也真是个妻子,虽然还是梳麻花辫,挑起水来的那股力气比我还利索,切菜削地瓜,啪啪啪的,眼睛都不用看那把刀。

我看着那些多出来的动作,想着阿妹离开我的那些时间,她过的是怎样的生活。我想着,我家阿妹真的长大了。然后我叫了一声:阿妹啊。我阿妹一转头,笑开了小时候的样子,又一蹦一跳地跑过来:干吗啊?

我阿妹,还是我阿妹。

阿妹不回去,王双喜只能来了。王双喜是下午来的。还是瘦瘦白白、扭扭捏捏的。一个男人生气成这个样子,我觉得其实还挺可爱的。

他气呼呼地对我阿妹说:蔡屋阁你赶紧回去。

我阿妹甩过头,自己抱着孩子,跑回她原来的屋子去了。

我看到王双喜眼眶都红了,我说:双喜别急,我来劝。

王双喜抬头看我的那一眼,我觉得他委屈得像女婿看到了丈母娘。

然后我想：对啊，我应该就得是他的丈母娘了。

孩子玩了一会儿就睡着了。我把阿妹和双喜叫到一起来说。

那神婆觉得有戏可以看，搬了小板凳赶紧坐到我旁边来。

双喜先说，阿妹一成婚就着急要小孩，像完成任务一样。他当时是觉得奇怪，但心里想，一个女人能折腾到哪儿去，还能翻天了？结果孩子还吃着奶，她就整天抱着孩子说：宝宝，我是小姨，你长大点我带你找你阿母。他知道了，这个女人可真翻天了，他听到生气极了，问：那我是孩子的谁？我阿妹乜着眼，看着他说：小姨夫或者不认识的人，你自己选一个。

你说，这不欺负人吗？双喜眼泪就含在眼眶里。我阿妹不吭声，眼睛死死盯住他。

双喜瞄了瞄我阿妹，又说：阿姐，如果你真想要孩子，我们第二个给你好不好？我也是第一次当父亲，而且还是儿子，我舍不下泥丸啊。双喜说完，委屈得趴在我腿上真的哭了。

我知道了，他真是把我当丈母娘，当阿母了。

我阿妹说：不行，必须是这个孩子。我怎么知道我还能不能生第二个孩子？而且我也不一定再和你生孩子啊。

双喜一听，哭得更难过了。

我赶紧说：我不要孩子的。我不喜欢孩子。

我婆婆故意挑事，说：胡说，你以为我不知道你整天吃药，还偷偷跑去其他神婆那儿啊。

我说：要不你们第二个孩子再给我，第一个你们自己留着。

双喜很开心地马上答应，我阿妹斜着头，歪着嘴，说：我不干，生孩子太疼了，我不生了。

我很认真地说：你都为了我和人结婚了，还不能为了我生第二个孩子啊？

我还不是担心你不想活了啊。阿妹本来说这话时还是那种不正经的口气，却突然一哽：我是想，你生不出孩子了怎么活下去啊？我是想，你死了我就没亲人了。

说完，我妹突然哇一声，又哭了。

我笑着说：阿妹你真蠢。说完我也哭了。

阿妹哭着说：你也没聪明到哪儿去。说完，阿妹继续哭。

他们终于还是回去了。我妹气呼呼地走在前面，王双喜小心翼翼地抱着孩子追在后面。孩子要回去的时候，突然对着我喊了声：阿母。

那小孩子奶声奶气喊阿母的声音，真好听。好听到，我鼻子又酸了。

阿妹回去后，我才想到，杨万流都离开两年了。杨万流还没回来，他应该不要我了。

我又想，确实是我让他另外再找个妻子的。杨万流果然很听我的话。

有几次，我还真想问那神婆。但她不主动和我说，我又不能问。一问，她肯定又要抓着我取笑。后来，我琢磨了很久，想了一个办法。

她还是一直躺在院子中间的藤摇椅上，我就坐在她旁边，我也不说话，就一直盯着她看。

她说：你是不是想问我什么？

我说：没有。然后继续盯着她看。

她转过身，朝向另一边，我找了把凳子也挪到另一面。她乜了我一眼，说：你是不是想问我什么？

我说：没有。继续盯着她看。

那神婆肯定知道我想问什么。但她也是执拗的人，我不问，她就不说。那神婆嫌我盯得她烦了，又转身，我又赶紧挪凳子。

不知道你信不信，我们竟然这样僵持了半年。这半年，我妹隔三岔五来串门，看我们这样僵持着，好奇地搬了把椅子，也坐在我们身旁，在我身边给孩子把屎把尿，放孩子在院子里玩。

我阿妹偶尔会劝我：你就问吧，那神婆这么犟，肯定不会先说的。我回阿妹：我又没想要问她什么。我阿妹偶尔劝那神婆：你就说啊，我阿姐这么难搞，你也知道的。那神婆说：她没说，我怎么知道她要问什么？

我现在活了九十九年了,还是经常想到那半年,我想起那半年是因为,那是我一直盯着我婆婆看的半年。我很庆幸,我曾经那么认真地看着她,后来我在想念她的时候,才看得到她的脸。

应该是杨万流离开后的第四年吧。有一天下午,杨万流推开门进来,把东西一放,就去上厕所,上完厕所,就去洗澡。洗完澡,就问:什么时候吃饭啊?

好像他只是出去外面走了一趟刚回来。

其实听到他推门的那一声,我就知道是他回来了——他老觉得门半开不开的不好,每次回来,总要推到最底,门总要发出吱呀一声。但我也没着急出来。因为我在想,和他第一句说什么呢?我正想着,他就兴冲冲地跑来问了:什么时候吃饭啊?

我回:再半个时辰。

他说:好嘞。

晚饭的时候,我不知道说什么。杨万流先说了。他说药方拿到了,他囤了够生六个孩子的药量。

我听了,脸红了,说:生六个孩子,当我母猪啊。

杨万流笑着说:母猪好啊。

我生气地踢了他一下。

杨万流继续说:去城里看医生的钱,也足足的。咱们,生他十个八个。

我婆婆说：嗯，那比母猪强。说完，咧嘴坏笑。

我忘记是杨万流回来后的第几天，反正是一大早，我想去厨房煎杨万流带回来的药，看到有个女人抱着个孩子，一直站在门口。孩子看上去就六七个月大吧。我不认识那女人，那女人也不认识我。那女人看到我，用国语问：请问这家里的主人在吗？

我不太懂国语，问：什么事？

那女人似乎说：听说这家男主人刚讨大海回来，应该有钱吧。

我说：什么事？

那女人似乎说：听说这家女主人一直生不出孩子，应该很想要孩子吧。

我胸口被扎了一下，但我还是问：什么事？

那女人不回答我了，放下孩子就跑。

我愣住了，没反应过来——孩子就在地上哭，那女人还在往前跑。我在想，自己是该赶紧追那女人，还是要赶紧抱起孩子。等我想明白要赶紧抱起孩子追那女人时，那女人已经不在了。

杨万流和我婆婆听到动静，也全都到门口来了。

我说：刚刚有个女的，问了几句话，就把孩子扔这儿了。

我婆婆说：这还不简单，送子观音显灵了，你当时应该追着她拜一拜。

杨万流不开心，说：明明是人，怎么是观音了？

他又说：送子观音是把孩子送进女人的肚子里，哪是送到地上就跑的？

我婆婆刚想说什么，杨万流打断了她，说：更何况，那女人是跑走的，不是飞走的，观音需要跑吗？

我婆婆听到这个，来劲了，说：神明也会跑的，我和屋楼说过的，比如那大普公……

杨万流气极了：这不是我的孩子，我不会要的。

杨万流说完就要出门。

我问：你去哪儿？

杨万流回：去找那观音，看她在哪儿下凡了。

杨万流走了，我婆婆把那孩子抱起来，翻了下裆部，说：多好，还是男的。然后一把递给我，说：就是你的了。

那是我第一次抱孩子，软乎乎的，像一个大面团；暖乎乎的，像是刚从心里掏出来的。我看着他，心想，哎呀，原来孩子是这样的啊。那孩子头一直往我胸部蹭，我想，他是在找奶吃，但我没有奶给他吃——我果然不是他的母亲。

杨万流接近中午才回来，问我：那女人是不是说的国语？我说是啊。

是不是很瘦？我说是。

是不是蓬头垢面的？我说是啊。

杨万流说：那就是了。

我问就是什么了。

杨万流说，镇上前几天来了五个人，听口音是北方来的。说是北方在闹饥荒，他们一路乞讨加上吃树皮草根才撑到这镇上。

杨万流说，他们刚来时，在街上看到吃的东西就抢，抢了，就在街道中间狼吞虎咽。有人看他们可怜，想提醒他们慢慢吃，其中一个年轻的男的，发疯一样，见人就咬。大家不敢靠近了，又觉得实在可怜，就把馒头包子扔给他们。大家都是好意，结果一扔扔多了。这些人估计太饿了，吃得快，吃得凶。先是那个年轻男的，像被噎住了，突然脸就青了，腿就直了。其他人急着想把馒头从那男的嘴里掏出来。掏着掏着，那年纪大的男的，突然抱着肚子喊着什么，然后也走了。后来有郎中看了下，说，估计是撑死的。

说到这儿，杨万流说：你看，没被饿死，反而被撑死，多冤。

我婆婆说：这样冤着死的，多了。记住，以后咱们再难都不要这么死，难受。

杨万流说：剩下一个老婆婆带着一个年轻女人，抱着一个小孩。大家商量来商量去，大普公是管普度众生的，就把那两具尸体先拉到大普公那儿，也让大普公知道下，来了两个外地的魂灵。然后好说歹说，带着剩下的两个女人一个小孩，也去庙里先住下，再一起帮她们想办法。

昨天晚上，咱们几个宗族的大佬都去了，在大普公庙里围着他们坐了一圈。

一个大佬问：你们为什么来这儿？

她们不吭声。

大家以为是那大佬国语不标准，一起笑话了这位大佬，又换了另外一个自认为国语好点的，字正腔圆地问：你，们，为，什，么，来，这儿，啊？

她们也还是没回。大家一起哄堂大笑。

最后还是大普公庙的庙公插嘴了，用标准的国语说：我也是外地跑来的，你们不相信他们没关系，你看，咱们这神明看着呢，神明你们总该相信吧。

那年老的女人抬头看了一眼大普公的神像，神像依旧是一副双眼低垂悲悯的样子，可那女人冷漠地叹了一口气，说：你们这帮傻子，哪里有神明。

这是她们开口的第一句话。

此后，那一老一少两个女人便开口了。

大家才知道，咱们镇上往北去，现在都跟地狱一样。那年老的女人说，一开始确实是老天爷不对，该下春雨了，却怎么都不下，大家怕着蝗害，蝗害就又来了。后来是人不对了，当时虽然年景不好，但其实只要大户人家帮忙，家家户户商量着，应该还是能扛过的。但嘴巴里是商量着，大户人家早就开始囤粮，有粮的，开始坐地起价，然后大家就恐慌了，开始有人抢。

那女人讲着，一个宗族大佬觉得不对了，打断她问：你们没有宗族吗？那宗族大佬干吗去了？

那女人说：我们那没有宗族。那些大户人家有家族，他们家族大，更能这么搞了啊。

那宗族大佬问：死后那么多祖宗饶得了他？

那女人回：哪有什么祖宗？

那宗族大佬脸顿时青了。

旁边不知道谁接过去说：就是，我天天向祖宗告状，也没看祖宗惩罚你啊。大家一起哄堂大笑。

年轻的女人接着说：我们那边的祠堂都被砸了，哪还信什么祖宗。

众人一下安静了。有人小声嘀咕着：连祖宗都不认，那该怎么活啊？

那年老的女人接着说了：人一坏起来啊，就特别坏。一开始先挑那些孤儿寡母下手，抢粮食占土地。后来，大家族开始欺负小家族。有人到处去巡人家的粪坑，见着是黄的，那必定是家里有粮食的，就挖一把粪糊在人家大门上，当作证据，然后逼着要粮食。因为如果是吃树皮或者草根，拉的屎会是绿色的。我儿子可聪明了，每次把树皮草根晒熟后，都磨成粉，粮食不够了，可以和粮食混着吃，然后，拉屎后就在上面撒一点树皮粉。

一个宗族大佬听得生气，问：这不对啊，他们不知道举头三尺有神明？怎么能说抢就抢？

那年轻的女人接过去说：刚说过了，我们那儿，没有神明这种东西了。

众人又安静了。有人在嘀咕着：咱们几千年都这么活，一会儿没有祖宗一会儿没有神明，难怪祖宗会不管，神明会不要他们，这才变那样。

虽然感觉这两个人像异端，但是她们没有神明，咱们这地方有。咱们还得做神明觉得对的事情。商量来商量去，最终大家决定让她们自己选——可以选择向一座座庙、一尊尊神明一一问卜过去，看神明是否愿意她们在哪座庙当庙婆，孩子也住庙里；又或者，咱们镇上十几个宗族，她们这几天去看看，愿意加入哪个宗族。只不过，加入了就得改为那个宗族的姓，认那个宗族的长辈当阿母。

对于第一个选择，那年纪小的女人说：我可不信神明，如果有神明，怎么让我们活成那样？我不干。

对于第二个选择，那年老的女人说：我都六十九了，认谁当阿母啊？郭姓宗族的大佬骄傲地站起来，说：来我们家族，我们家族有一个九十二、一个八十九，还有一个八十六，都可以当你阿母。

那年老的女人一听，先是跟着大家一道笑得合不上嘴，接着喃喃自语起来：谁想得到，活到快七十了，再找一个阿母。说着说着，可能是想自己的阿母了，就呜呜地哭。

郭姓宗族的大佬连忙说：别难过啊，我们祖宗也都是从中原逃难过来的，只不过我们逃难的时候，都是一整个家族，还都带着各自的神明。说不定，你祖上和我祖上本就是亲戚……

宗族大佬们走后，一老一少两个女人，带着孩子就在大普公庙住下来了。镇上好事的人像麻雀一般，聚在大普公庙叽叽喳喳的。有国语好点的，就有一搭没一搭问她们问题，得到她们回答后，再翻译成闽南语给大家听。那年纪小的女人，回答完大家的问题，奶着孩子，反问道：你们这儿哪户人家好点，又没有小孩的？就有人说到我家了。

杨万流讲到这儿，我婆婆就把话接过去了：你看，我就说是送子观音送的。送子观音知道屋楼不方便生孩子，让人帮忙生了，千里迢迢送过来的。咱们还不赶紧接？

杨万流白了我婆婆一眼。

我问杨万流：那女人和老婆婆呢？我们把孩子还回去吧。

杨万流说：那女人把孩子扔咱们这儿，就回大普公庙了。刚刚有人看到一老一少两个女人，拖着一老一少两个男人，往海里去了。一开始还以为是两个女人拖着两艘船要出海，便有人追着她们喊：要涨潮了，不要出海了。那两个女人听不懂咱们这儿的话，但是一直对着那人鞠躬，鞠完躬，又继续往海里拖。

杨万流说完，就看着那孩子，没说什么了。

我听着难过，心里想：要不是咱们这儿有祖宗有神明，我也早死了吧。

这样想后,我就把怀里那团暖乎乎的肉抱得更紧一些,我说:他没有阿母,我也没有阿母,所以我要当他的阿母。

杨万流沉默了一下,说:我们必须得有自己的孩子。

我说:可以。

于是我有孩子了。杨万流不愿意给他取名,我取了,就叫杨北来。

我婆婆说:叫这名字他就知道他不是从你肚子里来的,是从北边来的。

我说:我就是想让他知道,等他长大了让他再选一次,认不认我当阿母,是不是我儿子吧。

我原本以为,带小孩这事,那神婆该帮我的,不想,那神婆反而说她要忙了。

我见她确实很忙,不像以前,老是躺在藤摇椅上嗑瓜子。每天早上就出门,看到马鲛鱼就买,看到地瓜就买。每天买一大袋回来。鱼就一条条剖肚清肠洗干净,腌制了,放在院子里晒。地瓜去皮洗干净了,就切成一片一片,也铺在院子里晒。

鱼和地瓜片像鱼鳞一样,布满了院子。

为了晒尿布,我在院子里拉上一根又一根绳子。我这边在拉绳子晒尿布,我婆婆在下面铺鱼片和地瓜片。尿布总要滴水,我婆婆晾晒的位置不够了,就总偷拆我的绳子,把尿布随手扔在我们吃饭的桌子上。我恼极了,问:干吗呢?

神婆继续在院子里铺地瓜片，说：你就没见识，饥荒就是这世间生病了。这世间和人一样，生病肯定是全身发作的，北边都那样了，肯定要传染到咱们这边来了。

我说：那我的尿布怎么办？

那神婆说：那咱们以后的口粮怎么办？

我没有母乳，我婆婆说吃羊奶也可以。那时候咱们这卖羊奶的，也和你们现在城市里一样，都是送奶上门的。就每天早上五六点，赶着一群羊，大街小巷地喊：羊——奶哦，羊——奶哦。需要的人，五六点就得拿着锅碗在门口等。有要的，就把锅碗放在奶羊的肚皮下，那卖羊奶的就当着你的面挤奶，三下三毛钱，那人会做生意，最后总要送你半下。

孩子一晚上都要起床几次，要么饿了要么撒尿，而我早上五点还要爬起来，蹲在门口等羊奶。经常蹲着蹲着，直接靠着门睡着了。

有天晚上孩子又在闹夜了，我实在爬不起来。我听到杨万流轻轻唤了唤我的名字，我还是假装睡着。他爬起来了，笨拙地给孩子换好了尿布，喂好了奶。本来孩子不哭了，可以放下了，但他还是抱着孩子一直摇。他以为我是睡着的，还偷偷亲了孩子一下。

自此我晚上就不用起来了。

杨万流果然是好父亲。我想，我一定得为他生下他自己的孩子。

杨万流依然每天煎好药,看着我喝下去才出门。依然还是如同出海前,搞起了在小海里养大海鱼的事情。依然还是盯着我的肚子看。

孩子能一觉睡到天亮了,杨万流就把孩子带去我婆婆房间,说:我们得有自己的孩子了。

杨万流带来的药,我又吃了两年吧。

这两年,我的肚子依旧没什么动静。家里的鱼干和地瓜干,囤得厨房都快走不了人了。

这两年,杨万流带我去了一趟厦门,去了一趟广州。

第一次去厦门是坐船,那是我第一次上船。船开得慢,开了五个小时吧,我吐了五个小时。

第二次去广州,听说比厦门远,我问,能不能坐车去?那时候咱们隔壁镇新开了一个汽车站,我们坐着马车到了那个车站,买了去广州的汽车票。其实那时候我还挺兴奋的,感觉这汽车真的很神奇,不用马拉,就自己吭哧吭哧往前跑了。但上车不到十分钟,我又吐了。

刚到厦门我们就被赶下车来。我问杨万流:怎么办?杨万流说:要不搭船去?我说:那可不行。我要吐死在路上了。杨万流问:那怎么办?我说:即使这一趟去广州有孩子了,回头路上肯定也会把孩子吐出来的。杨万流问:那怎么办?

杨万流像个赌气的孩子,脚一直踢着路边的石头。我们在厦门僵持了大半天吧，最后还是搭上了去广州的船。

咱们那地方，哪有女人可以像我出这么远的门？一回来大家都问我，厦门怎么样啊，广州怎么样啊。我支支吾吾就是说不出来，因为，我还真不知道那两个地方是什么样的。我吐得晕晕乎乎的，反正杨万流让我往哪走，我就往哪走，叫我坐哪，我就坐哪。我唯一记得的，这两个地方我都踢伤过人——那两个地方都有男医生不要脸地要看我下面。杨万流和我说，这是医生，让我坚持一下，但我看他脸色也是铁青铁青的。我又真的太不舒服了，所以往医生的脸直接踹了过去——广州那个医生还被我踹出鼻血了。

我还记得，医生都要单独和杨万流聊会儿天，聊完出来，他的脸都是铁青铁青的，有时候还骂骂咧咧。远远看到我了，就赶紧不骂了。

但其实我知道发生了什么。

我是想过再问一次，要不要帮他讨个新妻子，几次话在嘴边了，我又说不出口——我怕我一说，杨万流又要去讨大海了。我知道的，很多人去远方，本来就是为了躲避自己内心那些无法解决的问题。其实这样的人真傻，去了远的地方，那些问题就不在了吗？

杨万流还是整天盯着我吃药，还是整天盯着我的肚子看，还是张罗着自己的养殖场。我知道的，他只能这样活下去。他无法劝自己死心，但又舍不掉我，他在做的，其实就是让自己忘记时间，直到老了，也肯定生不出孩子了，才假装突然发现：哎呀，咱们还没生孩子啊。

我知道他在干吗，我在想，我一定要让他有孩子。

日子就这样过下去了，我忘记是哪一年了，北来大了，杨万流的养殖场也弄起来了。突然间，杨万流每天回来都说，有点奇怪。

他说不上来是哪点奇怪，但就是觉得奇怪，奇怪到，他吃饭的时候要和我婆婆说，睡觉的时候要和我说。

直到有天晚上，他从睡梦中突然蹦起来，说他好像想明白了。

他把睡着的我叫了起来。

他说，具体说不出少了谁，但是，就是莫名感觉，这镇上的人好像少了几个，又少了几个。在码头的船，好像少了几艘，又少了几艘。所以每次回来，就感觉心里慌了一下，又慌了一下。

他想了想，还是觉得自己得去和神婆说。

神婆还在院子里嗑着瓜子，听杨万流讲了后，一副早知道的样子。她往嘴里送进一颗瓜子，表情得意扬扬，说：放心，咱们地瓜干和鱼干可多了。吐出瓜子壳，又说：那天三公爷路过也对我说：蔡也好啊你快死了，死的时候我会来接你的。

过了几天，咱们这儿刮了一场很大的台风。

那台风大啊，把海都吹起来了，掀起来几层楼高，像大大的巴掌，往陆地一遍一遍地拍。

堤坝被拍塌了，海水就这样倒灌进来，一波波的，据说离咱们这儿十几里地的城区都被淹了。

水一淹大家才看得更清楚，原来每座庙都建在高高的崖石上，原来每座庙都是天然的避难所——有吃的东西，有睡的地方，还有神明在。

我婆家倒没有被淹到，但我婆婆过节一般，兴致勃勃地坚持要全家人也到大普公庙集合。

她说，以前天热时，大家爱在晒豆子的前院睡觉，一家的院子挨着另一家，像整个镇子一起打大通铺。她说，总有人会聊天，这边说的话，可能十几米远的那户人家答了，半夜还会有睡不着的小孩学猫叫，先是一声叫了，然后到处都有猫叫了。

她说，很多人挤在一起的机会不多，要珍惜，说不定这次聚后，大家就都要散开了。

她说，何况大普公庙里还有很多等着离开的鬼魂。大家都聚一起，那该多好玩。

一进庙里，我婆婆藏不住兴奋，和这个人聊天，和那个人聊聊天。一会儿抬头和神聊聊，一会儿对着空气好像在和鬼聊天。

杨北来一进大普公庙，就很开心地一直笑。我想起来了，他认识大普公，大普公也认识他的。

我婆婆挑了神像正对的最中间，她和杨万流各睡一边，方便她去串门聊天。我带着杨北来睡在中间。

半夜的时候我突然醒了，一睁眼，就看到低垂着眼睛的神明塑像直直盯着自己，感觉像是被自己的父母看着。我轻声地问大普公：咱们这世间没事吧？我婆婆也不知道是睡着还是醒着，突然回了一句：我会陪着你的。说完，就又开始打呼了。

第二天，海水就开始一片一片往后撤，每撤一步，都裹着冲出来的物件一起。

海水开始撤的时候，每座庙都陆陆续续有人出来看，后来干脆集体拿了椅子凳子，嗑着瓜子吃着饭，边讨论，边看。

海水撤了整整一天，大家才发现，原来咱们镇上，就属老街最低。被冲走的所有东西，就这样一层一层堆在老街。

所有人的生活被搅成一团，都混在里面了。

就靠着喊话，一座庙一座庙地把话接过去，最终商量好了，晚上每座庙各派五个人一起来看守这些共同的东西，明天一大早再来一一认领。

早上六点就开始，几乎镇上所有的人都围着了，把土层拨开，才发现，堆在老街上的第一层是被淹死的人的尸体。

有人指着那些尸体说：你看，这不，人终究是皮囊，魂灵一走，就浮起来了，比什么都轻。

也有人回：啧啧啧，那魂灵得多重啊。

当然得先认领这些尸体。

认领尸体终究是容易的，各家领走各自的亲人，筹办各自的丧事去。

这些尸体有老有少有男有女，认领的人有老有少有男有女。不同的组合出现，总有人在猜度着发生了什么故事。事实上他们都是用自己的故事去猜度别人的，猜着说着，反倒被别人知道了，说话的人大概经历了什么样的人生。

有个大女孩带着一个小女孩来领一个年长女人的尸体。我婆婆说：你看多像当时你们姐妹俩。我刚想发火，那神婆又赶紧指着一个到处找不到老伴的中年妇女，说：你看那哭天抢地的样子，多像当时的我啊。

我一下子就噎住了。

来领尸体的人，还有从十里开外的城里赶过来的。

往生的是他老母。他说他老母台风天还想出去散步，他不让，但老母还是倔强地出门了——最怕年纪大的人犟起来，几头牛都拉不回。老母出门没多久，台风就突然扑过来了，老母着急想折返回家，一不小心，滑进自家附近的水沟了。他找了一天一夜，找不到，一直发脾气，发脾气还是找不到，就一直哭着骂他老母。直到哭累了睡着了，梦到老母一脸做错事的表情羞愧地告诉他：她在海边。她说她真不是故意的，但水就一路把她冲过来了。

他就寻思着过来了，还真寻到了。

那人抱着自己的老母先是责怪：谁让你台风天乱跑了？然后，表扬了一下：还懂得到梦里告诉我。最后还是难过起来：真是的，多陪我几年都不肯，你走了，我就没有可以撒娇叫阿母的人了。

说完，一个四五十岁的男人，也像小孩一样哇哇地哭了。

剩下具尸体没有人领，细辨别，还是孩童的尸体。

据说神奇得很，泡了这一天一夜还是俊俏的模样，脸上像睡着了一样安宁。

我没有凑前去看，不知道传说是真是假。

话事的宗族大佬们不知道怎么办，商量来商量去，就叫来所有能叫来的神公神婆，让他们都来看看究竟。

我婆婆当然也在邀请之列。一群神公神婆已经用各自的方式显着神通。我婆婆的仪式是最简单的，随手抓起坑里的一把椅子坐下来，从口袋里掏出瓜子来，就嗑。一边嗑，一边好像在和谁聊天……

折腾了几个时辰，他们就一起兴高采烈地宣布：确定了，这孩童是神明，明天就开始供起来。

那个孩童被认证为神明带走后,大家就开始认领各自的东西了。

那里面有太多东西了。有锅碗瓢盆、椅子凳子桌子;有没有名字的猪牛鸡鸭,也有主人才知道名字的狗和猫;有家里供奉的神像、祖宗的牌位,也有先人的画像和现在人的书信;当然,肯定有许多的珠宝金银……全都堆在一起了。

各个宗族大佬商量后,说好按照抽签的顺序,一个个进去认领。

抽签的方法也确定了,就用签诗筒——每支竹签都刻着一个数字,以前对应的是神明要和你讲的一句话,现在对应的是抽签的人第几个进去认领。

但第一个人认领就出了问题,他翻找的时间实在太长了,大约花了半个时辰,嘴里还喊着:还有那个呢!他拿起一个东西,就有七八个人同时喊起来:那是我的,别偷……最终,当他拿起一对金手镯的时候,也不知道谁喊了声"哇干,别抢我的东西",大家就全都涌进去了。

回家的路上,我背着杨北来追着神婆问:怎么那就是神了?

我婆婆问:什么就是神了?

我说:凭什么随便漂来一具尸体,那就是神了?

我婆婆说:那可不是随便漂来的,也不是随便就是神。她有点气恼:那都是磨难要来了,神明就赶紧派了分管的神来。

那神婆见我不信，说：比如夫人妈，你不和她亲吗？她就是在小码头那边发现的，当时她身穿一身戎装，背上中了几支箭。当时的神婆问了之后才知道，她原本是个官家女，倭寇杀了她的将军父亲，她就想杀倭寇。可没几下就莫名其妙中箭了。她一个倭寇都没杀成，但是她抵抗的那一会儿，好多父母因此带着小孩成功逃脱了。

神婆说，她本来也觉得自己死得没什么特别，准备着好好随大普公的安排去了，哪想她的魂灵怎么也脱不开她的身体。她被雨冲到河里，河推到江里，江拱到这入海口，然后突然就被浪拍上来了。拍上岸时，有个神明和她开口说话，意思是：现在很多人逃到这海边的镇上求生，咱们得保佑他们活下来，我们神现在人手缺得厉害，你就留在这里负责当保护小孩的神吧。本来就这样了，那神明又琢磨了下，补充：要不把男女之事顺便管了。夫人妈听着臊，想说：我生前可是在室女。但神明已经不耐烦地挥挥手，说：就这样了。

我问：所以，咱们这儿的神大都是这样漂过来的？

神婆说：是啊，咱们这地方晋朝开始就有人了。当时中原战乱，咱们的老祖宗逃到这里时，看到入海口，这些尸体堆满了沙滩。他们当时就一个个问，该送走的，好好送他走，毕竟大家都是可怜人；能当神保护咱们的，大家就把他供起来——毕竟他们也当过可怜人，他们知道咱们世间的可怜。

神婆继续说：咱们这儿，一千多年了，每年都有尸体漂来入海口,每个尸体,咱们都要问清楚的。有的当不了神,但还是告诉我们很多事情:有饿死的尸体漂过来,咱们就赶紧囤粮;有浑身刀伤的漂过来,咱们这边的宗族就赶紧练兵……

我说:但他们也是活不下去的人,怎么能当我们的神?

神婆有点生气了:他们不是活不下去,是咱们这世间某个巨大的创伤刚好要他们承受了。他们是替咱们承受的,冲这点,他们就是神。

我也杠上了,问神婆:那个那么小的孩童能管什么?

神婆说:管灾难的。你刚没去看,他是饿死的,而且,身上到处都是伤。太可怜了,一出生就要承受这么坏的世道。

神婆说着说着,有点难过了:你闻闻,是不是感觉海风的味道比以前咸腥了?你去海边看看,疯狗浪是不是比以前多了?

我说:我明白了,是大家怕什么东西,就赶紧立什么神,对吧?

我婆婆确实被我的话噎住了,气呼呼地说:你爱信不信。

说完,还跺了一下脚。

灾难确实要来了。都不用鬼神来说,不用咸腥的海风说,也不用疯狗一样的浪说。

这毕竟是入海口,总有东西会从这里出去,总有东西要从这里进来,海风一年到头都在吹,消息一年到头满天飞。随便什么时候走出去都是海风,海风里都是消息,捂着耳朵都还要往脑子里钻。

先是听说外面到处都在打来打去，然后听说海的那边也打来打去，然后海再远点的那边，什么乱七八糟的国都来了。

反正，我记忆中就是陆地上和海上同时乱哄哄的。那时候走在镇子的路上，总会看到打转的风，吹得石板路街道和人心里，也乱哄哄的。

大家心一乱，我婆家也格外热闹。

我起床不算晚，第一声鸡叫时醒来，抬头看天，一般是鱼肚般白，我就起床。

那个时辰，天是晕晕乎乎的，光是晕晕乎乎的，花草树木也是晕晕乎乎的，但我一开窗门，就听到神殿那边、庭院里边一堆人轻声细语着，像啃布袋的老鼠：叽叽叽叽，叽叽叽叽。

我睡觉不算早的，总是月亮要往东边歪了才回房，但即使我关窗门了，也总会听到神殿那边、庭院里边，一堆人在叽叽叽叽。

那段日子我总有种错觉，仿佛我就睡在一堆人的叽叽喳喳里——像水汽，好像不在，又总是在的，还黏糊糊的。

估计是说的话太多了，或者听的话太多了，或者向神鬼打听的事太多了，我婆婆肉眼可见地疲惫，经常身边一没有人，就马上入睡，还打呼。有次她在厕所里喊着让我帮她拿纸，我拿过去了，听到厕所里已响起了打呼声。

西宅村那个七八年没回乡、据说在广州当大官的山狼蔡，突然回来了。

据看到的人和我婆婆说，他回来时是晚上十一点多。那山狼蔡左手臂被砍掉了，穿着一身军服，还带着枪。和他一起回来的，还有几个同样穿军装的人。

一个晚上都听他在大喊大叫着，第二天醒来，大家才知道，他们家族的人走了一半。

剩下一半没走的，见到镇上的人就投诉那个山狼蔡：突然间回来，突然间要我们走，没说要去哪儿。他是收拾了祖宗牌位，但神像带不走啊，还要我们去搭船，我就不去。

有人问：他没说为什么要走，去哪儿？

他火急火燎的，像赶着投胎，叫着：来不及啦，来不及啦，都他妈给我上船。那人还是愤愤不平：我是他伯父啊，他讲话就不能尊敬点吗？

山狼蔡没走的那些亲戚闹腾了一早上后，小镇突然变得安静。街上没有叫卖声，港口没有吵架的声音，路上没有小孩嬉闹的声音，甚至狗叫声都少了。安静得空气都沉甸甸的。

我婆家来了许多人，大家也不说话，有的人围着神殿坐着，有的人围着我婆婆坐着。

我婆婆也没说话，嗑着瓜子，摇着藤摇椅。

那个白天，什么都没有发生。大家陆陆续续散去。

又是一天晚上十一点多，港口那边闹哄哄一堆声音被海风吹过来。先是一只狗叫了,然后很多只狗都叫了。除了几个人的声音,小镇还是很安静。

第二天醒来,又有人来告诉我婆婆,说十几年没回乡、据说去南洋发家的路瘄陈突然回来了。也是要整个家族的人连夜打包离开,但不是坐船去南洋,而是大家一起骑马往北走。

他们家族也大约一半人不走,也见人就骂路瘄陈:突然间回来,突然间要我们走,没说要去哪儿,还要我们去骑马,我就不去……

真正有事的那天,我记得雾很大,感觉连天都还没醒透,就有人敲锣了。

铛铛铛铛铛铛,还不是一个人敲,听声音,应该分了七八路人。

敲一会儿,就喊一会儿什么,我还是听不太懂国语,我婆婆虽然听得懂鬼和神说话,但也听不懂那些人说什么。听懂的是杨万流。

杨万流说:他们喊大家去关帝庙里集合。

杨万流说:他们说,不去的人都要被抓起来。

杨万流说:要不咱们赶紧往东或者往南跑,跑海那边?我会开船。

我婆婆说:路瘄陈不是从海上逃回来的吗?

杨万流说:要不咱们赶紧往西或者北跑?我在城里还认识些

朋友。

我婆婆说：山狼蔡不是从北边来的吗？

杨万流看着我婆婆，我婆婆吐出瓜子壳，说：咱们就待着，这里有神明有祖宗还有鱼干和地瓜干，咱们还怕谁？

我婆婆没想到，自己会成为最早到的那拨人。她觉得很丢脸，拉着我们躲到旁边的沙滩上坐着。看见一个路过的人，她生气地责问：怎么来得这么迟？

那人不明白这个神婆干吗生气，愣了下，回：不是只有我迟啊，大家都去那个孩童神庙拜了一下，我也去了啊。我是去和他强调一下，该他发挥作用了，我得实话和他说，如果这次他不灵，大家以后就不来拜他了。

我婆婆这才明白，乐呵呵地说：提醒下总是对的。

那人反问我婆婆：你说他第一次当神，可靠吗？

我婆婆咧嘴一笑：我觉得不一定可靠。

到关帝庙了，才发现，外面来的人也实在不多。十来个人，带着枪，也带锣。看着凶巴巴的，其实，当中有人的脚偷偷在抖。

发现那群人害怕到脚发抖这件事情的，不是我。也不知道是谁看到的，一个偷偷给另外一个人说。说着说着，大家开始像看戏一样，安心地就地坐下来。还有的不耐烦地催：快点快点，等着了。

有第一个人喊了,大家就都起哄了。

我们坐得靠后面,什么都听不清。前面的人和我们说,那群人就是要我们到处都挂上他们的旗。

我问:为什么要挂他们的旗啊?

前面的人说:我也不知道啊。好像是什么蓝红色的旗。他们是哪个皇帝派过来的?是镇政府门口那种旗帜吗?

大家越说越糊涂,恰好有人举手,问:那个,请问,咱们现在算什么国啊?

有个个子矮矮、说话怪怪的人,突然大声喊:中华——民国。他以为喊完这一声,大家会鼓掌吧,喊完就一直等着。但大家你看我我看你,窃窃私语着:种花闽国?还是种花蒙古?有人认真地回了:蒙古我听过,听说就是清朝皇帝老家再往北边,那边不都是草原吗?怎么还种花了?

晚上九点多吧,我婆婆还躺在院子里的藤椅上,杨北来躺在我婆婆的肚子上。那个喊中华什么国的矮子突然走进我家里来了。

我正在冲洗厕所,前几天来的人太多,拉屎拉尿都没对准坑,味道冲得很。

我想着,我也听不懂他们说什么,咱们这儿人就这么多,还有神有鬼,没什么好担心的,所以我就不出去了。

等我洗好厕所出来,那矮子已经走了。

我问杨万流:咱们现在到底是什么国?

杨万流说:中华民国,也还是中国。

我问：他们是谁啊，来干吗啊？

杨万流说：他们说日本人在厦门又打起来了，可能很快要打到这边来。他问咱们这镇上的人可以做点什么。

我问：日本人是什么啊？

我婆婆说：就是杀了我丈夫你公公的倭寇。

我说：那现在这群倭寇在厦门杀人吗？

杨万流说：杀的。刚进城，把人当狗当猪的，见人就杀。

我说：那"种花蒙古"的人来咱家干吗？

我婆婆说：他是来问我神或者鬼能做点什么。还问杨万流，咱们这里的宗族能做点什么。

我问：能做点什么吗？

杨万流说：能，我就盼着杀仇人了。

那神婆说：能，当然能，我们要做的第一件事情是，先活下来。咱们只要活下来，就有他们受的。不过，咱们要是活不下来，那也没事，他们更是要完蛋的，我要往他们一代又一代人心里钻。

神婆恶狠狠地说：我要搭上几百年，不断在他们心里喊，他们是有罪的人，他们是罪人。我还要见鬼魂就说，不要投胎去他们那儿成为罪人的后代，我要喊到他们断子绝孙……

我是后来才知道，杨万流是自告奋勇当我们这片区所谓的保长的。也才知道，所谓保长是要拉着一堆人准备和外面来的人打架，而且是打那种"会死人"的架。我不去拦他，因为我知道这是他注定要去做的事情——我也发现自己理解了什么是"注定"。

那神婆没有骗我，只要看到一个人的过去再远点再多点，自然就看得到那人更多的将来了。

那些敲锣打鼓的"种花蒙古"的人，在每座庙里挂了旗子就走了。

那些旗子整整齐齐挂了三四天吧，然后就陆续不见了。

其实也不是不见，我后来到街上时，看到卖肉的那家，顶棚用来隔雨的布就是那旗子缝起来的；还有次走在路上，看到有小孩包着屁股的是一团蓝，我觉得新奇凑过去看，才发现，就是那旗子。

不断有各种年轻人来找杨万流，原来找我婆婆的人也没少。这么多人聚到家里来，那厕所没一会儿就臭，我婆婆在院子里嗑瓜子，偶尔风吹过来，她就大喊：屋楼啊，太臭了，你快去冲啊。

我回：我才刚冲洗过啊。

我婆婆叫苦着喊：又臭啦，赶紧去冲。

他们忙他们的，我也跟着忙我的。他们在院子里讨论时，我拿着扫帚跟着，哪里扔了地瓜皮、瓜子壳的，我就气呼呼地叫他们抬脚，赶紧扫起来。

我受不了的是试枪。那时候刚好天气暖暖的，容易困，他们非得冷不丁哪个时辰突然拿出枪，嘣一声，把杨北来震得哭了，把所有鸟都惊得飞了，把所有狗都吓得叫了，把我直接吓得一哆嗦。

被吓到的不仅是我。我刚想发作，就听到院子里藤摇椅上，我婆婆气到大骂：你们哪个孙子乱打雷啊，信不信我待会儿就叫雷公劈你们！

吃饭的时候，杨万流会有意无意地交代些什么。他说，如果有天他火急火燎冲出去了，顾不上和我们说话，让我就带着婆婆和杨北来往北跑，跑上十几里地，会看到那种旗子，看到了就和他们说：我们是杨万流家的。

我问：就是当尿布的那个旗子？

我婆婆吐出瓜子壳，呃巴着嘴说：反正我就不走。七王爷叫我不用走，关帝爷叫我不用走，夫人妈叫我不用走。

我心里想：反正我也不走。走之后，去哪儿？那里会有撒着我祖宗们骨灰的海吗？那里会有这一座座庙吗？那里会有每次见我都乐呵呵的神明吗？

而且，那里会有杨万流吗？

但杨万流每交代一次，我心还是要慌一次，一慌，晚上就要问他一次：咱们是不是要赶紧试试？哪天你不在或者我不在了，那真遂了命说的。我可不认这个命。

杨万流反而不想试了，他说：我要是死了，我的孩子又和我一样，没有父亲。

我管你死不死！我很生气，反正我不能认这个命。

我还说：有孩子了，即使你死了，我还可以在孩子脸上看到你吧？

杨万流就这样又教了我三四个月了吧。我肚子里还是没一点动静。

不仅我肚子没什么动静，好像一切都没什么动静了。

那个什么"种花蒙古"的，没有再来，日本人也没有来，镇上没有人突然离开，也没有离开的人突然回来。一切安静到让我一度觉得，是不是这个小镇突然被神明安了一个罩子，什么东西都进不来。

我爬到屋顶，盯着天空一直看，有没有鸟能从其他地方飞来。

我走到婆婆面前，问：是不是最近神都不让谁投胎到这里来了啊？

我婆婆一听就扑哧一笑，把嘴巴里的瓜子壳都喷出来了。她笑嘻嘻地看着我，终究什么都没说，又像是说了许多。我又气又恼，想骂那个神婆几句，但终究没有开口。

来找杨万流的人越来越少，越来越少，到第五个月后，就只有零零散散四五个人来找他了。然后，又变成杨万流出门到处窜了。他和台风来之前一样，每天带回来各种鱼，每天挑着海水养在不同的缸里。有次我突然想到，问杨万流：枪呢？他想了许久：是啊，枪呢？然后翻找了大半天。

这样的日子又过了好多年。

那天中午吃好饭,我又去厨房喝药。

然后听到有人奔跑进来的脚步声,我一听,好像是杨万流。他好像喊着什么。

我在想:杨万流怎么突然回来了啊?

然后我听见杨万流在喊我的名字,我想着,但我得喝完药才能出去。

然后我听到更多的人跑进家里来的声音,然后更多的人在说话。

那个药刚煎好,太苦了,太烫了,我还是只能小口小口喝。

等我出来了,只剩下我婆婆还在院子里,还在藤摇椅上,但是没有嗑瓜子,在发呆。

我问婆婆:刚刚是不是万流叫我?

婆婆说:是啊。

我问:那万流呢?

婆婆说:万流走了啊。

我问:那万流什么时候回来啊?

婆婆说:万流不回来了。

我说:万流为什么不回来了?

婆婆说:万流回不来了。

我没听明白,问:那他为什么叫我啊?

婆婆说:他知道他自己回不来了,他想再见见你。

我还是没听明白：那他在哪儿？我就让他见见我。

婆婆说：见不上了。那种车你知道吗？不是你爷爷那种三轮车，四轮的那种，跑得可快了，我想，比神明飞得还快。

陆续有人来我家，他们围着我婆婆叽叽喳喳的。

一开始我还没反应过来，不理解为什么有的人哭着，有的人闹着，有的人拉着我婆婆的手一直说着。

我听下来大概知道了，就是突然间，带着那种旗子的人又来了。他们这次来了好几百人，拿着枪，见到男人就抓。十三四岁的半小伙子也抓。他们抓了就往罩着绿色帆布的车上拱。

有人说，杨万流看到那些人还想去理论，有个小矮子从车上下来了，就是上次来的那个，一开始还和杨万流挺客气的，说：共军打过来了，所有人得撤去一个地方准备反攻。

杨万流问：共军是谁啊？

那小矮子说：你们都是加入过我们的人，就要听党国的命令跟我们走。

那小矮子还说：我们是保护你们的，要不共产党过来了，你们所有人都得被枪毙。特别是你，你还是我们的保长。

杨万流觉得奇怪：没有人加入你们，我们就是想打倭寇啊。

然后那小矮子就想拉杨万流。杨万流撒腿就往家里跑。

有人说，看到杨万流最后是被架上去的；还有人说，他的左肩一直在流血，好像被枪子打了……

我婆婆坐在所有人中间，又掏出瓜子，嗑了起来。

有人问：你听神明讲过吗？

我婆婆吐出瓜子壳，说：有啊。他们说，这个世间病了，现在到处都有人在受苦，到处都在死人。

又有人问：神明有说让咱们怎么办吗？

那神婆说：有啊。他说，活下来。活下来，等世间的病好了，就一切都好了。

我阿妹果然是我阿妹，远远地我就听到她哇哇地哭。就她一个人来。

她说王双喜被抓走了，泥丸也被抓走了。

我问：不是只抓大人吗？

我阿妹哭着说：王双喜一看一辆又一辆那种四轮的车来，他想着，肯定要抓人的。他赶紧带着泥丸想躲。他本来想躲床底下，但我说，床底下太容易被发现了，让他再找找。他想着，要不躲厨房里，把柴火堆起来，他和泥丸就钻进去。我觉得这主意好啊，赶紧帮着弄那柴火。结果柴火还没弄好，进来几个人，见到王双喜就要抓，王双喜又死死抱着泥丸，泥丸也跟着被抓走了。

我妹妹哭着问我婆婆：咱们怎么办？

我婆婆不耐烦地说：不都说了？先活下来啊。

镇里的人还在家里哭哭闹闹着。我婆婆催我陪着阿妹去她家把东西收拾了搬过来。

我和阿妹回来的时候,镇里还是有人在家里哭哭闹闹的。我婆婆不催他们走,我们也不好催。陆陆续续有人走,说他们去各宗族大佬那打探打探,去各个庙里拜一拜;陆陆续续有人来,他们带来了各个庙的签诗……大概折腾到凌晨四五点吧,所有人才走完。

说不上为什么,他们走后,我突然想去关门。虽然我婆婆几十年没关大门了,但她这次也没有阻止我。

我关上门,不知道自己要干吗,就在门口站了一会儿,然后我说:我当时还在吃药呢。

我婆婆说:我知道啊。

我接着说:我还没生孩子呢。

我婆婆说:我知道啊。

我婆婆说:我替你好好骂神明好不好?我把他们都骂哭好不好?

我摇摇头,身体哆嗦着,说:你帮我求求他们好不好?帮我求求他们。

我还在哭着,忽然听到有人敲门。我不想去开门,却听到门外有孩子在哭。

我还在哭着,但有孩子哭了,我还是得去开门。一开门,门口是一个花篮,花篮中间放满了鲜花,鲜花中间放着一个婴儿。

我就抱着那可怜的孩子,她哭着,我也哭着。

我婆婆也出来了,她看到我抱着一个孩子,笑着说:这不,神明又给你送孩子来了。

其实,那天晚上拾到孩子的人不止我一个。

有人说,是那些从北方来的部队留下来的。他们不知道自己踏上船之后,究竟是开往新的生活,还是开往死亡。但他们一定要把孩子留在活着的这边。

又有人说,是那些自家男人被抓走的女人,送完孩子,她们就觉得自己可以去死了。

那几天,还是有很多人来我家,我知道,我可以听到很多信息,但我不敢靠近,我怕听到,在哪一片海,海浪又推上来哪一个女人的尸体。我会担心,其中的一个会是那孩子的阿母。我更愿意信那神婆说的——这又是神明给我送的孩子。

那个孩子,神婆给取了个很好听的名字。神婆说:你看,这孩子真是命好,自己的生父生母在如此困难的境地,还是找到了一个花篮,还在花篮里铺满了花。所以咱们就叫她百花吧。

你应该知道了吧,这个小孩就是你的外婆、我的女儿。

你可以理解了吧,为什么从你有记忆开始,我就经常采一些花送去给你的外婆。也可以理解,为什么在你外婆我女儿要下葬的时候,我一定要在棺材里铺满鲜花——她这一辈子我最终护不住她,但她浑身花香地来找我,我至少得让她浑身花香地走。

镇上突然安静了,安静的那些天,许多人安静地来我家,安静地坐下，一坐坐一天。

空气确实沉了，一天比一天沉，海风都似乎吹得吃力了，总是呼哧呼哧的，像在喘气，又像在叹气。大家不知道还能不能用原来的钱；不知道，不用原来的钱用什么钱；不知道，盖了一半的房子还盖吗，相好的亲要结吗……

我知道那种状态，我阿母去世的时候我也是这样的——镇上许多人的心里，没有压舱石了。

那神婆还是一副乐呵呵的样子。我妹还在难过，难过了就问她：你怎么不难过？

我婆婆嗑着瓜子说：我不是早就说这个世间生病了吗？生病了就会难过一下，但难过后就好了。你看，咱们不是已经囤了鱼干地瓜干吗？咱们就安心看看这命运到底安排咱们怎么活。

她说得，好像只是在看出戏。

百花是真乖，才丁点大，拉屎拉尿或者饿了，就哭一声，看到我马上去处理，她就笑着等我，从来不闹。

杨北来九岁了，开始懂许多事，也还是不懂许多事。他会帮忙做点家务，尤其喜欢给百花摇摇篮。他不知道从哪学来的歌，边摇边唱童谣：囡囡仔，乖乖睡，一眠大一寸。

杨北来曾问过我：我叫北来，是因为我从北边来的吗？

我说是啊。

那阿母你是从北边来的吗？

我说：我一直在这边长大的。

杨北来就此不再问了。此后几天，他一会儿就叫一次阿母，我每次都赶紧回。回得慢点，他就噔噔噔地跑过来，看着我，直到我赶紧应了。

杨北来还问过我：阿母我没看你肚子大，怎么我就有妹妹了？

我说：这是神明送来的。神明送的，就不用大肚子。

杨北来问：我是不是也是神明送来的？

我说：是啊，我的孩子都是神明送的。

杨北来高兴了，他说：我也认识神明的，我认识大普公，长大后我也让他送孩子给我。

连着这样安静了许多天。有一天早上，镇上的老街那边传来热闹的声音，有腰鼓队，有人在唱歌，后来还有人用自行车载着几个大喇叭唱着些欢快的歌，在镇上到处晃。

本来在我家待着的人，说他们出去看看。一个人出去看了，没再回来，再出去一个，又一个没有回来……第三天，我婆家这边突然没有人来了。

家里越来越空，外面却越来越热闹。

我说：要不我出去看看吧。

把孩子们托付给阿妹，我便出门了。

一走到街上，才发现，这镇上似乎比以前还热闹。整条街上挂满了红色的旗子、红色的布条，到处都是喇叭，到处都有腰鼓队,到处都有歌声。街上许多地方,还有人在排队登记着什么。

我看到常去和我婆婆说得眼泪哗哗流的桂花婶,她也在排队。我叫她,她好像没听见,我知道她耳朵不算好使。

我看到阿青姨,她一直笑眯眯的,自己儿子去世时,她哭的时候也是笑眯眯的。我走到她前面,问:阿青姨在干吗啊?

阿青姨笑眯眯的,没说话。我知道,她眼睛不是很好使。

但接连几个人都像不认得我一样。那一瞬间,我突然想,难道我变成鬼了?我听我婆婆说过,人刚死的时候,还不一定知道自己死了,还经常会奇怪,别人为什么不搭理他。

但我反反复复地想啊,我就是从家里出来,左转,沿着石板路一直走,然后就是老街了啊。这条石板路很直,不用过桥也没有交叉路,我要死也不好死啊。难不成,我就是刚才走过去,被什么东西砸了?我就赶紧盯着石板路寻,没有看到石板路上有什么东西掉下来的样子,也没有看到我的身体。而且我走在路上,看得到自己的影子啊。不是说鬼没有影子的吗?

我不太明白,就想着,我婆婆那神婆不是能和鬼说话吗?不是认识很多鬼吗?我问她,自然就知道了。所以我就赶紧往回走。

往回走,是要经过大普公庙的,路过的时候,我突然好像听到有人叫我。我想,难道我真死了,所以现在是大普公在叫我?但一想,不对啊,大普公是男的啊,声音怎么是女的?我往大普公庙走过去,发现是桂花婶。

我说:桂花婶你不是听不见我说话吗?

我又说：桂花婶，难道你也成神婆了？

桂花婶左顾右盼了一下，说：我不会举报你婆婆做过神婆的，如果以后出事了，和你婆婆说，不是我。如果她以后要让鬼神来算账，千万不要误会。

说完，桂花婶就撒腿跑了。

桂花婶说的那些，我没听明白，也没想明白，但我知道，我应该是没死，那我得再去探探。

我又折回镇上，但我这次不走路中间了，走街道后面那条平行的小巷子。

所谓街本来就是对着的两排房子，房子的后面是和街道并行的小巷子，毕竟这边是能出生意的，房子和房子间的巷子快被挤没了，就留着一条细小的缝隙。风老爱从这些缝隙窜来窜去，顺便把声音也推过来了。

我走过一条缝隙，听到一些话，又走过一条，又听到一些……虽然他们不是专门对我说的，但我来回走了两遍，大概弄清楚了。

来的人就是此前抓走我丈夫那帮人说的共产党。

听上去共产党对穷人好啊。咱们镇上原来的酱油厂是阿肥发的，现在说要拿出来分，以后买酱油不用钱了。咱们镇上原来的茶厂是疯狗朋的，现在说要拿出来分，以后大家都有茶喝了。咱们镇上原来有几支海上运输队，是疯狗朋、大头明、大虎等人的，现在说要拿出来分。

当然咱们这海边地咸，就那几个村有可以种点东西的田地，现在也说可以拿出来分了。

至于海呢？海本来就是所有人的。

我听来听去，不知道他们说的是不是真的，也没明白别人为什么要躲我，反而有点着急，想着，得赶紧叫我婆婆来登记，好分东西啊。

就在我要跑回家时，我听到有人喊着：大家赶紧去看啊，要把庙给敲了啊。

我觉得好玩了，是不是那个主管灾难的圣童子大家觉得不称职，要废掉他？我心里想，我阿母骂了那么多年神明，不敢干的事情最终有人干了。以前就听说过大家觉得不灵的神明，庙被拆掉，然后把神像放回海里的事情。看来是真的啊。

我还听到一遍又一遍的鼓掌声。有人高喊着：破除封建迷信。

我不知道封建迷信是什么意思，但听着觉得有大事要发生了，我想，我得赶紧拉我婆婆来看热闹。

我撒腿就跑，边跑边觉得不对劲。回到家，我和婆婆说：外面在登记分东西。

我婆婆开心地回：你看，这世间不就开始变好了吗？

我和婆婆说：他们还说要拆庙。我不知道哪家，但我想，应该是那个圣童子庙。

我婆婆乐呵呵地说：所以神和人都要好好工作，要不就没人要了。

我和婆婆说：他们还说要破除封建迷信。

我婆婆听了，想了一下，问我：咱们是不是封建迷信啊？

我问：什么叫封建迷信啊？

那神婆又想了一会儿，好像想明白了一样，咧开嘴笑：傻姑娘，我就是封建迷信啊。难怪大家不来找我了，难怪。

婆婆知道自己是封建迷信后，就交代了两件事，然后还是躺在藤摇椅上嗑瓜子。

一件是，让我把门从此关了。如果有人问，就说她死了。

一件是，让我每天去老街后巷跑一趟，听听那些海风从缝隙里递过来的声音。

那些叫共产党的人，确实说到做到。才没几天，就开始每隔几天分一样东西。

先分的是土地，然后是房子，然后是船……分什么东西都一样，就是有人喊着谁的名字，什么东西多少多少，那人欢快地应一声，拿到一张纸就开心地大喊大叫。

每次我回来都要把进展和我婆婆说。我婆婆总是听得乐呵呵的，开心完就很难过地喃喃自语着：但怎么就不要我们了呢？

那神婆一直耿耿于怀，那段时间的她，就像我阿母去世时的样子：不和人说话，一个人在院子里嗑着瓜子，偶尔抬起头对着半空说着什么。

我阿妹担心她，想去和她说说话。我记得杨万流说的，拉住阿妹，说：别，鬼和神在安慰她了。

那一天我婆婆没嗑瓜子了，一个人闷闷地坐着。我问她：怎么不和鬼说话，怎么不和神说话了啊？

她说：他们也讨论得叽叽喳喳的。

我问：他们叽叽喳喳什么啊？

我婆婆说：他们叽叽喳喳说这世道好像不需要他们了。他们要死了。

我问：神也会死啊。

我婆婆说：会死啊。没有人供养，没有人记得，他们就要死了。

我说：那没关系啊，只要你供养着，他们就不会死了。

那神婆说：我也要死了。

我听不得她这么说，生气地说：你要死了，我就不理你了。

那神婆咧嘴一笑：我死了，你就理不了我了。

那天我把家里所有能吃的东西翻出来，摊在院子里，一样样数。

多亏我婆婆，米是不多了，但有地瓜。更主要的是，我们有一整个厨房的地瓜干和鱼干，如果每顿就是地瓜干煮水配鱼干，我估摸着也能吃上几年。

但即使这样,我心里还是不踏实。我想了想,还是招呼阿妹,把庭院的一半撬开了,准备种地瓜——地瓜最好种,只需要把地瓜藤往土里一插,就行了。

缺的,是我婆婆的瓜子。

我婆婆在院子里还是一直躺在藤摇椅上,她现在嗑瓜子很节俭,许久送进一颗,含着,好一会儿,再咬开,就那小小的一粒瓜子仁,她嚼了又嚼,嚼了又嚼,直到嚼得碎之又碎,被口水融了,才咽下去,然后拿出瓜子壳吮吸一下。

接连吃地瓜干配鱼干,先受不了的是杨北来。他也没说什么,只是嘟囔了一句:阿母,我嘴很淡。我婆婆听了,赶紧应和:屋楼啊,我嘴也很淡。口气还模仿撒娇的北来。

但我们没鲜肉。

我发愁到晚上,愁着愁着,就睡着了。

凌晨一两点,我婆婆把我摇醒了。

我问婆婆:这么晚,干吗啊?

婆婆说:我想起来了,咱们真是傻,咱们是靠海的啊,老天爷这个时间点都会甩一些肉到滩涂上,咱们赶紧去拿啊。

我听说过的,凌晨,螃蟹、虾和一些鱼总会探出头来。我说:好啊,那我和阿妹去就好了,你别去了,去了别人认出来了怎么办?

我婆婆说：不行，我得去，我得趁我走之前，再去玩玩。而且黑灯瞎火的，他们怎么知道我们是人是鬼啊？

那个凌晨，我和那神婆出发了，我妹留下来看着孩子们。我想了想，拿了海锄头，拿了网和背篓——那些都是杨万流留下来的。

我婆家的后面就是海。出门左拐，那是镇子的方向，我们选择了右拐。

到了海边，海风真冲啊，礁石像躲起来的小朋友，会突然从浪里露出头来吓你一跳。

我光看到海，不知道肉在哪儿。

我看到有两三个人结伴，也拿着海锄头，他们也在看着我们。他们可能也不知道肉在哪儿。

黑暗让他们看不清我们的容貌，估计对他们碰到了什么也没把握。所以他们选择假装没看见我们。他们在离我们远远的地方用海锄头撬动石头，然后用手去摸。我也跟着用海锄头撬动石头，用手去摸。

他们抓出了一只螃蟹，我被一只螃蟹抓住了。我疼得大叫一声，对方这才确定我们是人，提醒说：你得看清楚了再抓它后背。但我已经被螃蟹抓住了。

我到家后，偷偷躲到厨房里去看，才发现，自己的虎口差点被钳开了，还被挖掉了一小块肉。我手上一条一条，应该是被海石或者牡蛎的壳割出来的，还在流着血。

但没关系,我们有肉了。我想着,我留下一点肉,拿走一点肉,其实挺公平的。这样想之后,我就感觉没那么疼了。

那时候已经是凌晨三四点了,我婆婆一直在厨房外探头,她不知道我受了伤,吞了吞口水,问:你是不是馋了,准备三更半夜煮肉啊?

说完,她又吞了吞口水。

我想那神婆是真馋了,所以回:是啊,咱们煮肉。

那神婆开心地跑去房间,把两个孩子和我妹叫起来:吃肉了,吃肉了。

已经好多天没有瓜子了,我婆婆嘴巴好像痒得难受,她摘了芦荟、玫瑰花叶、草根等放嘴里嚼过,都觉得不对。她看我正在插地瓜藤,便拿了枯掉的一截洗一洗,往嘴巴里放。一嚼,感觉还比较像。从此就总要偷偷掐我的地瓜藤。

那个嗑瓜子的神婆,现在变成一个躺在一小片地瓜田里,嚼地瓜藤的神婆了。

那天我醒来,看到我婆婆还是在院子中间嚼地瓜藤。

但我看到她在哭。

我觉得奇怪了,她和我说她丈夫怎么死的时候没哭,我和她儿子结婚时她没哭,她儿子被拉走她没哭,这个时候她却凭空哭了。

我问:你是在哭?

我婆婆说：是啊。回答得理直气壮的。

我问：你哭什么？

我婆婆说：就是刚刚那个圣童子走了，他来和我告别了。

我问：你难过的是他走了？

我婆婆说：我和那个圣童子又不熟，我难过的是，神明好像都要走了，如果他们都走了，以后就没有人和我聊天了，没有人和我聊天，我就什么都不知道了。我什么都不知道，我就不知道杨万流过得怎么样，不知道你会过得怎么样，不知道自己什么时候死了。

我说：不会不会，神明怎么会舍得走？

我婆婆说：会的，他们一个一个在走了。

那天下午我出了一趟门。我在老街的巷子里听了一遍海风里的话。还真是，真的有一座庙被拆了，就是圣童子庙。

我是从海风那里听来的，听到的都是碎片，就听说，那天早上浩浩荡荡围了一圈人，一直喊着：拆啊，打倒封建迷信啊。喊了半天，大家还在喊着，没有一个人冲上去。

听说，一个外地来的干部，叫了几遍大家还是没动，气到想冲上去。结果旁边一个女孩子，穿着中山装，剪了个蘑菇头，戴着眼镜，一下子冲上去，脚一蹬，把神像给踹倒，滚下来，直接摔碎了。

听说，那女孩是咱们本地的，喜欢外地来的那个干部。

不过我听着听着，觉得不对啊，我婆婆说了，可以不要这个神，可以拆那座庙，但哪能踹神啊？你把他请到海里，送走就好了啊。何况，他除了是神，他也还是个孩子啊。

海风里有人偷偷说，当时很多人尖叫一声，眼泪都出来了，但憋着，除了个别几个，其他人都没哭出声。

回家的路上，我心里也开始慌了。我对着半空说：神明啊，你们不会走吧？你们不会死吧？

我当然听不到任何声音。

我想过，要不要让婆婆去安慰一下神明，劝解下神明。但我又担心，神明被人踹的事情，她要是知道了，肯定更难过了。所以我回家后，什么都没和那神婆说。

但那神婆，好像真的知道了些什么。她有时候会突然和我说：奇怪了啊，我好久没看到七王爷经过了，他最近都在忙什么啊？

我说：我怎么知道。

过一会儿她又说：我怎么看到妈祖娘娘打包好行李往海那边飞去了。

我说：我又看不到。

那一段时间，每隔几天就听说哪座庙被拆了，听说，现在大家都已经形成工作流程了——其他人负责拆庙，而神像，都是那个蘑菇头女生来推的——我以前明明记得她名字的，我当时对她生气了很久，但现在不知道为什么，我就是想不起来。

而我婆婆，经常嚼着地瓜藤，对着天空，一副等不来老朋友的那种表情。

我见她孤单，经常抱着孩子坐在她旁边。

那神婆知道我在安慰她。

她也安慰我。她说：我知道了，不是神明和我错了，只是我们老了。这世间也会生老病死的，我们是这世间老掉的那部分。

那神婆笑嘻嘻地说：所以我们可以去死了。

有一天凌晨，我们都在睡着，突然嘣的一声，整个大地好像都震了一下。

我左手抱着百花，右手拉着北来，赶紧往我婆婆的房间跑。不料又嘣一声，又嘣一声，还嘣一声，再嘣一声……

我软着腿跟跟跄跄跑到我婆婆的房间，听见我妹也喊着我，往我们的方向跑来。我推开婆婆的房门，看到我的婆婆，那个能和鬼神说话的神婆，瘫坐在地板上。

我喊：没事吧蔡也好？

我婆婆哭着说：我尿裤子了，我尿裤子了。

我说：没关系，你拉屎都不怕神明看，尿裤子有什么。

我婆婆一听，哭得更大声了：他们也没了，他们都没了。

整个轰炸持续了整整半天，我们一家五口人窝在婆婆的房间里。轰得久了,其实也大概摸到了规律,先是一下、两下、三下、四下……然后安静大概十多分钟,应该是在换炮吧,换好,又是一下、两下、三下、四下……知道规律后,心里好受许多,但是每发炮弹落下的时候,心还是跟着一颤。

等炮声消停了大半个小时,我才确定,应该是停了。这才发现,自己脑袋嗡嗡地响,心里慌乱得如同被炸过一般。

我让阿妹帮忙照看好孩子,我想,我得出去看看。

空气中是有硝烟,是有尘土,还在飘着,但我一左拐,看到那条石板路,还是那么完整,甚至因为没有什么人,显得比以前更干净。

我惊奇地沿着石板路跑向镇里,除了有些震落的招牌,没有太多地方受损,是有人在哭,那是吓哭的。我循着硝烟来的方向跑,才发现那是老天爷给我们偷偷藏肉的那个沙滩。

我看到了,整个沙滩密密麻麻都是炮坑,但很少有炮坑是超过沙滩的。

镇上有许多人追到这边来了。有喇叭在喊着:台湾国民党反动派,悍然发动炮击……

海风中我听到有人在窃窃私语着:是不是神明发威,把炮弹都挡了啊……

我回到家的时候,婆婆没在庭院,没在嚼地瓜藤。她还窝在房间里。

我隔着门，和她说：刚刚是台湾的炮打过来，但是你知道吗，一颗炮弹都没落到咱们镇上哦，全部都在沙滩上。

我婆婆不说话。

我说：你知道吗，大家都说是神明发威，把炮弹挡住的。

我婆婆开口了：别骗我了，他们都没了。

种在院子里的地瓜都开始开花了，开花后就要结果了。

我婆婆坐在院子里，就像坐在一片花丛中。

自从那次炮轰后，我婆婆比以前安静了，她不怎么嚼地瓜藤了，也不怎么抬头了，经常就靠在藤摇椅上，发着呆。

即使是我凌晨去滩涂找来的肉，我婆婆好像也没什么兴致了。

我感觉得到，我知道她准备要走了。

那段时间，我看到我婆婆打盹，我就推她，确定她是不是还活着。

我婆婆很生气：干吗推我啊？

我说：你不能走。

我婆婆不满地说：我要走会偷偷走，就不告诉你。

我心里很慌，乱糟糟的，比被炸弹炸过的滩涂还乱。我说：蔡也好，你不许走。

我婆婆说：我怎么就不准走了啊？

我说：以前你要走，我可以陪你一起走，但我现在不能走了，我有小孩了，我阿妹又回来了。

我婆婆说：所以我可以走了啊。

我说：你不许走，你知道的，你走了，我现在没办法把你生下来。我是不能给自己生亲人的人，你早知道的。

说完我眼眶就红了。

我婆婆眼眶也红了，但嘴里哄着我，说：放心放心，我没法活着陪你，我死后也陪着你。这样可以了吧？

我说：我怎么知道你死后有没有陪我？我可不像你，能和鬼神说话。

所以你不能走。我说。

我也忘记是哪一天，我婆婆突然对我说：你看你看，这些花是不是都低着头？

我看了看，还真是。

我婆婆说：你看，那些玫瑰花就都仰着头。

我笑着说：还真是，脖子伸得老长老长了，就像你。

我突然觉得这样说不好，又加了句：也像我。

我婆婆笑着说：从看到你第一眼起，我就觉得你像我。

我就怕婆婆和我说从前的事。我知道她为什么要回忆。我眼眶一下子红了。

我婆婆调侃我，说：像我还不乐意啊？

我摇摇头。

我婆婆说：你发现了吗？想结果的花，都早早地低头。

我哭着说：我低头了啊，我很早就低头了啊，为什么我还是结不出果？

我婆婆笑眯眯地看着我，说：我可怜的屋楼，不是低头的花全部都能结果的。我们都要活到最后才知道，我们是不是能结果的那朵花。

我记得那天，我正在挖地瓜。

在院子里的婆婆醒来了，突然笑着和我说：屋楼啊，你要记得哦，我留了一尊神给你哦。

我白了她一眼，继续挖。

我婆婆又说了一遍：现在神都走得差不多了，我好不容易留住一尊的。

我说：我不要。

我婆婆知道我在生气，她说：你爱听不听，反正以后我不在了，记得，我留了一尊神给你。

我太生气了，转头就走。

第二天，我婆婆一大早见到我又说：屋楼屋楼，记得啊，我可是留了一尊神给你。

我转头又要走。

我婆婆赶忙叫住我，说：你还给不给我饭吃啊？我饿了。

我说：你要吃地瓜汤还是地瓜干汤啊？

我婆婆想了想，说：地瓜汤吧，比地瓜干汤甜一点，我嘴巴得甜一点。

我就去煮地瓜汤了，其实也就是煮了三刻钟吧，然后我端着地瓜汤进来，看到婆婆好像睡着了。

我边走近，边吹着热气，担心烫着她。端到她面前的时候，我婆婆还是没有醒。

我推她，她还是没有醒。

我知道她走了。

我还是忍不住小声地怪罪起她来：你看你，当什么神婆，连最后死的时间都算不准。你看你，还让我煮了地瓜汤，自己还不是来不及喝？

说完，我自己端起来，喝完了那碗地瓜汤。估计是太烫了，我边喝，眼泪边一直掉。

我看到我阿太眼眶里有什么在闪烁。我想靠近去看，我阿太把我推开。

她说，老了，总会流眼油。

我想安慰她，她为了不让我安慰，赶紧又开口：对哦，忘了告诉你一件事情。

其实后来又发生了好几次炮战，而且，还是全部都打到沙滩上。大家后来才说，在那边打炮的，都是咱们的亲人，谁舍得打啊。打到沙滩上，炮弹的碎片炸开了，到处都是，也不知道是谁说的,那炮弹用的钢铁可好了,用来磨成菜刀使起来可快了。大家就都去沙滩拾炮弹壳,一拾才发现,有人在炮弹上面刻了东西。有刻"安",有刻"母",有刻佛,还有个炮弹上刻了个心。

我只是听说,我没看见过。那个刻着心的炮弹碎片,也不知道被谁拿去了。但不知道为什么,我就觉得是杨万流刻的。他是刻给我的。那个"母"字,我也觉得,一定是杨万流刻的,刻给我婆婆的。

我阿太的眼泪还是没停下,我想帮她擦掉眼泪,她推开我,笑着又赶紧继续说:

你记得我刚刚说到的那个蘑菇头吗?其实你见过啊,很小的时候,你去上小学,不是总有个老女人站在学校门口,一直唱着革命歌曲吗?就是她啊。她的事情后来闹得可大了,她和那个外地干部处上了,怀了孩子,但那外地干部突然被调走了,说是参加什么秘密任务。总之,就是找不着。她本想把孩子生下来一起等,结果孩子在炮战的时候被吓到了,流产了。流产之后她就开始疯,每天站在学校门口唱革命歌曲。有人偷偷说,就是因为她踹了神好几次,才会过成这样的。我还和他们争辩,我说,不会的,神怎么会那么小气?但后来想想,其实我也不确定哦,你看,我婆婆不是也被神扇过耳光吗?神有时候就是挺小气的。

说着说着，我阿太像突然想起什么一样，开心地叫起来：我记得那个蘑菇头的名字了！她叫明芳，对的，就叫明芳，当时我听到这个名字可喜欢了，想着明芳明芳——明天的世界，充满芳香。

回忆四

厕中佛

腐烂之地，神明之所——

你阿母——我外孙女可是结结实实唠叨三十年了。

说她生你的前几天，老是出血，本来是因为担心自己扛不过这一关，才想请我来坐镇——毕竟，我是陪着内内外外这么多个孙子出生的人啊。

她说，哪想待产那晚，我去医院陪床，一进来没和她说几句话，就坐在躺椅上睡着了。她本来睡得好好的，偏偏我像牛一样打呼。她睡不着，就觉得自己要生了，疼得说不出话，拼命推睡在旁边的我，我还半天都摇不醒。她只好忍着疼自己下床，扶着吊瓶支架去找医生。

她老爱说这件事情，从你出生起翻来覆去说到现在，哪天和谁聊天想到了，又说。

你外婆——我女儿百花和我转述过，你三姨和我说过，你隔壁家的阿春姨、再隔壁家的阿花姨和我讲过……我几次当面问你阿母，你阿母每次赶紧跑，边跑边故意喊得很大声：外婆莫打我莫打我，我哪有怪你啊。我信你当时不是在睡觉，我信。

气得我，拿起拐杖就追。
我当时不是在睡觉，我是在和夫人妈说话。
我明明和她解释过的，她就是不信。

夫人妈当时正抱着你过来，和我说，本来你阿母这一胎生的应该还是女儿，但是因为你阿母我外孙女整天一直唠叨，就想要儿子。夫人妈受不了唠叨，帮忙临时换了个儿子。夫人妈还交代，临时换的，孩子还没长全，得小心护着。

我记得你是凌晨三点出生的，生下来才四斤七两，啼哭得有气无力的，像只猫，甚至头顶骨都没长好，顶上一摸软乎乎的，还可以看到天灵盖上的血管一蹦一跳的。

那天你舅舅骑着三轮车接你阿母出院的时候，是我坚持先直接去趟关帝庙再回家的。因为夫人妈交代了，你得有个神明干爹护着，才能安全。那天夫人妈其实是陪着咱们去了一趟关帝庙并说服关帝爷的，要不，哪能连掷三圣杯，第一次问卜，关帝爷就同意收你当干儿子啊？

这不，你回家时，就突然哭得豪情万丈，跟你干爹的结拜兄弟张飞一样了。然后从小一路胖墩墩的，直到现在。

再过几十天，我就要走了，你记得有空就去你干爹的庙看看。虽然你不能听到他说话，也不知道这些神明是怎么照顾你的，但你要记得，人家可是把你护得如此周全。你还要记得，你做的好的坏的，他都看着的。

你还得多去夫人妈庙坐坐，不用干吗，就坐坐。那是我这辈子最好的闺密了。没有我这个神明闺密在，你可不一定能出生，而我，肯定没办法在神婆死后那段日子里挺过来的。

对哦，我和你说过吗？夫人妈就是你外太祖、我婆婆——也就是那神婆，留给我的那尊神。

对哦，我和你说过了吗？那神婆竟然还把她藏在厕所里——后来我才理解，这藏的地方，还真对。

我是后来才知道，我一不小心给那神婆办了咱们镇子当时最牛的葬礼。

按照当时的说法，咱们镇子是没有鬼魂的了，所以葬礼上是不用守灵的；咱们镇子是没有神明的了，自然也不会需要游街送魂灵升天。

我当时什么都不知道，结果，该有的不该有的，那神婆的葬礼都有。

那天神婆没吃地瓜汤就走了。我记得她走之前说过，她死之后还会陪着我的。所以我就难过了一会儿，然后我想，反正那神婆还在的，开始着急地琢磨，怎么才能和她说上话。

我仰着头，对着半空问：蔡也好，你在的吧？

我听到海浪和海风的声音，以及海风送过来的外面各种热闹的声音。但我没有听到她的回应。

我想，估计她在忙着捡自己的脚印吧。

我婆婆人生的大部分时间就在院子里，就在那藤摇椅上，我想，她现在一定在那儿。

我对着那藤摇椅又重复问了一遍：蔡也好，你在吗？

我听到院子里有鸟叫的声音，不远处还有狗吠的声音。但我就是听不到她的回答。

我想，我果然听不到灵魂说话。

我发了一会儿呆，想，或许到梦里就可以了。虽然这是个麻烦的办法，以后我有事想和她商量，就得赶紧睡觉。

我忘了我是怎么睡着的了，是我妹把我叫醒的。

我妹说：阿姐，你睡得真死，婆婆睡得更死，这次都不打呼。

我说：婆婆死了。

我妹推了推婆婆，婆婆没有反应。我妹哭着问：那你怎么还睡着了？

我说：我是想，睡着了是不是就能和她说话。

我妹问：那你和她说上话了吗？

我说：没有。

我妹哭着说：婆婆不在了。

我很笃定地说：她在的，就是说不上话了。

阿妹问我接下来怎么办。我想了想，如果我听得到那神婆说话，她会说什么呢？然后我知道了，我说：咱们先让婆婆好好死，再让自己好好活。

我经历过爷爷的葬礼、奶奶的葬礼、阿母的葬礼，还随着神婆见习过那么多葬礼。比起怎么过日子，我更知道怎么办葬礼。

我记得，首先要穿麻戴白。

发黄的内衣依然还算是白的，我把它裁成条，绑在所有人头上。我找不到麻，但是找得到草席。麻是草，草席也是草。我把草席裁成衣服的样子，披在所有人身上。

这些是有了。我记得一个好的葬礼，还需要有人来给婆婆守灵，有乐队，有人哭丧，有人表演，有人招魂，有人念悼词，有人送灵，最后还要有一块好的墓地。

我一一列举给自己听，我妹黏得太近了，听到了，白了一眼，说：现在肯定都没有了。

我妹果然年纪小，她不知道这世界上一件件事情，也是一条条生命。一件事情落了地，它自己就会挣扎着长出自己的模样。所以很多时候，我们只需要把这件事生下来，然后看它到底能长成什么样子。

就像孩子一样。

葬礼首先得有人来守灵。我就先把守灵这件事情生下来。

我叫上阿妹一起，把大门的门板卸了，底下用石头叠成四条桌腿。这样我就有两张大桌子了。

我在门口搭了一个灶，把自己那个办喜事用的大锅抬出来，把火烧得旺旺的。地瓜无论大小，全部洗了，煮地瓜汤。我想，就让海风带着地瓜汤的香味往镇上飘。我想，吃不饱饭的人应该不少，都煮得这么香了，就不信没有人来。

果然，香味飘着飘着，开始有人走过来张望。

有人问：什么好事啊？

我说：我婆婆走了，蔡也好走了。

那人愣了一下，说：现在不好守灵了，都新社会新作风了。

我说：我有地瓜汤，你喝吗？

那个人愣了一下，说：喝啊。我就喝地瓜汤，我不守灵。

我说：好啊。

然后，那人就留下来守灵了。

第二个，第三个，第四个……陆陆续续地，大家都来喝地瓜汤，大家就都这样来守灵了。有呼朋唤友来的，有拖家带口来的。我妹开心地说：婆婆的守灵人，真多。

海风一吹，地瓜汤很容易就放凉了，地瓜汤一凉，总像在喝甜汤。先来的人把地瓜汤当晚餐，后来的人把地瓜汤当甜点。孩子在旁边玩耍着，大人们有一搭没一搭地聊着。

一开始有人聊海水的流向，和他下网的方法。有人聊到他第一次在海上钓到的皇带鱼，说，那皇带鱼活着的时候像洁净的银箔。然后就有人聊到今年台风还没到，大家就开始回忆自己经历过的台风，好像在回忆一个久久没有造访的远亲。

我和我阿妹坐在门槛上，有一搭没一搭地听着。

然后有人说，要不他去拿些花生来。又有人说，他去拿点酒来。还有人临时去海边翻来一些花蛤和蛏子。这样，大家就喝起酒来。

喝着喝着，一个操着外地口音的姑娘突然站起来说，她是来参与组建纺织厂的，她原来是部队文工团的，她说她很希望了解祖国大地各个地方的人，为了助兴，她可以表演打快板。她说祝愿祖国早日统一。

大家就鼓掌了，她就打起来了。

我妹开心地在我耳旁说：婆婆算是有乐队了。

喝起酒来，总会回忆。有的人一回忆，就说到我婆婆了。

有个人说，他儿子溺水死了，他家女人一直呜呜呜地哭。然后我婆婆和她说：你儿子很爱你们，在等着投胎回你肚子里，你们赶紧生一个。

然后，就有了现在的儿子。

有个人说，原来他老母亲腿脚一直不好，老母亲死后，他老父亲整天派他来这里找我婆婆问：那老太婆腿好些了吗？我婆婆每次都嚷着说：好了好了，等着你老父亲死后在那边和她赛跑。我婆婆还说：你老母亲一定赢。

现在我老父亲也不在了，本来我还挺想问她，他们在那边比赛了吗？到底是谁赢了啊？但现在你婆婆也走了，我没有人可以问了。说着说着，那人开始呜呜地哭。另外几个人也哭了，那个表演快板的小姑娘也哭了。我知道，有的人是在想念他老父亲，有的人在想念他儿子，有的人在想念自己的家乡。

他们一哭，我妹也跟着哭，我没哭——我开心地和哭着的阿妹小声地说：咱们婆婆这不就有了哭丧的和念悼词的了？我妹一听，流着鼻涕开心地笑了。

哭完，那个想知道自己父亲母亲在地下谁跑得快的男人说：你一定得给婆婆好好办葬礼啊。

我咧嘴一笑，说：是啊，不正在办吗？

大家其实都知道了，跟着笑了起来。

笑完，就正式当作丧礼帮忙琢磨起来了。

有人问：还没装棺材？我说：在厅堂了——咱们这儿，一般年纪到了五十多岁，有条件的就早早地打好了棺材，还要放在厅堂。用你们现在的说法，叫炫富。

大家吆喝着一起把我婆婆的尸体放进棺材里，又把棺材放到三轮车上，还把三轮车推到厅堂里。

我问：怎么放三轮车上了？

有人笑着：葬礼都办到这分上了，肯定得去游街啊。

我说：这葬礼可太像样了吧。

大家笑着说：咱们镇上好久没有像样的葬礼了。

有人问：打算葬哪儿？

我说：要不就葬在这院子里。我不想婆婆离开家里。

他们看到院子里种满了地瓜，觉得不对，说：旁边有地瓜在生根发芽，婆婆会觉得痒吧。

我觉得有道理，我说：那就葬院子后面。

那个晚上他们还帮我在屋后挖了一个洞，好几个人，挖到天蒙蒙亮。

守灵的人走的时候，天已经翻出鱼肚白了。我也不睡了，我说：阿妹，咱们送婆婆走吧。

我把百花绑在自己身上。杨北来说，他长大了，可以帮忙推车。

我们就出发了。

我想着，要沿着通往老街的那条石板路走一趟，这样所有人才知道，我婆婆的葬礼有游街。我还想着，要沿着那些庙走一趟，这样我婆婆就可以和她的老朋友们告别。

我妹在前面骑，我和北来在后面推，出门左拐，就往街里走。

有狗看到我们，叫了一声，然后传染一样，一只只狗帮我们把我婆婆葬礼游街的消息就这样传下去。过一会儿，鸡也加入了，前前后后比赛着打鸣，好像在帮我们奏乐。

我妹开心地说：像乐队在开路。

我说：就是乐队在帮神婆开路。

我突然想到一个主意，便大声喊：蔡也好，你好好走。

我妹脸红了，问：怎么还喊上了？

我说：明天你就懂了。

我继续喊：蔡也好，你好好走。

听见我的喊声，有人推开窗户，看到了我们，对我点了点头。

我知道，他们也在送我婆婆。

我们走到我娘家，在我娘家门口转了一个弯，沿着靠近原来那一座座庙的地方往回走。

我们这才看清，有的庙被完全推倒，有的庙推了一半，有的庙好像有人在里面住，晾着衣服，还有的庙门就打开着，原来摆放神像的地方，摆满了巨大的机器。机器轰隆隆的，还挺热闹。

我在路过每座庙的时候，都向他们一一点头。脑子里浮现出的，是我十五岁那个晚上，一个人跑去找神婆时，他们一个个帮我点燃灯火的样子。我心里想，他们是那么好。他们现在到哪去了呢？

我阿妹心里想到的，还有另外的人。她问：那些原来和阿母吵架的庙公庙婆不知道去哪儿了?

我说:我也不知道。

不远处就是海,海翻出来一条浪,又被新追过来的海水吞了。我在想,那条浪去哪儿了呢?然后我们看着整个海面,海翻出来无数条浪,又吞没了无数条浪。

我指了指浪,对阿妹说:海好像在回答你刚才的问题。

我们游街回来的时候,昨晚那些帮忙守灵的人已经在等着了。他们估摸着,我们需要有人帮忙把棺材抬进去。

最终是八个人帮着抬的。当他们稳稳地把婆婆放进墓地,要盖上土的时候,大伙问:最后说点什么吧?

我说:我不讲,反正那神婆在的。

我阿妹说:你不讲,我来讲。我阿妹对着墓地里的婆婆嬉皮笑脸地说:对这个葬礼还满意吗?满意你就保佑我们都活得好。

说完,大家一起笑了。

有人喊了一声:我阿母是张阿环,到那边帮我照顾我阿母啊,有空带她来梦里看看我。

看到可以对神婆提请求了,其他人也赶紧说:我父亲是黄土豆,他腿脚不好,你和神明交情好,帮着在那边赐他一副好腿脚吧;我爷爷是蔡流水,我老梦不到他,你提醒他,可不要忘了他有个孙子啊……

我心里得意地想：我总算生下一场葬礼了。接下来，我该为大家生下好的活法了。

哪里想到，葬礼都还没办完，我还没来得及想好怎么活下去，命运这家伙又给我送来了一个小孩。

有次，我阿妹——你太姨本来在切着地瓜片，突然兴奋地朝我嚷：蔡屋楼，我发现了，你一个孩子都没生的人，最终是来自祖国大地东南西北孩子的阿母。

我问：哪有？

我阿妹说，北来是北边来的，西来是西边来的。百花是咱们这边的，咱们这边是东南，所以就是东南西北了。

我想了想，还真是。开心地想，我是东南西北的阿母了。

那天来的小孩就是你二舅公。

你二舅公的名字之所以叫杨西来，就是因为那天他和我说，他是从西边来的。

那时候人群已经散去了，百花在北来的怀抱里睡着了，我和阿妹正在把拆下来当桌子的门板重新装上去。

你二舅公怯生生地跑来了。他五六岁的光景，眼睛大大的，穿着时髦的短衬衫和吊带裤，还穿着皮鞋，只是一看就好多天没收拾了，全身都是泥，脸上、头发上也是。

小男孩用一半国语一半闽南语问：这里有地瓜吃吗？

我用闽南语和自认为的国语说：这里剩一点地瓜汤。

小男孩说：你给我地瓜汤吃，我叫你阿娘。

我笑着说：不用不用，吃完你就赶紧回去找你阿娘。

那小男孩说：我没有阿娘了，我得找到阿娘才能一直有东西吃，所以你就做我的阿娘吧。

我妹问我：你是不是刚刚偷偷和神婆说，想再要个孩子？你看，那神婆手脚也太麻利了吧。

我说：我没有啊。

我想，如果是那神婆送来的，她自己没帮我算过吗？家里的存粮还够咱们这几张嘴吃多久啊？

你二舅公担心我们不要他，也不管我听不听得懂国语，就奶声奶气地讲他怎么来到这里的。他讲得很清楚，我听得不是很清楚。

他说，自己出生的地方叫昆明，他们一家人跟着父亲坐火车去了北京，又搭飞机去了上海，又从上海坐车到这里来。他年纪很小，但他走过的路，比我爷爷、我奶奶、我婆婆、我阿母一辈子加起来还多。

他说，他记得，自己的父亲是个官，自己的母亲全身香香的，讲话很温柔，还会画画。

他说，从上海到这边，一路上上下下要经过好多座山，他母亲一路难受，一路吐。他倒没事的，随行的士兵夸他，说他以后可以去开飞机或者坦克。他说，他当时还回答说自己想开飞机，因为一飞，就能马上飞回昆明了。他说他想念昆明，昆明一年四季都有好看的花。

他说，当时大家要上船，他父亲搀着他母亲走在前头，他由家里的用人张婆牵着走在后面。本来排队排得好好的，不知道谁喊了一声什么，大家慌乱地往前挤。你挤我我挤你，张婆一不小心掉海里了。他停下来，对着海一直喊，张婆没应答，再回头看，他父母都不见了。

他说，他想等等张婆，这样还可以让张婆带他去找父母。他下了船，一直等。他等啊等，等所有人都上船了，张婆还没来，等船开走了，张婆还没来。他估摸着去找张婆掉下去的地方。他以前没见过海，看到巨大的海拍过来，拉出一条条白白的浪，他有点害怕，一直喊张婆，没有人应他。

他说，他也不知道海边的晚上这么冷，他被吹得一直哆嗦，后来就躲到别人房子后面的角落里睡。第二天一醒来，他想去找张婆，结果天一亮，他往海边一走，才发现，昨天看到的不是浪，而是一层尸体堆着一层尸体，远看过去，像浪。

说到这，你二舅公一直哭。他说，他到现在还没找到张婆。但他知道，张婆在浪里。

他哭着走进镇里,路过一户人家,有个女人向他招手。那个女人见他好看,问他,可不可以叫她阿母,可以的话就给他东西吃。他叫了,女人也给东西吃了。

他在那人家里住了几个月,那户人家有爷爷有奶奶,还有个姐姐,但没有父亲。大家都很疼他,不仅给他吃的,还给他衣服,教他闽南语,还想着要给他一个新名字。他一直期待那个闽南语的新名字,有了这个新名字,他觉得自己才算是这里的人了。

有一天,那女人帮他穿上原来的衣服,说:你得走了。

他问她为什么。

那女人说:你是坏人的孩子,你不是我的孩子。

她说:我的丈夫就是被那些坏人抓走的。

那爷爷在哭,那奶奶在哭,那姐姐在哭,但那女人哭着用扫帚赶他。

他说,他没再说话,换上原来的衣服出门了。

我问他:那户人家住哪儿?

他摇摇头说不记得了。

我知道,他其实记得的。

我问他:你叫什么名字啊?

他摇摇头说,他忘记了。

我知道,他其实记得的。

他说,他想有个新名字。

我知道，他是想有个新阿娘。

他当时还在说着，北来抱着百花在旁边听着。北来听到那小男孩也想要个阿母，跑到我身边来，紧紧靠在我身上。

我问阿妹：要不这孩子你要了吧？

我妹说：我不要，我有我家泥丸。

我妹看那小男孩眼眶又红了，赶紧解释：我有亲生的儿子，我知道他还活着，我肯定没法疼另外的孩子的。

我想了想，现在外面太多没有阿母的孩子了，要不是那神婆，我早就是没有阿母的孩子了，所以我说：那我来当你的阿娘吧。

其实，说完这句话，我自己心里偷偷慌了一下。我知道的，家里的地瓜干本来那神婆就只准备了我、北来和她的量，后来百花也大了，又有了阿妹，现在又有了西来。

我想，要是我能和那神婆说话，神婆会怎么说呢。然后我知道了，那神婆会说：就活下来，偏活下来，活下来看它能拿你怎么样。

北来以前是和婆婆一起睡的，婆婆走了，我本来就担心他，刚好就让西来和他一间房。

北来嘴里嘟嘟囔囔，但终究没有说一个"不"字。

折腾了许多天,我抱着百花,一沾床就睡着了。

突然有人没有敲门就要推门,那横冲直撞的声音,我知道是阿妹。

我说:阿妹你干吗?

阿妹说:我想和你们睡。

我问:为什么?

我阿妹说:我怕。

我说:你都当母亲的人了。

她说:但我是你阿妹。

我知道拗不过她的,就开门让她进了。

我们正睡着,又听到很有礼貌的敲门声,我问:谁啊?

外面的声音是国语,他说:阿娘,我能和阿娘睡吗?

是西来。我知道他怕梦见那个尸体做的浪。我开了门,让他进来。

他真是懂事的孩子,看到床上很挤,就把席子往地上一铺,说他打地铺。我怕地上凉,在席子下面又铺了被子。铺好了,我问:那北来呢?

西来说,北来不肯过来。

我知道北来的,我叫西来陪我去叫他。果然,北来正把自己捂在被子里,一个人呜呜地哭。

最终,一家人齐齐整整挤在一个房间里了。

大家心里都踏实了，一会儿就响起了此起彼伏的打呼声。我反而睡不着了。借着月光，我看看百花，看看阿妹，看看北来，看看西来。

我想，我就是死都要让你们活下来。

第二天一大早，我早早地打开门，搬了张板凳，就坐在大门口等。

我阿妹看到了，问：你在等什么啊？

我说：我在等管事的人来找我们。

我阿妹问：他们为什么要找我们啊？

我说：婆婆的葬礼边游街还边喊，就是想让大家知道咱们在。知道咱们了，现在管事的人才知道来找咱们。以前婆婆说过，没去祠堂登记的孤魂野鬼是没供养吃的，最终都要饿成厉鬼。咱们在这新世道里都还没登记，都还是孤魂野鬼，肯定活不下去的。

我阿妹笑得很开心地说：所以那场葬礼一边送婆婆去阴间，一边送咱们回人间，是吧？

我想了想，好像真是这样。

那个早上，来接我们回人间的人，一直没有来。

等到快十一点了，我想，不行我就开始嚷。这样一想，我就马上嚷了：现在谁管事啊？管事的人管下我们啊。

第一声，没有人应。

我站到路中间再喊：管事的不管事，我就去镇上叫嚷了。

有邻居探出头来，说：现在咱们这边是杨先锋管事，你找杨先锋。

我问：杨先锋是谁啊？

邻居说：就是杨仔屎。

我说：杨仔屎是谁啊？

有人远远地答了：别喊别喊，我是杨先锋。

杨先锋其实就住我婆家斜对面。

杨先锋是跑过来的，边跑边乐呵呵地笑：万流嫂啊，是我，杨先锋啊。

我不记得自己认识叫杨先锋的，也不认识叫杨仔屎的，但他是管事的人就好。

杨先锋一进门，就往我家院子里走，一屁股坐在庭院里的石礅上，掏出烟斗抽了起来，好像很熟悉我家的样子。

抽了一口烟他就着急地嚷：万流嫂啊，可不许再叫我杨仔屎了，那是土名，我现在可是干部，干部得像个干部的样子。

我想着他是管事的，嘴里说好，但心里想，我可知道了，以后你待我们不好，我就到街上叫你杨仔屎。

杨先锋嗓门是真大，我阿妹他们以为是有人在和我吵架，都到院子里来了。杨先锋惊奇地数,一二三,可厉害了,要么没孩子,要有就一下子三个。

我说:神明送来的。

杨先锋把声音压低了:错了,错了,这三个小孩,就是人民群众给你的。

我问:什么是人民群众?

杨先锋说:就是很多很多人,和咱们一样的人。

我想了想,如果这样说,那倒确实是人民群众给我的。

又想了想,如果这样说,其实神明本来也是人民群众啊。

那天杨先锋和我讲了许多。

杨先锋说,他以前来过我家,还来过好几次。一开始是因为想和杨万流一起出去讨大海,后来是因为想杀倭寇。说到杀倭寇的时候,他还强调了:但我可没加入什么种花蒙古,我就是抗日志愿者;所以别和我客气,都是自己人。

杨先锋说:杨万流可是真好汉,可惜投了敌,要没有投敌,现在要建设新中国,多缺人才啊。

杨先锋说:咱们这地方不按宗族分了,现在都是按区域分,这一片区,无论姓杨还是姓郭姓陈,都归村长,也就是他管,所以让我以后不能叫他杨仔屎了。

杨先锋说:咱们现在是新世界,要翻天覆地地改变。他说:你看过那种像穿一身花在身上的,那是裙子,以后咱们这里谁都有。他说：你见过那种拖拉机吗？以后咱们这里家家户户都有……都在建厂了，生产出来了就发给大家。

杨先锋还说：共产党就是追求公平的，什么东西都分。地分了，房子分了，船分了……连酱油厂和茶厂现在也归大家集体所有了……

杨先锋说着，我就听着。我得等他讲完，才好问他。

他讲了好一会儿，长长舒了一口气，得意地抽了口烟。

我问：村长你讲完了吗？

他说讲完了。

我说：还有没有忘记说的？

他乐呵呵地说：是不是听了很激动，想多听听？我以后想到了，再和你讲。

我说：好啊。

我开始说了：你说的这些都是真的吧？

杨先锋说：当然都是真的。

我说：太好了。首先啊，你是我们自己人，所以我家五张口，你得管，对吧？

杨先锋点头，说：不是自己人，只要是人民群众，共产党就会管。

我说：杨万流可是被抓去的，你应该知道吧。我家是不是更应该被照顾？

杨先锋迟疑地点点头。

我说：现在要翻天覆地地变化了，需要大量建设人才，我和我阿妹是建设人才吧，你怎么安排啊？

杨先锋愣了下。

我说：什么东西都分，我们家还没分到，你可得给我们补。

杨先锋一下子站了起来：但现在分完了啊。万流嫂，不能我每句话你都盯上啊。

我说：你是管事的，一句就是一句。我一定认真听。

杨先锋脸通红通红的。

我说：你要对我们不好，我就去找你祖宗和神明告状。说完这句，想了想，现在没有神明了，于是我又加了一句：我就整天在路上一直喊你杨仔屎。

第二天早上六点多，鸡刚打鸣，我给百花喂了地瓜汤，就打开大门，对着街上喊：杨仔屎，你安排了吗？

他和家人估计还在睡觉，被吵醒了，就关上窗。我拿了把椅子，坐到他家门口，继续喊着：杨仔屎，你帮忙安排了吗？他老婆出来了，一开始客客气气地想和我商量什么。我不听，一直喊着杨仔屎。喊着喊着，他老婆开始指着我的鼻子骂，骂什么我也不听，反正不重要，我就一直喊着杨仔屎。

杨仔屎出来了，气呼呼地说：你这样我不去争取了。

我说：你不去争取我就继续喊。

杨仔屎说：你喊我就绝对不会去。

于是他关上门，我就继续喊，终于还是他开门了，说：姑奶奶，你得等政府上班啊。

我问政府几点上班，他说九点。我抬头看了看天，心想，那刚好，就赶紧先回家给孩子们准备吃的。

煮好地瓜干汤，时间也快到九点了，拿起板凳赶紧往杨仔屎家门口跑。刚跑到，看到他正要出门。我问：去哪儿啊？他气呼呼地不看我，但回我了：去乡政府。

我对着他喊：谢谢村长啊。

中午杨先锋回来了。他先到我家喊我，但不进来。

他说，政府在研究了，他会尽量帮。

我说：什么时候？

他说：我尽量。

我说：我等不及了就去你门口喊。

他说：你喊了，我就不帮了。

接下来几天，我每天估摸着八点多，就站在门口看，如果看杨先锋还没出门，我就拿张凳子往他家走。几次我刚走到，就看他叼着饼，满嘴还在嚼着，气呼呼地赶紧出门。

我开心地说：村长好。

杨先锋看都不看我。

但每次他从镇上回来,都先绕到我家一趟,说一下推进的情况。我每次都问什么时候,他每次都说尽量,我每次都说等不及就去他家门口喊,他每次都说:你喊了我就不帮了。

这样折腾了一周多吧,那天中午杨先锋喜气洋洋地来了,这次不站门口了,跨着大步就进了门,进来就坐在院子里的石礅上,掏出烟斗就抽,嘴里喊着:蔡屋楼,赶紧来,好事来了。

我赶紧过来,我阿妹也赶紧过来了,杨北来抱着百花来了,西来也跑过来了。

一二三四五,他数了数,五张口,三个小孩。上面说给你们——他伸出手掌,我以为他要说五亩,结果他笑开一口黄牙,说:两亩地。

他说,本来已经分完的,但是有一家子偷渡走了,他知道了赶紧去申请。

他说,地就在海边,让我围着田可以种一排甘蔗,这样就可以榨糖,还可以当田界。他说,只不过咱们海边的都是红土,就只能种点地瓜和花生。他说,他下午就陪我先去看地,然后赶紧去合作社要点苗。他还说,现在恰好是种地瓜的时节,明天就赶紧去。

说完,他眉毛一挑,两手交叉在背后,得意扬扬地站起来,问:你说,我叫什么名字啊?

我笑着说:你叫村长。

他说:不是的,我是说我的名字。

我说:反正我忘记了你所有的名字,我只知道你是村长。

他开心得笑了，露出满嘴因为抽烟黄掉的牙齿，拍了拍胸膛，对着孩子们说：大家都得活下来啊，都得活得好哦，为建设新社会做贡献。

那块地其实就在我家往那片我和婆婆去拾过肉的海滩的中间。

那天我们全家五个人，把家里能找到的工具都翻出来了，有锄头有铲子有钉耙有扁担有水桶——但直到真的站在那块地上，我才想起，除了在自己家院子里插过地瓜藤，我们谁都没种过地。

我们一起蹲在隔壁的田边研究许久，我想，如果这个时候神婆在，她会让我们做什么。然后我知道了，做肯定对的事情。于是我说：先松土，松土肯定是对的。然后等到大家都来了，看他们干吗，我们跟着干吗。

四个人从四个角落开始松土，百花则被我们放在田的正中间。
我问：除了地瓜，还想吃什么啊？
我妹说：我想吃芋头，香。
我说：种。
西来说：我想吃甘蔗，甜。
我说：种。
北来说：我想吃肉，贵。
我还没说话，我阿妹抢着说了：种！

大家一起哈哈大笑。西来说：还没问百花呢。

北来抢着回：百花我知道，她想种奶。

我阿妹说：种。

大家哈哈大笑起来，我听着却难过了。百花从出生到现在，就没喝过几口奶。哪有孩子不喝奶的？我想着，要是真能种奶该多好。我难过的时候，西来看到了，他说：阿娘，能不能在田中间，就是百花现在坐的地方种上花？最好有一百种花。

我觉得这个想法挺好。我也知道了，西来是心里有花田的小孩。

所以后来，咱们家的地瓜田中央一直是一片小花田。所以再后来，你外婆——我女儿百花——走了，我仍旧把她葬在那花田里。也不知道是不是原来花田的根系还在，你外婆我女儿的墓地，后来还是长成了一片花田。

我们你一句我一句说着，隔壁田的人家来了，再隔壁的人家也来了……大家都来了。

和我们挨得最近的，是一个老爷爷领着一个老奶奶。老奶奶年纪比我婆婆大，背驼得厉害，像一直鞠着躬。老爷爷的肤色比土还黑，眯着眼看我们倒腾了一会儿，对我们喊：你们在干吗？

我回：在种地啊。

那爷爷笑得咧开了嘴：我这辈子第一次知道种地是这么种的，真行。

我问：爷爷能教我们种地吗？

那爷爷说：可以啊。

北来开心地说：谢谢爷爷啊。

那爷爷咧嘴一笑：我又不是在帮你们，我在帮这块地。这块地性格那么好，可不能被你们糟蹋了。

那老爷爷指导了我们一早上，怎么拉沟渠，怎么垒土……拉出来的一条条土条，叫土龙，每条土龙中间的沟渠，叫龙沟。

我问爷爷：为什么这叫土龙啊？咱们叫龙的传人，是因为咱们都是这一条条土龙养活的？

爷爷笑着说：你这傻丫头，叫土龙是要吹捧这些土的。它们一高兴，产的口粮可多了。

爷爷带着北来整理沟渠，到了田的中间，西来还在弄想给百花的花田。

那爷爷说：你这在干吗？

西来怯生生地问：田中间种花是糟蹋地吗？

那老爷爷愣了一下，然后开心地笑：反正我这辈子第一次知道田地中间应该种花，真行。

西来问：那可以吗？

那老爷爷笑着说：糟不糟蹋别问我，你问地就知道。如果地里长出茂盛的花，那就是这块地同意了，还开心地在笑。

已经中午了,老爷爷说:要不中午咱们一起在这里吃午饭吧。我教你们做在田里能吃到的最好的午饭。

老爷爷拿出几个地瓜,寻了一块平整的地方,铺上草和树枝,把地瓜放中间,然后让我们去寻一些干牛屎来。

挑干牛屎可真是技术活,很多牛屎看上去都是干的,一抓,那屎却从指缝里滑出来。大家都一手湿牛屎地收集好干牛屎,那老爷爷把牛屎铺到地瓜上面,火一点,一股带着青草香的地瓜味,就飘出来了。

香味一飘出来,我阿妹和北来的肚子,马上咕咕地叫。

老爷爷笑着说:对吧,肚子知道什么是香的。

老爷爷笑着说:知道了吧,屎其实多香啊。

那真的是地瓜最香的吃法了。

老爷爷边吃地瓜边和我们说话。他说,他就叫郭地瓜,他老婆叫黄芋头。他们祖上都是务农的,他爷爷叫土豆,他奶奶叫玉米,生的孩子的名字都是作物名。他说,他们有个儿子,叫郭花生,本来也是在种田。

前几年有穿军装的人来咱们镇上敲锣打鼓,说要招兵去打仗。

这个消息他不当回事,他觉得,他们家那些田之外的事情,都不是他的事情。然后有一天,他家的郭花生,突然扛着枪就要走了。

他儿子说,他不想叫花生了,他想叫华生了。他不喜欢种田。

这一生很长，只在一块地里活，就是白活了。

郭地瓜说他老婆芋头当时还哭着怪自己的儿子不懂事。他倒觉得是自己老婆不懂事——有的人把一块地当作一个世界，有的人把一个世界当作一块地，哪有什么对错。

他对儿子说：华生你就去吧。如果结了果，无论生死，都回来和我说；如果没有结果，也没关系，无论生死，都回来和我说一声。你有结果了，我的一生也就有结果了。

地瓜爷爷说：我也忘记等了多少年了。但每年，总有亲戚来说，听说你儿子死了，你们种不了这么大块地，我帮你种一点吧。还有隔壁田的邻居，知道我儿子没回来，每次松土的时候，都往我们田里推过来一些。我是说过他们的，怎么把我的地占了。那邻居还很生气地倒过来说我诬赖他。我把他推过来的土垄挖开，露出的，是灰黑灰黑、松软的土，而他那边，是红棕红棕、硬邦邦的土。我说，这还不明显？你那地，被你抽打得红彤彤，我的地，被我按摩得肥嘟嘟的。一看就不是一块地。但毕竟我家没有儿子了，我的地，就还是这样，一天一天地缩小，到现在，只剩三亩不到了吧。

我问地瓜爷爷：你知道华生是去参加哪支部队吗？
地瓜爷爷咧嘴一笑，说：我没问。
我问：你怎么不去打听下啊？

地瓜爷爷说：现在没有神明，也没有神婆了，我问谁啊？

吃完饭，地瓜爷爷向我招手，要和我咬小耳朵，问：你细看你们那块地了吗？

我说还不懂得看。

他笑眯眯地说：我今天每个角度都下手去摸了，这块地，温柔得很，像阿母。估计能养活你们三口人。

我说：但我家五口人。

地瓜爷爷眯着眼笑说：没事，我快要死了，我死了，这三亩地，你们也种了，但就是要帮我照顾好我家那老婆娘。

我们到夕阳快落山了才回家。

回到家，我赶紧去数厨房里的地瓜干。那地瓜爷爷和我说，要让地瓜长得壮实，新一季地瓜最好是秋霜收。我算了算，到秋霜还有一二三四五六，六个月。我算了算，每个人一顿三块地瓜干，四个多月就没有了。我还在里面算着，如果一人一顿两块地瓜干可以撑多久，外面阿妹和北来、西来就已经开心地玩闹起来。我站在窗口，看着打打闹闹的他们，我想，我就是死也得让他们活下来。

我不知道你活到这个年纪知道了没有，这世界最容易的活法，就是为别人而活。而如果那人恰好也是为你活的，那日子过起来就和地瓜一样甜了。

我是靠着他们才活下来的。每天我都觉得日子难熬，所以每个晚上我都要偷偷看他们。

我阿妹睡在床最里面，百花睡在中间，我睡在最外面。床下，北来还是护着西来的，让西来睡在靠我的这边，他自己睡外面。

月光透过窗户照进来，敷在每个人脸上。我在阿妹脸上看到她小时候的样子，和她现在脸上斑斑驳驳的纹路。我想，无论岁月在她脸上敷了多少层纹路，我都看得见她小时候的样子。我想，无论岁月在我脸上敷了多少层纹路，她也都能看见我小时候的样子。这样一想，我就对自己说，还好我有阿妹。

百花明明吃不上什么东西，但脸圆嘟嘟红扑扑的。那神婆说，有的孩子是来报恩的，有的孩子是来报仇的。我家百花真是来报恩的，不乱哭不乱闹，见我就笑。她一笑，我就知道，这世间除了眼前的苦，真真切切是有许多好的东西。这样一想，我就对自己说，还好有百花。

睡不着，我就起身了。我看了看西来，西来边睡边笑，但看他耳朵背上全被阳光拍得红红的，怕是要掉皮了。看他手上也全破皮了。但他还一直笑着。

我又看了看北来。北来应该觉得全家有着落了，整个人睡成一个大字形，在说着梦话，听着那个梦好像挺开心的。我看着他开心，也跟着开心。

可能我呼吸太重了，敏感的西来突然醒了，迷迷糊糊地问：

阿娘吗？阿娘吗？

我说：是我，你赶紧睡。然后假装躺下来睡着了。

西来看我躺下了，才又闭上了眼。

鸡一叫，我就赶紧起来。起来后，我开始煮早餐——还是地瓜干配鱼干。地瓜干每人三片，但我想了想，把每片再偷偷地掰下一小块。大家应该察觉不到吧，大家的肚子应该察觉不到吧。

地瓜真是性格好的作物，不挑土，即使是海边的红土混上海风吹过来的沙，它们照样欢天喜地地长。不爱长虫，即使长虫了也没关系，反正果实藏在土里了。

地瓜爷爷说，等地瓜一抽苗，接下来就是每天松松土、浇浇水、拔拔草而已了。所以我可以去找找其他生路了。

我和我阿妹说：以后百花就由你来帮忙带了，能不能顺便把饭做了？反正也简单，地瓜干汤配鱼干，偶尔掐一点地瓜叶来炒一炒。我妹说：我还可以去挑水除草。

我和北来、西来说：挑水除草的事情得你们来了。北来、西来说：我们还可以帮忙照顾百花。

然后我就出门了。

我出了门，往镇上走。

以前阿母沿着海边走，是去和一个个神明吵架的。现在神明不在了，来了一座座工厂。

原来的大普公庙，连着原来演戏的广场，加上旁边几座房子，现在都是纺织厂了。我听到里面咯吱咯吱纺织机的声音，也不知道怎么开口，就坐在那门口。

坐着坐着，有人问我了。问我的人说的是国语，我听不太懂，我就对他们笑，边笑我边重复说着自认为的国语：我家里有五个人，需要赚钱。对方又说了什么，然后就走了。我就零零星星听懂几个词语：不缺了，要申请……

听不懂我就继续坐着。然后又有人来了，又说了一些话，我又听不懂，那人又走了。

我看着太阳一点点往西移，我想，要不换个地方试试。

三公爷庙现在是酱油厂的晒场。庙里庙外，都放着一口口缸，缸上还盖着一个个斗笠。我还是不知道怎么开口，还是坐在门口，坐着坐着，还是有人问我，说的，还是我听不太懂的话。

……

我走到码头的时候，太阳已经开始准备下山了。一片红霞下，一群渔船正在归港卸货。我站在那儿，想着，我爷爷卖胭脂前就在这儿当装卸工，我太爷爷也是，还有我太太爷爷。他们是不是全部都走了？如果他们在，看到我和我的孩子快活不下去了，他们会怎么样？

我正想着，有人用闽南语叫我了。我不认识这人，但是他确实在叫我：万流嫂你在这里干吗？

我不认得他，但我还是赶紧说：我现在有三个孩子了，我只有两亩地。

那人本来正在卸鱼的,随手抓起几条,就要拿给我。

我说:我不能每天来要,你也不能每天给的。

那人也犯难了。

我问:我能帮忙装卸吗?我爷爷、太爷爷、太太爷爷都是在这里装卸的。

那人为难地说:他们都是男人,你是女人。他转过身看着一个工头模样的人,那人也过来了,问:你有三个孩子啊?

我说:是啊。

我看那工头还在犹豫着,就学着村长的口气说:新社会不好饿死人的吧。

那人笑着说:哪个社会都不能吧。

我说:我祖宗都在这里当装卸工的。

那人笑着说:我祖宗也是。

我说:你听不到你祖宗说话,说不定我祖宗已经和你祖宗说好,给我留一条活路了。

那人笑着说:是啊,说不定。

然后他说:要不这样,你挑小的搬,然后累了就休息,工钱算一半好不好?

我眼眶一下红了,说:好啊。

我一开始就冲去挑最大包的扛,我是想着,我拼命干和男人一样的活,让工头自己不好意思,待会儿给我男人的工钱。我用力一拉,真重啊,想着,这是我祖宗们以前拉的东西啊,原来我祖宗就是这样给自己和子孙扛出一条生路来的啊。现在轮到我了。

我大喊一声,把东西扛在肩上,但女人就是女人,我整个人被那包东西压倒,直接摔在地上。大家笑开了。

我脸一下子红了,想,我扛小包的,但我跑得快点。抓起旁边小包的,扛着就赶紧跑,结果没几个来回,我就扶着栏杆喘不过气来。

大家又笑开了。

我也不回话,继续拼命搬。搬着搬着,他们反而劝我了:万流嫂,你休息下;万流嫂,你小心受伤了……不管他们怎么说,我就拼命搬着。

工头要给我今天的工钱,我有点不确定,是不是让我明天别来了。我说:今天不拿了。以后你让我每天来,我明天开始拿。

工头硬塞给我了,只比他给别人的少一点点。工头说:明天可以来,但明天不准这么拼命。你这么拼命,你婆婆在天上看到会来骂我的;你丈夫回来,会找我算账的。

我说不会的。

那工头说:会。杨万流会,你那婆婆更会。

工头说:我晚上都不敢睡觉了,说不定一闭眼,你那婆婆就等着了。

说完，他就哈哈大笑起来了。

我翻来覆去地看那工头塞给我的钱，薄薄的一张纸，想，这就是新社会的钱了啊。我闻了闻，都是鱼腥味，但我觉得，那味道真好。

我喜滋滋地回到家，一进门，我看到阿妹抱着百花，北来、西来笑开了牙龈等着我。

我刚想说什么。我妹掏出一张钱来，说：咱们有钱了。

我问哪儿来的。

她说：我们下午三个人，轮流帮田里其他人家挑粪水赚来的。

我妹说：比如这一段，我抱着百花跟着，西来帮着北来一起挑；然后换西来和北来抱着百花，我挑一段。

我难过地说：阿妹，一前一后两个粪水桶，你哪挑得动？

我妹说：两个孩子都可以，我怎么不可以了？

我难过了，对着两个孩子说：你们两个孩子才多大力气，怎么就挑得动……

北来说：小姨那种女人都可以，我们两个男人怎么不可以？

就这样，我每天沿着海边走，因为渔船卸货都得在下午，每天我还是先在纺织厂坐坐，再去酱油厂坐坐……有天纺织厂叫我进去，让我看看别人是怎么包装的，问我能不能做。我说可以。从此，每周偶尔会有一两次包装的活。有次，酱油厂让我看看别人怎么把豆渣过滤掉，问我能不能做，我说我可以……

地上有在长的地瓜，每天还有固定的和零散的工可以打，再加上孩子们帮人挑粪，我那段时间老觉得，自己也是地瓜了，也长出许多根须，硬是往这地里扎。虽然那地再怎么松，终究很硬，那日子再怎么开心，终究很难，但咬咬牙，还是可以扎进去的。

累到难受的时候，我就抬起头偷偷对那神婆讲：如果你在，还是抓紧找一些好的日子给我啊。

虽然很感谢地瓜，但其实一直吃地瓜还是会有许多毛病的，比如，容易胀气，胀气了就会放屁。

大家还是一起挤在我房里睡觉。

一开始大家都憋着，但总有一个人会先忍不住放了一声，听着有人带头，于是有了第二个、第三个、第四个屁……大家放完屁都不说话，躲在被子里，偷偷笑。

毕竟每天都要放屁，对自己和彼此的屁都熟悉后，就开始把放屁玩出不同的花样来了。

每天要睡觉前，要么我阿妹，要么北来，就开始宣布今天的新玩法，比如：今天比赛谁放的屁最大声。

有了这样的比赛，大家就格外认真地对待放屁这件事情了，轻易不敢让屁探头，各自酝酿着酝酿着，觉得时机到了，快准狠地噗一声：如果响了，就得意地欢呼，催着其他人赶紧放；如果不响，就很沮丧，紧张地等下一个人放屁，看是不是也泄气了。

我记得，有比赛谁放的屁声音长，比赛一晚多少次屁，最后还分组比赛团队合作连环屁……

最让人意想不到的是你外婆我女儿。百花还小，本来没有参赛资格的，但有次大家还在比着，她突然无比清亮地噗一声，大家一起惊呼，她又噗噗噗，机关枪一般，大家才发现了，原来最小的百花才是放屁状元。

你可能不知道，你外婆我女儿因此曾有个绰号，叫百发机关枪，这是北来取的。他当时一说，大家都笑开了，并一致觉得，这真是最好的绰号了。只是后来，想着百花长大了，以后还得嫁人的，才不叫了。

现在你外婆已经走了，我可以偷偷告诉你。事实上，我后来偷偷问过我女婿——你外公：那百花还放屁吗？你外公愣了一下，一副"原来你早知道"的眼神看着我，但坚定地摇摇头，咧着嘴笑着说：反正我只能说不会。

田里的地瓜在长着，家里的孩子也在长着。

西来到我家来的时候，已是懂事的孩子了。百花从一个小肉团，到会咿呀说话，会走路了，我看着就高兴。她第一次叫阿母的时候，我开心得往每个人碗里都加了一块地瓜干。

一开始我以为，是我每天搬的东西太重，把自己压得越来越矮。后来看着孩子们的裤脚，才知道，是他们长得真快。

我把杨万流的衣服翻出来，剪剪缝缝，给北来和西来穿，我自己开始挑一些婆婆的衣服穿，所以我从三十多岁，就穿得和现在一样了。我阿妹还是爱美，霸占着我阿母的那些衣服，几天就换一身。我阿母留的衣服里，有几套旗袍。我阿妹几次穿着旗袍去田里浇水、施肥，甚至给人挑粪水。

你以后到咱们镇上走的时候，看到那种年纪大点的就问：你认识蔡屋阁吗？

他们会说：是那个穿着旗袍挑肥的人吗？据说，镇上还有人叫她挑肥西施。这个称号，到底是在夸她还是在笑她，我是不知道，反正你太姨高兴到不行。到老的时候，还经常得意地唠叨。

临近秋霜了，那个地瓜爷爷每天都预告：地瓜要有收成了哦。

他年纪越大脸越小，一笑，眼一眯，本来牙齿就掉了许多，整个脸瘦长瘦长的，像地瓜。

我兴奋地每天去巡视。北来和西来怕地瓜被偷了，后来干脆就拿着席子和蚊帐，睡田边了。

有地瓜爷爷帮忙带着，收成就是好，堆起来像一座小山。地瓜爷爷说，留一半自家吃，留一半换钱去。换完钱，买米去。

听到"米"字，孩子们兴奋得一直叫。

地瓜爷爷眯着眼笑：那地瓜就是好。我们对它稍微好点，它就对我们这么好。

地瓜爷爷说：有的东西自己一直吃着苦，然后就想着得让自己变得甜，结果，它不仅甜了自己，最终还甜了许多人。

我问：地瓜爷爷你在夸地瓜还是夸自己啊？

地瓜爷爷笑着说：那当然是夸我自己啊。

我们家一座小山，地瓜爷爷家一座小山。我们来来回回，挑了二三十趟，才总算把地瓜全部挑到合作社去。有些换了钱，有些直接买了米。

地瓜爷爷的三包米，他和芋头奶奶一起挑回去。

我们家三包米，每包米十斤，百花也刚好三十斤。我抱着百花，阿妹、北来、西来像抱着孩子一样各抱着一包米，每个人心里都踏实得暖洋洋的。

阿妹说：不如咱们去买点肉？好久没吃肉了。

我说：好啊。

北来说：咱们去田里摘点花？

我说：好啊。

那个晚上，我们家第一次有饭，有菜，有肉还有花。

那个晚上，大家都没放屁，而是此起彼伏、开心地打呼。

大家的打呼声可真好听。

第二天又是新一轮的松土、拉沟渠、插苗。

早上我还没起床，北来、西来就起来了，他们早早扛起了锄头着急要去田里。我知道，他们是看到过收成的人。

看到过收成的人，会更知道怎么开始种地。

我们最终在天还没亮透，树叶都是露珠的时候就到田里了。我们穿过镇上的时候，那一只只还没打最后一遍鸣的鸡，困惑地看着我们。西来当时还和它们解释：时间确实还没到，不是你们忘记打鸣了啊。

我们耕种到天全亮了，隔壁田的地瓜爷爷和芋头奶奶还没来。

我们耕种到接近中午了，地瓜爷爷和芋头奶奶才来。那天，是芋头奶奶扛锄头的，锄头把她的头压得更低了。地瓜爷爷还是一身黝黑的皮肤，但莫名地泛了白。

我问地瓜爷爷：怎么了？

地瓜爷爷开心地说：就是要结果了吧。

我说：爷爷你胡说。

地瓜爷爷说：真的，不信你等着看。

新一季还没结束，一天下午，就芋头奶奶一个人来了。

北来问：地瓜爷爷呢？

芋头奶奶耳朵有点背，抬起头来笑，看着北来。

北来问：地瓜爷爷呢？

芋头奶奶听到了，但因为耳背说话很大声：爷爷昨晚走了。说完还是笑着，让人感觉像是兴高采烈在说着什么开心的事情。

不开心的是北来，北来愣了好一会儿，问：怎么就走了？

奶奶笑眯眯地说：就像地瓜，熟了就是熟了。

北来问：那奶奶今天怎么还来种地啊？

芋头奶奶说：我就剩这块地最亲了。

我问：那爷爷的葬礼那边怎么办？

她：亲戚们在抢着帮忙了——他们在讨论我走后，这块地怎么分。

我们想帮芋头奶奶把田松好，芋头奶奶不让。她说，自己也等不到新一季收成了。她说，这块地陪他们一辈子了，她今年不想让它再辛苦了，就想多陪陪它。

芋头奶奶一直坐在田埂上，就看着那块地。

我说：奶奶要不来我家吧，我家缺个奶奶，你就当我们的奶奶。

奶奶说：那可不行，我也得赶紧走。地瓜你别看他五大三粗的，从年轻时候就怕孤单，一个大老爷们，上个厕所都要我在门口等的。他现在估计还在等着我一起走呢。

接下来的日子，芋头奶奶还是每天来田里，不下田，就坐在田埂上，呆呆地看着自己的地。就这样过了三个月左右吧，芋头奶奶有一天没有坐在田埂上了。我们都知道，芋头奶奶走了。

地瓜爷爷那块地，后来由一对和我年纪差不多的夫妻接手了。他们人倒是乐呵呵的，还说自己是地瓜爷爷的堂亲。他们说，他们和芋头奶奶说好了，以后自己的一个孩子，算地瓜爷爷家的。

虽然他们见着我们总乐呵呵的，但北来和西来就是不愿意和他们说话。

我问北来、西来：你们是不是难过爷爷奶奶走了啊？

北来、西来说：不是。他们知道爷爷奶奶是熟了。他们知道，爷爷奶奶走的时候是开心的。他们只是不愿意和那对乐呵呵的夫妻说话。

我想，那也不安慰了，北来和西来知道还有一种死亡叫熟了，那就挺好。

我还是悄悄跑去找村长，帮忙写了"地瓜"和"芋头"这两个名字。有段时间我一得空就找那几个字。我不认得字，但我就一个个字一笔笔去比对，终于，我觉得我找到了。

那天，我把北来、西来拉到那个小沙滩。沙滩边上，是一片相思树林。树林里，有两个小土堆。我让西来拿着那四个字，一笔一画对比墓碑上的字。

西来开心地说：我们找到爷爷奶奶了。

北来开心地说：那坟墓上的土黝黑黝黑的，就像地瓜爷爷。

那天中午，我们就在那墓地上用干牛屎烤了地瓜。北来挑出最大最肥的两个，放在墓碑前。

西来说：地瓜爷爷，我家的这块地，现在又黑又松，可像你的地了。那块地就像是你的儿子。

北来说：地瓜爷爷，但你那块地，好像也随你死了。现在变得又红又硬了。

我妹问我：阿姐，你说人会死，地瓜会死，神明会死，地会死吗？

我想了想，说：应该会吧，我看地瓜爷爷那块地，好像真的快死了。至少，像是没魂了一样。

那块地那一年还真是死了一回。

临近收成的时候，也不知道为什么，总感觉地瓜爷爷的那块地越来越臭，像一个大粪坑。那对夫妻想着收成，还是咬牙除草、施肥。到了收成日，锄头一挖，恶臭冲了上来，挖开了，才知道整个田里都是腐烂的地瓜。

那对夫妻忙着责怪对方。丈夫说，都怪妻子，松土没松够，让地瓜没法透气。妻子责怪丈夫，施肥施太多，让土地板结了……西来听他们吵了半天，和我说：他们都说错了，就是这块地在爷爷奶奶走后难过得一直哭，那对夫妻不知道，没有安慰它。泪水积压着，当然发臭了。

北来像老农民一样，接过去说：哎呀，就是沟渠没挖好。说白了，就是对这地没有像对自己孩子那样珍惜。

我确定能和大家活下来后，就开始偷偷找那神婆说会留给我的那尊神。

我预料那神婆担心这在当时是封建迷信，应该会把她藏好的,但我真没想到,那神婆藏得也过于好了。

我一开始是猜着找的,我找过各种墙角、柜子,找过屋檐、床底……没有找到;用锄头翻找过庭院,用手敲过每一面墙……没有找到。后来,我每周细抠一个区域,每个区域一寸一寸、一块砖一块砖地翻找过去,厨房这种重点区域,我特意花了三周,依然没有找到。

我越找越生气,找到最后,神明不重要了,重要的,是我竟然找不到。

有天晚上本来睡着了,半梦半醒间想到,或许灶台烟囱上有暗格?那神明会不会就藏在里面?这个念头一旦产生了,就像条虫,拼命往心里钻。我忍了几个时辰,还是摇醒了北来,让他帮我搭把手,架上竹梯,一块块砖头敲,还是没敲出什么暗格,只好再回房睡了。

我阿妹说,那天看我气呼呼地睡着了,在梦里喊着:我找到了,你这臭神婆。

我之所以着急找神明,因为我是认识命运的。

我看过我爷爷的命运,也看过我奶奶的命运。我看过我阿母的命运,也看过那神婆的命运。我知道的,命运不会只是条潺潺流淌的溪流,它会在经过某个山谷时就突然坠落成瀑布,还可能在哪个拐弯后就汇入大海消失不见了。

不知道是不是因为名字叫百花，你外婆我女儿从小就水灵，那皮肤白得像茉莉花，嘴唇红得像玫瑰花，两边脸颊总是红粉粉的，像迎春花。你太姨我阿妹经常看着百花说，还好她的名字叫百花，其他名字真配不上她。

我每次抱你外婆的时候，总会闻到一股重重的口水味，我问阿妹：是不是你亲的？我阿妹说：我没有啊，肯定是北来或者西来。说完，赶紧擦了擦嘴，咧开嘴笑。

你太姨也确实没撒谎，你大舅公北来、二舅公西来也老爱偷亲百花。每天从外面回来，第一句总要问：我阿妹呢？然后就要去亲她。

北来终究是北方人，那身板就是比咱们镇上的大部分人魁梧。杨万流的衣服都不用改，只需要挽上两挽，就可以穿了。

西来来我家的时候，那吊带裤、皮鞋，现在肯定都不能穿了，但从小就把自己收拾得干干净净的性格真没变。即使常年穿着的是一双拖鞋，他每天回家来，都要用刷子一点点刷洗干净，再晾晒好。

北来、西来长大了，可以自己干农活了。我想，就不让百花去田里了，让她和我阿妹待家里。一来百花的皮肤太嫩了，随便的草一拂就是一片红。再来，还可以帮着阿妹收拾家里。

兄弟俩每天出门前总要问：百花百花，你要什么？

百花说：我要一只萤火虫。

晚上家里就好几只萤火虫。

百花说：我要一只蝌蚪。

晚上家里就好几只蝌蚪。

有天早上，百花说想吃芋头。

那天晚上，北来和西来到九点多才回来，全身汗淋淋，挑着两个装着芋头的筐。

我问怎么回事。西来说他们挑着担子刚好路过一块田，田里就有芋头，他们想挖三个给百花吃。哪想，被管那块地的人发现了。他们兄弟俩挑着担子一路跑，那人一路追。他们本来跑到隔壁镇了，一回头，那人还在追。看着时间晚了，他们赶紧往咱们镇跑，那人还是一直追。他们不知道要跑哪儿去，西来提议，要不跑回那人家的田吧。跑到了，西来拿出刚刚挖的芋头放回田里，对那人喊：对不起啊，我阿妹想吃芋头，我们没有钱买。

那人喘着气，说：刚才你们用偷的不对，所以我追你们。现在你们还回来了，我可以送你们。

那人从地里刨出了比此前多三四倍的芋头，放进那筐里，说：刚才是偷的，你们偷了心里不舒服，我被偷了心里难受。现在是我送你们的，你们心里高兴，我心里也高兴。

这件事情，你二舅公后来发家了，在各个地方演讲都讲到过。很多人以为是编出来的故事，我可以作证，那人叫阿番，后来活到了七十八。还有人来采访过那个阿番。他问阿番，当时为什么这么想。阿番想了好久，说：我没想啊，不就是要这样？那记者又问：那谁教你这么想的啊？阿番指了指地面，说：就这块土啊。其实土地也唠叨的，你只要愿意听，就知道它在和你讲道理。比如，要诚实，你松了一遍土，它绝对不会给你松两遍土的那种果；比如，要用心，你是不情愿锄的地，肯定要比认真锄的地产量少……

我阿妹就爱打扮百花，给百花做各种衣服，黄色的、白色的、绿色的，衬得百花那茉莉般的脸，像是会发光。衣服哪怕沾染上一点点灰尘，我阿妹总是赶紧让百花换洗。我们其他人则因为干活经常全身脏兮兮黑乎乎的。所以我总感觉，他们疼爱百花，和我疼爱百花应该是一样的想法：起码我们之中有一个人，能代表我们所有人活得很好。

百花就是我们全家人活得很好的样子。

百花大些了之后，每回我们要出门，她就哭着追我们。后来更大一点，估摸着我要离开的时间，就牢牢抱着我的腿，不让我出门。

其实不怪百花的，还是要怪我。不仅百花想黏我，其实我也想黏她。无论我是在装卸货物还是包装衣服，干再累的活，只要抬头看看百花，就会知道我自己为什么活着，就会开心。

所以我开始带百花出门了。

路熟悉后，百花喜欢走在前面，我跟在后面。走到了地方，她会掏出我阿妹给的手帕，帮我擦擦要坐的地方，也帮自己擦擦，这才坐下。

百花无论坐在哪儿，都像一盆花。纺织厂里的女工多，看到我们在门口坐着等活，总有人过来摸一下她的头，亲一下她的脸，有糖果就往百花手里塞。酱油厂的男工多，他们老爱往百花手里塞花生——那是他们喝酒时的酒配。百花经常看着那些东西吞口水，但就是一粒都不吃，放在兜里，两只手还要护着，等晚上回到家了，掏出来一颗颗平均分给大家。百花分完，大家又都放回到她手上，她这才开心地吃起来。

那天，我和百花要回家了。她还是走在前面，两只手护着裤兜里的糖果和花生，像只小鸭子一样兴奋地跑进家门，突然摔了一下。她没哭，站起来，继续往前跑，又摔了一下。我问百花怎么了，百花笑着说：我摔倒了。然后她又往前跑，又摔倒了。

百花还是给大家分了糖果和花生，大家还是拿回给她，她还是拿起来开心地吃。吃了糖果，饭也做好了，大家才发现，百花已经睡着了。

大家舍不得叫醒百花，想着先吃饭，吃完饭，再叫百花。

大家吃完饭，百花还在睡。大家舍不得叫醒百花，该收拾家里的收拾家里，该洗衣具的洗衣具，该补衣服的补衣服……全部工作做好了，大家准备睡觉了，百花还在睡着。

我推了推百花：百花吃饭了。

百花还在睡。

大家舍不得叫醒百花,就把百花抱到床上睡。

全家人还是挤在一个房间里,阿妹睡床里面,百花睡中间,我睡床外面。北来和西来打地铺。

那时候刚刚春天,本来晚上还是凉的。睡着睡着,感觉今天的百花真是暖和,想着,果然孩子屁股三点火。

睡着睡着,觉得这暖和得有点过分,我用手一摸,百花的额头有点烫手。

我赶紧起身看,借着月光,我看到了,百花的脸已经比玫瑰那种红还红了。

我心扑通扑通跳,推着百花:百花起来。

百花没应。

我说:百花,给你糖吃。

百花没应。

其他人都醒了,但百花没醒。

我什么话都顾不上说,抱起百花就往卫生院跑。

我一跑,北来、西来也跟着跑,我阿妹也赶紧跟着跑。

我边跑边哭,边哭边骂:我就知道你没那么安分,我就知道。我就要和你杠下去,我一辈子就和你没完。

我阿妹问我:你在骂谁?

我说:命运。

我阿妹说：那你做好什么准备了吗？

我哭着说：我还没找到神明。我找不到神明了。

新社会比旧社会多的东西之一，就是卫生院。

我们听说过，但以前从来没去过。

我们跑到卫生院了，我看到有个人趴在桌子上睡觉。我哭着说：救命啊，医生。

那人睡眼惺忪地抬起头看了看我，说：我是护士。指了指里面，说医生在睡觉。

我不知道什么是护士，但我知道什么是医生。我抱着百花，直接冲进那房间，看到那医生正躺在一张行军床上睡觉，我哭着喊：救命啊，医生。

那医生被吵醒了，迷迷糊糊地问：怎么了？

我说了整个过程。医生不满地白了我们一眼：发个烧，还需要救命吗？

医生气呼呼地给百花开了药，找个毛巾给我们，要我们不断蘸水擦百花的额头、脖子、腋窝和关节，然后把门一关，又继续睡了。

药我们喂给百花吃了。

身体我们轮流用湿毛巾擦着。

卫生院的病房里挂着一个大大的时钟，我们边擦边看时间在走。

凌晨一点了，百花还在烧。

凌晨两点了,百花还在烧。

西来忍不住了,去那个房间推了推医生,医生骂了西来一通,把门从里面锁上了。

凌晨三点,百花还在烧。

北来去敲医生的房门,医生还是关着门。北来踢了门,医生骂了北来。

凌晨四点,百花还在烧。

我拼命拍打医生的门,医生生气地骂我,我生气地骂医生。医生就是不开门。

那种烧,我笃定是不对的烧。我跑去找那个护士:咱们这有厨房吗?

护士觉得我问得奇怪,但还是回答了,说,从主楼出去右拐最顶头那间就是员工食堂,里面有厨房。

我找到厨房了,也果然在厨房里找到劈柴用的斧头。我拎着斧头回来,对着医生房间的那扇门就是一斧头。

那医生吓醒了,喊:谁啊?

我说:是我,杨百花的阿母。

医生边拿听诊器要往百花胸口放,边生气地说:我待会儿肯定要报警的……话才说了一半,医生愣住了,一会儿看看百花的眼睛,一会儿看看嘴巴,一会儿听听心跳。他生气地说:你们为什么不早说没退烧啊?

小儿麻痹症，那是我第一次听到它的名字。我不认得字，国语也不好，从医生那儿听到这个词语后，我就一直念着，赶紧念着，我想，我必须记住它的名字。

那神婆说过，如果被鬼缠上，知道鬼的名字了，就好办了。可以先叫着它的名字，和它说话，听它讲自己的故事。那神婆说，鬼都是因为在这世界受的伤痊愈不了，这才滞留在人间的。鬼是代替很多人去受这个伤的。

我不是神婆，我听不到鬼说话，但我还是对着百花的身体说：我知道名字了，我没法和你说话，但你得赶紧走。

百花还在发着烧。

我对着百花的身体说：你再不走，我要去找神明了。

百花还在发着烧。

我想，我应该找神明了。

但所有神明都走了，除了那神婆留给我的那尊，我找不到其他神明了。

医生让护士去叫其他医生。其他医生来了，更多其他医生来了。我国语不好，我模模糊糊地听着。有医生说"休克"，有医生说"偏瘫""痴呆"，有医生说"植物人"……我不知道那几个字什么意思，我问西来，休克是什么意思，西来说，就是"会好的"；我问植物人是什么意思，西来说，也是会好的意思。

我不信，我一直念着，生怕忘记了，我想着，我一定要记住这些名字，找神明告状。然后我听懂了一个字——有医生说，可能会"死"。

我认识这个字，我听不得这个字。

我想，果然，命运又开始胡搞了，我得赶紧去找神明。

我抬起头，问：蔡也好，你给我留的那尊神在哪儿？

当然听不到回答。

我赶紧跑回了家。我知道自己已经慌了，但还是告诉自己要镇定，我想，是不是藏在原来神殿的什么地方。于是我趴在地上，一块砖一块砖地敲过去；我趴在墙上，一片墙一片墙敲过去。我果然还是没找到。

找着找着，我突然想，那医生说我的百花要死了。她如果真的要死，我不能让百花要走的时候看不到我。这么想着，我又赶紧跑回卫生院。

百花还是睡着，还在发着烧。医生们还在想着办法。

我知道自己的心里已经像个粪坑，腐朽的东西在不断发酵，沼气一般刺鼻恶心。我赶紧捂住嘴，那难受的哭声，还是从手指缝里流了出来。

我知道，那种哭声，爬进我妹、北来、西来的心里，会让他们也更难受。

我对他们笑了笑，说：我去趟厕所。

我一进厕所,蹲在茅坑上,就开始呕吐着哭,哭着哭着,突然看到,那茅坑的矮墙上,好像有人用石块画着字。我用都是泪水和鼻涕的手去擦墙,那字沾上水后颜色更清晰了。

我认识的字不多,但那些字,以前经常看到:有"阿弥陀佛",有"妈祖",有"七王爷公",有"大普公"……我知道了,此时是我蹲在厕所里哭,但此前很多人和我一样,在这个最臭的地方,假装蹲着坑偷偷哭。然后,我还知道了,神明其实一个都没有走,他们就藏在厕所里,他们就藏在这世间最恶心的地方——好像这里本来就是生下他们的地方。

然后,我知道那神婆把留给我的神明藏哪儿了。

我赶紧往家里跑,冲进厕所,我抬起头,看到厕所顶上那根木头上,好像有什么。我拿来一张凳子,踮着脚,够着了。我拿下来——是神像。

我站在凳子上,抱着神像,下面是张开着的粪坑——像女人的产道。

好像,这世界终于为我重新生下神明了。

那神像蒙着厚厚的粉尘和蝇虫的屎,像婴儿沾满污血。我用手擦拭着她的脸,我还是认不出她。我赶紧拿水冲,冲走蝇虫的屎,冲走厚厚的粉尘——我看到了,看到她悲悯的双眼,我看到了,看到她慈悲的微笑,我认出她了——她是夫人妈,是主管咱们这地方孩子生养的神明。

我一度不理解,那神婆为什么留给我夫人妈,我可是个从来没有生下,也不会再生下孩子的人。后来我想:或许,她是希望夫人妈陪我生下我的人生。或许,是夫人妈希望陪当时的那个镇子重新生下咱们的神明。或许,咱们的新社会也是刚刚重新生下来的孩子。

那天我用百花小时候用的褟褓包住夫人妈,抱在怀里一路往卫生院跑。

跑进病房,我阿妹哭着和我说,刚刚医生说了,药都用了,就看百花自己扛不扛得过去。阿妹说的时候,手一直抖。

我把阿妹、北来、西来叫过来,偷偷地把褟褓里的夫人妈给他们看,我说:咱们不怕了,咱们有神明了。

我说,该吃药就喂,该擦拭身体就擦。还要一直喊百花的名字。我说,我就不信喊不回来。

我把夫人妈放在百花枕头边。我对百花说:夫人妈来了,你必须活过来,你要不活过来,我不认你当我的女儿了。我对着神像说:夫人妈请你保佑百花,如果百花没好过来,我自此就不认你,也不要你了。

我忘记恐吓了百花和神明多少遍,大约在第二天凌晨,百花醒了。

百花醒来,一开始是笑着的,看见我们哭了,也才跟着哭。

我哭着问:百花百花,你为什么哭?

百花哭着问：阿母、小姨、哥哥们为什么哭？

我哭着问：百花百花，你去哪儿了呢？

百花哭着说，她记得本来回家了，然后不知道怎么的，就在一条街上玩。那条街上，走来走去的，是穿着各种衣服的人，有现在的样子的，有戏台上那种打扮。她觉得好玩，玩了一阵，然后就看到街上有个婆婆对着她喊，说：百花百花，城门要关了，你得赶紧回去。她想着，得赶紧回来找阿母，就跟着那婆婆一直跑。跑到城门，城门已经关了，她着急得一直哭。那婆婆抱着她，来到一个狗洞，说，这是她在城墙上偷偷开的洞，只有小孩子钻得过去。她就赶紧钻了。一出来，就看到我们在哭。

我阿妹把襁褓中的夫人妈神像拿给百花看，问：是这个婆婆吗？

百花看了看，说：不像。那个婆婆老多了，也胖多了。

我记得神婆说过的，神明要塑像的时候，老会将显年轻好看的样子给工匠。我扑哧一笑，说：就是她了。

百花是活过来了，但只是活了一半回来。

按照医生的说法，百花的腿脚有可能会不断萎缩，然后瘫痪；但如果百花够坚强，能忍着疼硬扛，还是有机会站起来的；但到了四五十岁，有很大概率还是会萎缩直至瘫痪。

医生的说法我听不懂，但我理解了，应该是夫人妈在让百花钻狗洞的时候，另外那个世界的门还是关上了，一不小心，就把腿脚那一部分的魂魄掉在那边了。

如果是这样，那得让夫人妈帮忙找回来啊。

有一段时间，我睡觉前总是要轻声说：夫人妈啊，能不能到我梦里说话？我想请你帮忙了。

每天晚上都好像见到了夫人妈，又好像没见到。我想，我果然不是神婆，终究无法和神明说上话。

百花确确实实在试图把自己的腿找回来。她经常用力地发着呆，我知道她在让自己的意识一点点往自己腿的深处爬。这真是个漫长而艰难的过程，看着她经常发呆到满头大汗，有时候腿上的青筋还会剧烈地抽动。我知道那很疼，我做不了什么，就守在旁边，一旦腿上的青筋出现了，我就像抓老鼠一样，按住她抽动的那条青筋，拼命地按摩。

疼在自己身上好像没那么疼，疼在自己孩子身上可真疼。我心疼得眼眶里泪水直打转，但我可不想在孩子面前显得很脆弱，所以我笑着问：很疼吧？疼就和阿母说，阿母知道的。

百花笑着和我说：不疼啊。阿母我不疼。

百花越说不疼，我越心疼。

每个人难过都不一样，有的人用哭来让难过流出来，有的人用生气来让难过蒸发出来。北来用的是生气。

那段时间，北来总是骂骂咧咧的。太阳太大了，骂；今天阴天了，骂；今天有风了，骂；今天没风了，骂。骂着骂着不甘心，见到路上的石头就踢，见到路边的树就踢。踢完还是不解气，气呼呼地问我：凭什么让百花这样？

我张了张口，不知道怎么说，所以还是说：百花的命运吧。

北来说：能找到命运那家伙吗？我要去和它打架。

我想到十五岁的自己也说过一样的话，便笑着说：可以啊，只是你得找到和它打架的方法。

也不知道怎么传出去的，百花出院回来后，总有人在我家门口晃。有的人会凑上来，偷偷问：我能拜一拜那个吗？我说哪个，那人瞪大眼睛看着我，最终没有说出是哪个。还有的人，会趁着晚上就在门口对着我家门拜。

村长说，他透过他家的窗户看到有人在我们家门口准备要拜，心都快跳到喉咙口了。他说：你们好不容易活下来，可不要再和封建迷信扯上关系。

我让北来、西来有什么活要干就尽量在门口那边干，看着不对的人，赶紧先迎上去问：什么事情啊？如果看到有人做出要跪拜的动作，赶忙上去搀扶住。但还是有人突然跑过来，拜了一下后赶紧跑。

后来我知道怎么辨别了，就看眼睛。如果是那种眼睛浊黄浊黄的，里面有大量的红丝，好像还在寻觅着什么——那就是走投无路但又依然不甘心的人的眼睛。我有过那种眼睛，我熟悉这种眼睛。

一看到那种眼睛，我就招呼他们坐下来。他们说话了，我就听。听了一个又一个人说故事，这世界翻来覆去让人难受的事情都还是那些。后来讲到什么地方我恰好听过那神婆是怎么安慰人的，我就重复一遍神婆的话。经常有人听着听着，会像小溪一样，*潺潺地流泪*。

那样的流泪是没有声音的，但我总可以从他们身上听到山谷中那种叮咚叮咚的泉水跳动的声音。

最难受的人是说不出话的。他们的眼睛，有时候像是又深又黑的隧道，我好像因此可以看到他们心里那又黑又深的海。他们不说，我就不问。我会在他们准备走的时候不经意说一句"神明好像还在的""活下去才知道会怎么样"……说完这句话，感觉像是把一团渔火抛进海里。

海上一浪一浪，那点渔火一明一暗，最终流到大海深处，也不知道是否还燃着。

或许真是夫人妈帮忙找回来了，又或许是百花自己争气，过了几个月，百花开始能动脚指头了，再过几个月，百花开始能站起来了。过了三四年吧，百花可以蹒跚地走起来了，终于能挪动到门口走一走。估计是太久没出门了，百花更白了。当百花迈出大门，走在路上的时候，阳光打在她身上，感觉她整个人都在发光。我还看到，那些路过的人看着她，眼睛里也仿佛跟着闪光。

自此，来我家坐着聊天的人越来越多，都快赶上神婆在的时候了。

我知道他们来干什么，有人甚至直接问我：你能当神婆吗？我说：我可不懂，我和鬼神说不上话。

然后我记得村长提醒的，赶紧再说一句：而且，现在哪有鬼神啊。

我记得，那天卫生院的医生还组织几个同样得了小儿麻痹症的人，一起来我家看望百花。我才知道，原来那段日子，和百花一样得了这种病的孩子还真不少，我才知道那种病和鬼一样，是到处飘的。

医生对着那些孩子说：你们看，如果都像杨百花一样坚强，你们也是可以站起来的。

等大家要走了，医生拉着我悄悄问：听说，你家有一尊神啊？

我说：没有啊。

我刚才忘记说了吧：从医院回来后，我担心有人会来找那尊神像，想来想去，我终于还是把那神像又藏到厕所顶的木梁上。藏好之后，我抬起头对着半空说：蔡也好你藏的地方真对。我依然听不到她的回答，但我知道，她肯定在得意地笑。

我忘了是哪一年，一天晚上，我们一家人刚吃完饭，村长领着个人直直地走进来，坐在院子里的石礅上，开心地抽起了烟。上次见他这样子，还是给我们争取到那块地的时候。

我还不知道是什么事，已经开心起来，我问村长：什么事啊？

村长说：你们家有侨批了。然后指着他带过来的那个人说，这是邮局的。

我问什么是侨批。

村长说：就是你家有华侨，华侨给你寄信还寄钱来了。

我说：我家没有华侨的。

村长笑出一口黄牙，说：你等着哈，我变给你看。

邮局的那人从口袋里掏出那封信，信封上写了一行外国字一行中国字。两种字我都看不懂。

我问：这上面写的是什么？

那邮局的人说：英语我看不懂，中文写的是，马来西亚杨万流。

村长得意扬扬地想对我说什么，才发现我眼眶红了。

村长问：你怎么啦？

我说：杨万流活过来了啊？

邮局的人帮着把那封信念了一遍。

杨万流只认得一些字，所以写得很简单。信大概的意思是，他被抓去台湾了，找机会从台湾跑去马来西亚了——村长说，果然是杨万流。

他在马来西亚已经有了养殖场——村长说，果然是杨万流。

他要接婆婆、我和北来去马来西亚——我想，果然婆婆是在这里陪着我，没飞去马来西亚找杨万流，所以他还不知道婆婆走了。

随信还寄来了二十元——北来开心地说：二十元可真多，我得挑几千担粪水吧？

那邮局的人问：需要回信吗？帮忙回一封信五毛。邮费五毛。

我说回。

我说你就这么回：万流，婆婆已经死了，但她说一直陪着我。我现在不仅有北来，还有我阿妹陪着我，后来人民群众又给我送来了西来和百花。

我说：这么多人去马来西亚肯定很贵，而且我坐船会晕。我不知道你在马来西亚有没有娶妻子，我觉得你还是用给我们买船票的钱娶个妻子吧。咱们的事情下辈子再说。

念到最后这一句，我都没想到自己会难过。

阿妹也难过了，本来想说什么，但或许觉得我说得对，就没说什么了。

信已经装好了，我阿妹才想起来问：能加一句吗？能问下杨万流，他知不知道王双喜和泥丸是不是还活着？

我问过邮局的人，他说，从咱们这里发出去的信件，要先统一收到城里，城里过几天收集整理好，马来西亚的信件会统一再送到厦门。这些信件会在厦门搭上轮船，再坐船去马来西亚……满打满算，到马来西亚要一个月吧。杨万流收到信之后，如果当天回信，再把流程倒过来一下，到咱们这儿又得一个月。

那封信北来拿着翻来覆去地看,他也看不懂,但就是看。他喃喃自语:这上面有我的名字。我父亲记得我的名字。

西来努力装作很开心的样子。他说:阿母你去吧。

我知道他在想什么,但他从来都不说。

百花就一直拉着我,好像生怕我离开,嘴里却说着:阿母你去吧。

我说:我不去,我不坐船。

第二天出门的时候我想,信应该窝在镇上的邮局了。我在去码头的路上,特意绕了路,从邮局经过了一下。我想,它过几天就要出远门了。我知道,我路过也看不到它,它也看不到我,但我还是想经过一下。

第五天,我想,信应该进城了。我又绕路去了邮局一趟。

第十四天,我想信应该在开往马来西亚的船上了。我这样想之后,就好像自己跟着头晕恶心,好像我也坐在船上……

才过了一个月,邮局的人骑着自行车来敲门。他说,有人给我打了电报,要我去邮局领。

我问:什么是电报?

邮局的人说:就是从很远的地方发几个字,然后有个网一抓,咱们这边就收到了。

到了邮局,我等了一会儿,拿到了一张纸条。就一行字。邮局的人帮我念了:全来带母给日订票有喜。

我知道了，让我们全部去，带上婆婆的牌位，给他出发时间他来订票，王双喜在。

邮局的人问：你回电报吗？

我问：多少钱啊？

他说一个字七毛钱。

我说：我还是寄信吧。你能帮我写信吗？

我请邮局的人写的信是这样说的：不要发电报了，电报贵。你在那边估计也不容易，我这边能活下来。你应该在马来西亚娶妻子的。我不能生孩子，你应该有孩子的。咱们的事情，下辈子再说。

帮我写信的邮局的人，念着最后一句，自己眼眶红了。

我说你怎么了。

他说：我那个订了婚的未婚妻现在还不知道在哪儿。

我说：你别伤心，活着找不到，咱们死后去找。这辈子成不了，不是还有下辈子吗？

他说：我不相信有下辈子。

他说：而且不是说咱们已经没有鬼魂了吗，怎么还有下辈子？

哪想，第二天，我的信还没发去泉州，杨万流的电报又来了。

那张纸条写着的是：吾妻来。

邮局的人问我：还发昨天那个信吗？要不改一下？

我说：还发。

第三天，电报又来了，写着：妻来。

我甚至能听到杨万流的声音和口气，我想，当着面他可不会这么和我说话。

邮局的人问：还发前天那个信吗？

我问：你还没发吗？

邮局那人说：我觉得你不能那样回。

邮局的人说：你发个电报吧。就发一个字，一个字便宜。

我说我想想，发什么字。

邮局那人明显有点生我的气了。说：我帮你发了，就写"来"。

邮局那个人就那样发了，还收了我七毛钱。

我把那张写着"妻来"的纸条折好，放在胸口处那个兜兜里，心里暖乎乎的。

走回家的路上我想，这电报真好玩。杨万流对着天空说几个字，那几个字就这么飞，飞过大海飞过山脉飞来咱们镇上，然后就被抓到了，通过别人的朗读，送到我耳朵里。

我还在想，杨万流念"妻来"这两个字用的是如何的口吻。但这个问题，我哪怕见面也不好意思问他。

晚饭的时候，我随口和大家说了一下。我还交代，那块地咱们还得认真种着，一来不知道什么时候走；二来，那块地待咱们如此好，咱们也要对它负责任。

说完，我就说要去洗衣服了。

我妹跟过来，问：是连我一起吧？

我说：当然啊。我还想带上咱阿母和婆婆的牌位，还要带上那尊夫人妈。

我阿妹开心地说：那我可以去找双喜了。这几天我就开始和夫人妈交代，保佑咱们不会晕船。

我说：夫人妈好像不管这个。

果然，第二天杨万流的电报就来了，就一个字：好。

我翻来覆去看那个"好"字，觉得，杨万流待我真好，命运待我真好。我甚至在想，我此前是不是误解命运了。虽然很多日子苦了点，但留在最后的还是甜滋滋的感觉。

杨万流不断有信息过来。在申请了，在订票了，在确定日期了。然后确定日期了。我记得，是十月初，杨万流的一封电报里说：月圆人团圆。

那一天，村长给我送来了一堆本子和几张纸，乐呵呵地说：拿好了，这是你和杨万流的鹊桥。

自那天开始，我就每天晚上都要看着月亮。

月初的时候自然就是月牙，每天胖一点，每天胖一点。我看着月亮，心就扑通扑通地跳。

我让全家人开始整理东西了。

除了我阿妹有几箱子衣服，大家可以整理的东西也不多。

我看见西来还是带上了他第一天来找我时穿的衣服和皮鞋。他用其他衣服包住,生怕我看见了。我就假装看不见。

当时送百花来的那个花篮,是北来惦记着要带上的。北来自己带上了他来时包他的襁褓。

家越整理越空,镇里知道我们要走的人越来越多。

他们就坐在我家,看着我们各自收拾。

有人难过了,会偷偷问我:那尊神能不能留给我们?

我看着他们,不好拒绝,但我又真想带她走。她是那神婆留给我的,我要去面对的还不知道是什么日子。

但我没说出"不"字。我就笑了笑。

出发的前夜,我跑去敲了村长家的门。村长开门了,乐呵呵地笑:要走啦。

我说:是啊。

我说:村长,那块地就还给人民群众了。地里的地瓜这几天就可以收成了,你得找个对它好点的人。那块地,真是温柔的地啊。

村长说:好,我找个温柔的人。

我说:村长,我的家我就先锁上,你帮我看着好不?说不定以后还会回来的。

村长说:好,但你最好别回来了。杨万流多好的人啊。

我说:是啊。杨万流多好的人啊,他应该再娶一个。

村长说:你下辈子再嫁他,再多生几个补偿给他不就好了。

我、我阿妹、北来、西来各挑一个担子。

我前面的大筐里挑着百花，后面挑着行李，行李里藏着那神像以及我阿母、我婆婆的牌位。他们三人挑的全部是行李。我们就这样出发去车站了。

我们要从镇上的车站，搭车去隔壁的安海镇，再从安海镇搭车去厦门，再从厦门搭船。

上了车，我就很紧张，担心孩子们会不会晕车。

还好，阿妹、北来、西来、百花都不晕车。

反而是我紧张过头了，吐了一路。

到厦门的码头了，我们远远地就看到"马来西亚"四个字，就跟那侨批上一模一样。

万流就在马来西亚啊。我要去见杨万流了。

西来用国语问了一路，我们终于找到了一个关卡。我把所有本子和纸都拿给工作人员。他们一个个核实着，说，喊一个名字，我们就过去一个人。

过道不让停的，一进去就要直直往里走，说里面还要检查几下，然后就上船了。

第一个喊的是蔡屋楼。

我得挑百花过去。我说，能否让别人先过去，我等一下。

第二个喊的是杨北来。北来开心地过去了。

第三个喊的是杨西来。西来开心地过去了。

第四个喊的是杨百花。我开心地挑起担子想过去。我看见阿妹紧张得一直抖脚,就让她先进去。

然后我就站着不动了。工作人员说:你怎么还不过去?

我说:还有一个蔡屋阁啊。

他们翻出那本子和纸,说:没有了,蔡屋阁没有自己丈夫签字,和杨万流不是直系,是不能办访亲的。

我知道了。王双喜那个没良心的,没有给我阿妹签字。

我阿妹知道了,王双喜不要她了。

我阿妹又哇哇地哭,然后,我突然知道该怎么办了。

我推着阿妹,说:她是蔡屋楼。

我阿妹愣了,说:我是蔡屋阁。

我和阿妹说:你得去找王双喜算账啊。

我阿妹说:我不去。

我和阿妹说:你得找你家泥丸啊。

我阿妹哭着问:那你怎么办?

我说:傻阿妹,你还不懂,这就是夫人妈安排的啊。杨万流必须重新娶个妻子,他这么好的人,必须有孩子。

我要把百花抱到阿妹的担子里,百花疯了一样挣扎,她那一下的力气太大了,整个人直接摔在地上。

百花说:阿母不走,我也不走。

我和百花说:你哥哥们都走了。

百花说:我就要阿母。

我阿妹还是像小时候一样哇哇哭着,一步步往里走的。

我一直笑着,笑着和她挥手。

我说:你和北来、西来说,不怕的,杨万流要不疼你们,我会骂他,然后死后找他算账的。

我说:你一定和杨万流说,我这辈子见不到他了,也不见他了,他如果不赶紧娶一个妻子生一堆孩子,我死都不原谅他。

我说:阿妹,你一定要活得很好。被欺负了,随时回来找我,你有阿姐的。

说完,我也不管阿妹走了没,挑起担子转头就走。

担子的前面是我的百花,担子的后面,是我的神明、阿母和婆婆。

我知道,我这辈子没有杨万流了。虽然我告诉自己,可以下辈子再找他的,但眼泪一直一直掉。

我又一路吐着坐车回到安海镇,又一路吐着回到咱们镇里。我吐到全身没力气,下了车,想挑起那担子,猛地踉跄一下,就是挑不起来。

百花挣扎着从筐里爬出来,摔倒了,磕着了腿。

我说:百花百花不哭,我给你吹吹气。

我家百花哇哇一直哭,嘴里喊着:阿母不哭,百花陪着阿母的。

我可不能让百花伤心,所以我笑着说:阿母没哭啊。但眼泪就是一颗颗往外蹦。

百花坚持不让我继续挑着她了，她帮着把一些行李放在前面的筐里，然后一步一步在前面走着。

我家百花的两条腿因为萎缩，像两根被开水煮过的筷子。别人的走是走，她的走，是先把左脚直直往前戳，戳到地上了，再让右脚往前戳。我看着心疼，我说：百花百花咱们不走，阿母挑着你。

百花笑着回过头来说：阿母我可以走的。咱们比赛谁先到家。

走了几步，百花又摔倒了。她笑着想爬起来，我生气了。我说：如果你不让阿母挑，阿母要生气了。百花怕我难过，乖乖地帮忙把东西搬回后面的筐，自己又坐回筐里了……

我们就这样走一阵歇一阵，最终还是走回家了。

我找了许久才找到钥匙，打开锁，但一直不想推开那扇门。我知道，推开了，我会看到，没有阿妹没有北来没有西来的家了。

我没推，百花也安静地窝在筐里。

我低下头看，百花在偷偷抹眼泪。

我说：你想小姨，想哥哥们了？

百花说：想。

我说：没关系，我也想。

庭院太大了，以前坐着的是那神婆，后来是我阿妹经常在那儿补衣服，北来、西来在那儿洗农具。现在空落落的。

房间太大了，以前北来、西来打地铺，阿妹睡里面。

现在只有我们俩了。

听不到放屁声，我心里空落落的；听不到打呼声，我心里空落落的。

我躺在床上，刚好可以看到外面的月亮。我在想，阿妹、北来、西来现在是在海上了，不知道他们在船上能不能也看到这个月亮。月亮越来越圆了，杨万流说得对的，月圆的时候，他们就到马来西亚了。

确定百花睡着后，我一个人爬了起来。我想，我还是把行李整理一下。我把阿母和婆婆的牌位请出来，放回厅堂，然后把夫人妈神像请出来，想了想，就把她放在了神婆的牌位背后，方便我和她聊天。

行李整理完，我想，整个房子还是应该打扫一下，也挪动一下。比如，我把吃饭的桌子从庭院挪到了大门口，这样，我坐下来的时候，就看不到过去岁月里的他们。比如，我把藤摇椅搬进房间里，放在北来、西来他们打地铺的地方，这样，我就不会睡觉的时候老是习惯醒来瞄地上几眼……

我还在腾挪着，一不小心天就亮了。百花揉了揉眼睛，喊了声阿母。然后她看了看原来北来他们打地铺的地方。我知道，她的视线落空了，但她看到了我放的那神婆的藤摇椅，她知道我在想什么。她毕竟还小，眼眶还是藏不住地红了。

月亮明明已经圆了，他们肯定已经到了，但我还是没收到电报。我知道，杨万流生我气了。

我空下来的时候，就一直在想象：杨万流接到他们时的表情是如何的？杨万流肯定不记得北来了，他也从没见过西来，他会对他们如何？杨万流看着那么圆的月亮，他想到的是什么？

一开始我想，我要不要发个电报和他说一下。但电报费真是贵，而且，这件事情怎么可能用很少的字说清楚？

接着，我越想越生气——他怎么可以生气到都不和我说话了？所以，杨万流不发电报，我也不发。

回来后，那块地我还是要回来了。每天前面挑着百花后面挑着农具，一早就去田里。忙到下午，再挑着担子赶去码头。现在要养的人一下子少了，但是，不做那么多活，一空下来心就慌慌的，所以还是忙点好。

百花没问我什么，就是每次要出门的时候就会往邮局的方向看过去。看到我在看她了，她赶紧转头看其他地方。

我想，要不我就发个电报，不问杨万流，就问北来他们。比如：你们好吗？四个字，两块八毛钱。

但我就是太好强了，终究还是忍着不去发。我记得就这样耗了快一个月吧，杨万流发电报过来了，六个字：妹喜孩学我婚。

我知道他说的是什么：我妹找到王双喜了，孩子他送去上学了，他自己结婚了。

邮局的人念完就一直看着我，好像想安慰我。没等他开口，我先说了。

我说：这才对啊，杨万流就该结婚啊。

我说：我和他说过很多年了，他就应该重新娶一个啊。

我挑着担子走出邮局，心想，那这样我到底算有丈夫还是没有丈夫呢？我不知道。

我也不知道，为什么杨万流终于听我的话了，我怎么还这么难受。

过了两个多月，阿妹给我来信了。信应该是她雇人写的，半文半白的，可能是流亡到那边的老书生写的吧。

大意是，她找到王双喜了，泥丸在台湾夭折了，王双喜是跟着杨万流去马来西亚的。王双喜已经娶了别人了。杨万流帮她找了份工作，在那边做衣服。她攒够钱就回来陪我。

说，杨万流当时见不到我，躺了好多天不吃饭，也不和他们说话。后来怒气冲冲地去相亲了，咱们在马来西亚的人不少，杨万流最终娶的也是咱们镇过去的。

说，杨万流那生意大啊，一片海都是他的。

说，北来不是读书的料，职业学校的功课跟不上，老被杨万流罚站。

说，虽然从没见过西来，但杨万流很喜欢西来。西来读书很好。

说，杨万流的新妻子偷偷嫌弃这两个孩子。但没事，杨万流对这个妻子可严肃了。那女人怕他。

我就知道杨万流会待他们好的。

又过了半年,北来、西来来信了。信应该是西来写的。

他们说,杨万流待他们很好。他们说,小姨很难过,一直哭,不让杨万流救济,赚钱养活自己。她租住在离王双喜家不远的地方,嘴里说一辈子不原谅王双喜,但总是站在门口,往王双喜家里望。

说,马来西亚有咱们泉州的同乡会,他们有去打听,怎么才能让我去马来西亚。他们还在想办法。

他们说,他们很想念百花。

我回信说:我们不去了。你们记得你们是有阿母疼的人就好。

后来阿妹又来过几次信,大概意思就是,杨万流的新妻子怀孕了,杨万流有第一个孩子了,是儿子。然后又怀孕了,又有孩子了,是女儿。然后又怀孕了,又有孩子了,是儿子……

王双喜偷偷跟她和好了;王双喜说要和现在这个女人离婚;王双喜和她吵架了;王双喜没有和那女人离婚;她想回来了;她又和王双喜和好了……

北来、西来每个月来一次信,他们绝口不提杨万流有小孩的事情,只说,可能办什么手续能让我去。后来又不行了,又有什么新办法,又不行了……

以及,西来读书真好,得了第一名,又得第一名,还是第一名……北来的成绩一次都没提。

有封信里,还夹了一张我阿妹和他们兄弟俩的照片。我后来就拿着这张照片,摸了又摸。我去忙的时候,百花坐在旁边等我,她就要了这张照片,翻来覆去地看,摸了又摸。

好像是他们去马来西亚的第七年吧,有一天,应该是中午,我正在田里干活,百花坐在田埂上看北来他们的照片。邮局的人竟然找到田里来了,说,有封很着急的电报要我赶紧去邮局领。

我说:电报已经着急了,还有更着急的?

邮局的人说:是加了价的急件,所以得赶紧找到你。

一听这么着急,我赶紧挑上百花,往邮局跑。

边跑我边琢磨,不对啊,这么着急肯定有急事,发电报的,肯定是马来西亚那边,然后我担心了,我喃喃自语着,也不知道在警告谁,就是低声喊着:无论你是什么东西在哪儿,如果北来出事,我就马上跟着死,死后上天入地我都要闹到底;如果西来出事,我就马上跟着死,死后上天入地我都要闹到底;如果阿妹出事,我就马上跟着死,死后上天入地我都要闹到底;如果杨万流死了……我说到这,愣了许久。我突然知道了,杨万流死了,我好像听到他的声音了。

那份电报就七个字：万流亡遗物寄回。

我就知道。

我感觉到了，我刚刚就感觉到了。杨万流走了，我没有丈夫了。

我挑着百花，边哭边回家。到了家，我对着那神婆的牌位和牌位背后的夫人妈说：万流走了，你们赶紧去陪他啊。

我很想知道，他是怎么走的。他那么强壮的人，他那么聪明的人。讨大海没让他死，被抓壮丁没让他死，跑到马来西亚没让他死，怎么现在就死了？但电报上分明有这三个字：万流亡。

我想着，我可以做什么呢？我做不了什么。我没有他的尸体，我没有他的照片或者画像，我没法给他办葬礼，我不会和鬼神说话，也没法和他说说话啊。我甚至发现，我开始忘记他长什么样了。

我其实有好多话想问他。

我想问杨万流：炮弹上那颗心是你刻给我的吗？

我想问杨万流：下辈子还要不要我继续当你妻子？我知道，你可太生我气了。但我就想问，这么生我气，还要我吗？

我想问杨万流，如果他愿意我下辈子还当他妻子，他希望要几个孩子啊？

十个、二十个，要多少个我都生。

但我不是神婆，我没法和他说话，要不，我知道的，他现在肯定飞回来了，肯定就在我身边了。

足足等了半个月，我才收到杨万流的遗物——那是一堆信。

原来杨万流每周都给我写一封信，从他到台湾再到马来西亚，只有我不去马来西亚的那些日子，他停了三个月，但此后又继续写了。只是一直没给我寄。

我想，他开始写的时候，应该是想等我去马来西亚的时候拿给我看。他应该一直在想象，我看到这些信时的表情。

结果我没去。

我想，他后来写的时候，就是准备等自己死后才给我了。

邮局的人问我，要不要帮我念。那邮局的人很好，说，他可以每天下班后，来我家帮我念，一天念几封。

我说：不念了。

一来，我害羞，我不知道杨万流会写什么。二来，我觉得不用念了。我死后自己拿着这些信去找他，让他念给我听。我知道，他肯定舍不得投胎的，一定会等我一起走的。

不过我还是一封封地把信拆开了，一张张地摸。然后，我看到了，每封信的结尾，他都画了一颗心。

我开心地想，我就知道，当时那颗炮弹就是杨万流打过来的——他从来不对我说什么肉麻的话，但他把那颗心刻在炮弹上。那炮说得可大声了。

阿太讲着讲着，笑得像个孩子，沟沟壑壑的脸，突然害羞地绯红了起来，看上去，就像是夕阳映照着的斑斑驳驳的大地。

我还想问关于杨万流的故事，她用脚踢了我一下，说：我和他的事情，我自然会说，你干吗问？

然后，我阿太说：对哦，我得告诉你一件事情，是过了许久许久之后，我也忘记具体时间了，很多华侨寄侨批回来，说自己要出门前，向神明许过愿，如果自己平安健康，就一定要给神明的庙宇添砖加瓦。

据村长说，上面研究了很久，想着，还是得赶紧把庙重新修起来。但是修庙遇到一个问题：那些神明的样子，又没有画像，怎么塑啊？

这个时候，先是有人不好意思地说：其实当时我偷偷把妈祖金身给藏。大家听了，愣了一下，这怎么藏啊，当时要炼钢，谁的家当没被翻过？那人红着脸说：我把妈祖金身藏被窝里啦。大家一听奇了：你抱着神明的金身，你怎么敢啊？那人生气了：怎么不可以啊？那可是老母亲啊。

大家还在笑着，另外一个人举手了，说：其实大普公的金身被我藏在我家祖宗的骨灰盒里……但藏得最多的，竟然还真是厕所。有的和那神婆一样，就放在顶上；有的特意把厕所凿出一个洞来，再用牛粪把墙涂一遍。

有尊叫紫姑的神明最可爱，问卜了半天，说不想建庙了，她就住厕所里了。

那尊神明,用咱们现在的说法是神界的妇联主任。她估计是看到太多女人都躲在厕所里哭吧。

回忆五

天顶孔

要么入土为安,
要么向天开枪

一辈子说起来很长，其实，真不经算。

你外婆我是陪她从头走到尾的，就差肚子里怀她那一程。

但我那两个儿子，你那两个舅公，我掰着指头数了又数，陪他们前前后后加起来就几十年吧。

我后来偷偷在想，我的这些孩子算我的孩子吗？到我要死了，命运那家伙会不会不认，依然说我无子无孙无儿送终？

你大舅公北来越老心越大，后来五六十岁了，我哪件事情惹他不开心了，还会怼我一句：你就没当我是亲生的。说完还要委屈巴巴地看着我，等着我哄他一下。

你二舅公西来心细，他应该早琢磨到我心里想什么了。我送他去找他生母的时候，车本来已经开了，他特意让车往后倒，摇下车窗，探出头，喊我：阿娘啊。

我回：哎。

他说：阿娘啊，你千万记得，我只有你这个阿娘。

当时你二舅公都已经快五十岁的人了，西装革履，头发铮亮铮亮，又和刚来找我的时候一样了，还刚被马来西亚封了什么爵。我当时不理解那个爵是什么东西，不理解他为什么领完那个什么爵就突然飞回来看我，不理解他那天晚上为什么要像小时候一样在我房里打地铺，还不理解他为什么第二天马上要坐飞机去昆明。

他那时候哭得像个孩子，还一直说对不起我。

他说：我只想去看看自己从哪儿来的。

我说：你不要哭啊，这么大的人了，还是什么爵呢。

我说：你没有对不起我，你认我是阿娘，我就是阿娘了。

但哪想，那却是他最后一次叫我阿娘了——他不仅没有很快回来，而且从此再没回来了。

杨万流走后，北来和西来在马来西亚的真实情况，还是你太姨回来之后才告诉我的。

那几年，北来、西来依然每个月来信，信里就说，北来去杨万流的养殖场工作了，西来还在读书。又说，西来也不读书了，也去养殖场工作了。然后说，北来、西来觉得自己岁数大了，自己出来找房子住了。然后说，北来、西来不在杨万流的养殖场工作了，北来去了码头当搬运工，西来跑去一家货运公司帮人算账……

他们每次都说：我们很好，勿念。我知道的，他们不好。自己的孩子过得好不好，阿母都是知道的。

所以我每次请人帮我回信，回信都说：阿母想你们，阿母希望你们回来。

他们每次都回：我们过段时间就回来。

我阿妹则几个月给我来一封信，信里总是先说，北来、西来一切都顺遂，勿念。然后就说自己的事情了。说她和王双喜又结婚了，过段时间又和我说，离婚了。然后再和我说，她攒的路费够了，下个月就回来。过段时间又说，她还是等北来、西来一起回来……然后依然迟迟没有回来。

百花已经出落成一个花一样的姑娘了。在我担子快挑不动百花时，村长帮我找来木匠给她打了一双拐杖。百花不用拐杖大概就走个几百米，如今拄上拐杖，还可以再走个几百米。

百花能走这样的距离就够了。她每天早上陪着我去田里，我在田里干活，她坐在旁边缝衣服或者整理待会儿要做的菜。每天大家都见到百花，每次见到了都要说一句：百花真美啊，今天像茉莉花，昨天像玉兰花。

每天下午百花都陪我去码头。我在装卸，她就坐在那儿开始清洗早上的农具。码头很多人，认识的，不认识的，都要说一句：真是花一般好看的姑娘啊……

后来我老是想，百花是不是天上的花投胎来的？所以她注定要像花一样，安静地扎根在一个地方。

最终我阿妹过了好些年才回来，那时候百花都已经大了，到了要嫁人的年纪了。

　　我是不知道阿妹要回来的。就那天，看到有人穿着旗袍，戴着一副黑乎乎像盲人戴的眼镜，穿着跟很细的鞋子，也没敲门，啪一声就用力推进来了。

　　我记得这个动作，像我阿妹的，但我阿妹原来不长这样。而且我阿妹在马来西亚。

　　我还在犹豫着，那人哇哇地哭着向我走来。

　　那人一哭，我知道了，是阿妹。

　　阿妹说，她把王双喜甩了。

　　我问：什么叫甩了？

　　阿妹说：她就陪着我到老了，也不嫁人了。

　　我说：这么老还想嫁人，不要脸。

　　阿妹说：你怎么还是那么老思想？

　　我说：思想是什么意思，活着就那些道理，没有老和新的差别。

　　果然，阿妹信里没说实话。

　　杨万流还是给北来和西来分了家产的，但杨万流走后，那个马来西亚妻子什么东西都不给，就把他们赶走了。我阿妹本来想去争论的，但北来和西来说，他们确实算不上杨万流的孩子，没有脸面要什么。他们没地方去，我阿妹就收留了他们。可阿妹租的就是一个小小的房间，只够摆一张床。北来和西来打了一段时间地铺,找到工作后才搬出去。

阿妹说,西来是趴在地上给我写信的,每次她看着他趴在地上说他们过得很好,她就想笑。

阿妹说,杨万流死前也一直不肯和她说话,甚至不愿意看她。她想,他是不是担心在她的脸上看到一点我的样子。所以,她其实也没见到杨万流最后一面。

我不愿意和她说杨万流,所以我赶紧问,北来、西来为什么还不肯回来。

阿妹说:没钱买船票。还有他们知道你就这点地,咱们这里就这些活。他们担心又拖累你。

阿妹说:我可是攒够了钱,就马上回来找你了。你说,我对你好不好?

我白了阿妹一眼。

阿妹回来了,百花才觉得自己可以嫁了。

从百花十六岁起,就有人来问百花的婚事。百花虽然腿脚不便,但长得好看,可比我那时候强多了。

此前我假装不经意地问:百花啊,我在你这个年纪已经嫁了,我阿母你奶奶,在这个年纪也嫁了。

我知道百花是想嫁人的,但是百花还是对我说:我不嫁,我一辈子都不嫁,我得陪着阿母。

说起来也是我自私,总是舍不得,想着百花那样说,就再等等。

果然，阿妹回来了，我问百花：小姨陪着阿母了，你可以嫁了？

百花这才开心地说：好啊。

然后，笑得像芍药花一般。

那几个月，总有各种人介绍不同的小伙子来。

每个小伙子来，我都会讲一遍：百花可能是天上的花投胎的，可能年纪再大点就下不了床的，像棵花待在一个地方，你愿意吗？我家虽然有孩子在马来西亚，但他们很穷，你愿意吗？百花是我的心肝宝贝，谁要欺负了她，我是死都要找他算账的，你愿意吗？

我这样说，当然吓跑了许多人，但依然剩下很多人，差使着媒人不断来提亲。

我可得意了，我想，我阿母当年挑丈夫也差不多这种感觉吧。我想，虽然我自己当时差点没人要，但我女儿现在又可以挑别人了。

百花问：阿母我得怎么挑？你丈夫那么好，你来帮我挑。

我想了想，是啊，我丈夫很好，但是，那时候又不是我选人家。但我突然想到了，是我婆婆好，丈夫才好的。毕竟人一代一代，就是层层浪。

所以我想，我必须去见见他们的阿母。

我拉着阿妹，一家家拜访过去。我阿妹可喜欢干这件事了，每次出门一定要换上旗袍，穿上很高的鞋，还要戴那种盲人戴的眼镜。别人家里一看我阿妹，都慌乱得气势矮了好几分。

后来成为你外公的水得，家境比我家还差。但我到现在还记得的，一进门就看到你外公的阿母那个笑脸——我知道那种笑的，那是经历过非常多难受的事情，但依然可以为了这人生中出现了一点好事而让自己开心的笑。

一聊，你外公的父亲也是很早去世的，你外公的阿母也是一个人抚养你外公长大的。你外公自己也争气，读到了初中，进了咱们镇上的纺织厂当技术员。

她一直握着我的手，轻轻拍着，说：你看，多好啊。

我不知道她在说什么多好，但我看到她的身体里的那些岁月，最终让她可以舒舒服服地这么笑。我知道，这样的人，是长不出很坏的人生，也生不出不好的孩子的。

到出门了，我才想起，我都没看清楚小伙子长什么样，更没说上话。

我阿妹取笑我，说：怎么像是你相亲，而不是给百花相亲。

回到家，我对百花说：要不我先不说觉得哪个好，你先把你最喜欢的排个序和我说，再看我心里的人选。

你外婆第一个就说：黄水得。

我问：为什么啊？

百花说：我觉得他长得有点像阿母的儿子，特别是笑的时候。

我说：你见到他阿母就知道了。他阿母的笑和我一样。

我女儿要嫁人了。我感觉自己的人生要完成一个任务了。我说不出地开心，也说不出地难过。

我想，是不是有孩子的女人都是这样？我想，是不是经历过足够多岁月的人都是这样？

然后我想到，我那两个年纪更大的儿子都还没结婚。他们过得很不好，我还做不了什么。这样想，我就一直难过。

百花要结婚的事情，我咬咬牙花钱发了电报给北来和西来：花婚母想速回。

北来和西来回了电报：好。

我不知道，是让他们回来的"好"，还是百花结婚这件事情的"好"。

过了几天，马来西亚急件寄来了三十元，但没有其他的消息，也没有新的电报。

我又发电报：钱不人回。

我等啊等，一直等不到，我知道了，他们回不来了。

我问阿妹：让北来、西来回来的路费到底要多少啊？

阿妹问：你有钱？

我说：我数了数，我有一百多块了。

我还想说，我考虑，是不是一半给百花当嫁妆，一半给北来、西来他们当路费。

还没等我说出口，阿妹就白了我一眼，说：你还是去请夫人妈吧，让她过去马来西亚保佑北来、西来，这样靠谱点，也快点。

我阿妹不知道的是，我一直在和夫人妈说话。我每天早上醒来第一件事，就是坐在厅堂里，对着那神婆的牌位，以及藏在它背后的夫人妈神像说话。

我听不到她们的回答，但我想，我就不断唠叨，她们不得不听着，如果没有达成，我就继续唠叨。

我问阿妹：你们在马来西亚会看月亮吗？我想，虽然我看不到他们，但如果北来、西来也看着月亮，我也看着月亮，我们也算有联系了吧。

哪想，我阿妹想了半天说：顾不上的，干活的时候干活，回家的时候就趴着睡了，谁看月亮啊？

又不是杨万流。我阿妹加了这么一句。

我顿时眼眶红了。自此我也不看月亮了。

结婚那天，水得是背着百花走的。

他对我说：阿母啊，从今天起我就背着百花。她能走的时候不想走，我背；她以后不能走了，我也背。

我听着开心，但我阿妹不开心。我阿妹哇哇地哭，说自己家的百花被人背走了，还说，明明是雇不起花轿，还整这种有的没的。

百花结婚后，真不像我嫁个女儿，反而是来了个儿子。结婚七天后，百花拉着水得住到我这边的家里来了。还说，我家这边离纺织厂近，他们周六周日才回去。

我问水得：你阿母会不会不开心？

水得说：我阿母说，她是不好意思，要不也跟着过来住的。

我说：那就过来啊。

水得说：我父亲的牌位在家里的，她每天都得和我父亲说说话，来不了。

直到百花结婚后第二个月，才再次收到北来、西来的信。信里他们没有提回来这件事，我也没问。

我不问他们。我就每天早上都和夫人妈唠叨，说得保佑他们尽快回来。可能因为我求的事情不是夫人妈的管理范畴，那夫人妈被我唠叨了好些年，北来和西来才回来的。

那几年，北来西来写来信说，西来打算自己做个货运点，北来也去帮忙看着装卸货，然后说开了更多的货运点，要管更多人了……按照他们的说法，后来不是没钱回来，是忙到没法回来。

我不知道这是安慰我的话，还是真的。反正我每天早上醒来，就和夫人妈唠叨。有次我还梦见夫人妈气呼呼地跑来找我，说安排着了，别催了。我还在梦里说，他们不回来一天，我就唠叨一天。

其实那几年不是没发生事情的,但它们已经伤害不了我了——那个时候我已经知道,每个即将到来的日子最终都会是我的一部分,它们到来了,然后就贴在我身上,成为我了。

我记得中间有过饥荒。

我早已经不怕饥荒了。从那神婆教我开始,我总要囤地瓜干和鱼干。而且咱们田里还有地瓜,滩涂里还有老天爷藏的肉。

我还知道人和狼一样,一饿,那牙齿就会露出来的。那时候总可以听到,哪个地方的哪个家族和哪个家族在械斗。我阿妹好事去看过,回来惊慌地说,有被铁铲直接铲断腿的,有被锄头劈开脑袋的,还有肠子被马刀捅出来的。

有一次,一个大家族的几十个人冲去咱们田里,说,这本来就是他们郭姓家族的地,那块田和田里的地瓜都归他们了。

我阿妹又吓得哇哇哭了。我扛着锄头,走到他们跟前,说:你们抬下头,抬下头看看。

那群人惊讶地看着我。

我指了指天:神明正盯着你们,祖宗正盯着你们。

有人笑了,说:真是神经病,现在哪儿还有那种东西了?

我盯着那人说:其实你知道有的,不信你抬头看看。

就是没有人抬头。

然后他们准备把我和阿妹赶走。

我就一下子坐在地上,说:你们拖一下我试试,我指天发誓,你们敢动我,我就敢死,我敢死,我就敢死后去找你们祖宗,说他们丢人,生了这种东西。我说:我还要让我婆婆,叫来满天神明和满地祖宗,诅咒你们,我要缠你们世世代代,缠到你们断子绝孙……

也不知道他们是怕我真的死了,还是怕我真的缠到他们断子绝孙,有人说了句"算了,不惹疯子了",然后就要走了。

我还追着喊:你们知道的,所以你们怕了。

他们没有一个人回复我。

我记得,还有一段时间,老看到街上有戴着红袖章的人绑着谁来骂。

从一开始就有人站在我家门口骂,说我是封建余孽,要打倒我。

有一次他们骂得比较激烈了,我就走出去,问:你爷爷或者奶奶疼你吗?

那些年轻人没有预料到我会问这个,继续喊着口号。

我又问了一句:你爷爷或者奶奶还在世吗?

有个人回了:关你这个封建余孽什么事?

我说:那你希望你们死去的亲人来看你吗?

那群人就愣了。

愣了一会儿,他们继续喊口号,喊得更大声了,或许想以此证明,他们不认可我说的。

那时候他们骂完咱们家就去骂村长家。

估计他们以为我是神婆,看上去又很凶,也不确定我是否真能叫来鬼神,就对着我喊喊口号。但村长就倒霉了,经常被推着去街上让大家一起骂。

有的人争一口气,有的人争一张脸。村长连杨仔屎都不让人叫,他就是争脸的人,他怎么能受得住这种骂?

每天村长回来,就边走边哭,走回家里,就赶紧把门关上。

我在门外喊:村长啊,是我。

村长不开门,但对我说:万流嫂啊,我没事,你可得好好的。

我说:我很好啊,我连天都敢骂回去,怕那几个兔崽子?

村长隔着门在那儿嘿嘿笑着,说:那你记得帮我骂回去。

我本来不知道他这句话什么意思,直到有一天,我看到他家办起了丧礼。我知道他还是走了。

他出殡那天,我还是太生气,站在路上,对着他家喊了半天杨仔屎。自此但凡在路上看到那种戴着红袖章的,我就追着骂。

后来那些戴红袖章的人一看到我就说:疯子来了,咱们赶紧跑。

这样的日子又过了好些年。有一天,咱们镇上通往我家的这条路,突然开始绑红花。有的绑在树上,有的绑在电线杆上,有的绑在门上。

百花当时正怀着孩子。那时候我每天又挑着担子出门了,前面挑着你舅舅,后面挑着你大姨。早上去田里,下午去码头。

我到家的时间一般就是五六点。

阿妹正在炒着菜,百花挺着肚子收拾着家里。

我才刚踏进门,就听到路上有人敲锣打鼓地过来了。

我阿妹顾不上做菜了,擦了擦手,兴奋地想去看热闹。你舅舅喊着他也要去,我阿妹抱上他,就往外跑。

我接过阿妹做了一半的菜,继续收拾。正在收拾着,听着那锣鼓声离得越来越近,我从厨房一探头,那锣鼓队居然从我家大门进来了。

我拿着勺子喊:你们走错了。

锣鼓队不管,排着队,一个个进来。

锣鼓队走完,是一群披着红马褂的人走进来了。好几个穿的是中山装,两个穿的是西装。

我拿着勺子走出来。

那两个穿着西装的人直直朝我走来。

一个高高壮壮,一个清清爽爽,还梳着油头。

我问:你们找谁啊?

那个梳着油头的人哭着说:我们找我阿娘。

我问:你阿娘是谁啊?

那个梳着油头的人哭着说:是你啊。

我说:你是谁啊?

那个梳着油头的人哭着说:我是西来啊。

高高壮壮的人走到我跟前,说:阿母,我是北来。

北来刚走的时候还是个小伙子,现在身高超出我一大截了。我仰着头看他,看了许久才辨识出五官。

西来走的时候那么矮那么瘦,现在长成一副大人物的样子了。

我愣了一会儿,问:你们吃了吗?吃地瓜汤还是地瓜干汤啊?

原来这都是西来的主意。

北来从回来就兴奋得一直说话,西来则一直握着我的手。

北来说,这些人都是咱们镇上的干部,他们是欢迎西来和他回来的。

北来说:西来的公司一开始就是接单然后调配运输的,后来,赚了钱开始买货车,买了很多辆货车,开始买船,买了好多艘船。现在是马来西亚最大的出口物流公司了。

我听得不太懂,问:就是讨大海是吧?

西来说:是啊。

北来说,西来前几年钱还得用于扩张公司,去年开始,有些余钱了,然后他们就想得赶紧回来告诉阿母。回来的时候就想,得让阿母开心开心,所以就搞了这出。

我说:你们变得太多了,阿母都不认得你们了。

北来说:是我太高了你看不清楚,我低下来让你看看。

那个晚上,西来建议大家还是一起挤在我的房间。

百花嫁人了，水得上完晚班待会儿也得回来了。而且，他们都生了好几个孩子了。

百花一家睡他们原来的房间，阿妹和我睡床上，北来和西来还是无论如何要打地铺。

我说：北来西来，地上凉。

西来自己找到那柜子，翻出原来我给他铺地用的被子。

我说：北来西来，你们现在是大人物了，打地铺会被人笑的。

西来调皮地对我说：阿娘我怕，我不敢一个人睡。

说完，西来就哭了。

我也哭了。

那晚北来和西来睡得很沉。阿妹睡里面，我睡外面。我翻过身来看着他们，我看着月光照在他们脸上，我看到小时候的他们。我想着，真好，咱们都活下来了。

第二天一早，那些穿着中山装的人早早地就来了。我本来挑着担，前面坐着你舅舅，后面坐着你大姨，正想出门。北来把我的担子给接过去了，说，今天可有其他的事情了。

西来拉着我的手，一路往镇子里走，走进小学，走到一块空地上，让我站在那边等一下。

锣鼓队敲起来了，有穿着中山装的人说话了，你二舅公讲话了。他们用的是国语，我听不太懂。然后你二舅公牵着我走到地上盖着一块红布的地方,要我掀开来。我掀开了,看到是一块石头刻着几个字。

大家一下子鼓掌了,我也跟着鼓掌了。

然后很多人要来和我握手,我只好一个个地和他们握。

我偷偷问西来:这是干吗啊?西来说:他们在夸你做了一件大好事啊。

我没明白,我说:我没做什么啊。

西来说:有啊,你做得可多了。

我是后来才知道,那块石头上刻着五个字:母恩教学楼。

总是有各种人要来找北来、西来,或者接他们出去。

我还是每天挑着担子出门。

镇子里认识我的人突然变多了,明明比我老的人,还叫我万流嫂,那种年纪小的,叫我万流婶。他们见我就对我比拇指,然后跑来和我说,我的儿子有多厉害。我不认识他们,挑着担子赶紧跑。

我还是照常去码头,码头的人说我可不可以再干搬运的活。我问为什么不能,他们劝了我半天,我气呼呼地站在卸货点,堵住装卸的队伍,直到他们终于肯把货物放在我肩头上。

晚上北来说:阿母,咱们不耕地不装卸了,好不好?

我说:不行,我不干那些活我心会慌。

北来说:你不用担心没钱了。

我说：我担心的是，不那样活，我就不知道怎么活了。

北来和西来那一趟就待了七八天吧。他们每天晚上都在我房间里打地铺。

第二天要走了，北来、西来打着地铺，我睡在床上。西来问：阿娘能陪我去马来西亚吗？

我说：我会晕船。

西来说：现在有飞机的。

我说：你现在在那边如果不好，我就去。如果你在那边很好，我就不去了。

西来说：我不好，我会常挂念阿娘。

我笑着说：西来比小时候还会撒娇了。

北来说：我也发现了，人年纪越大反而越爱撒娇。

北来、西来第二天走了。

我还是挑着担子，去田里去码头。

路过的几乎所有人，认识的不认识的，都要喊我的名字。我低着头装作没听见，赶紧跑。我家里也莫名地总有人来，热热闹闹聚在庭院里。我反正是躲着的，我阿妹喜欢热闹，就教大家学起了做衣服。

这中间，偶尔还是有人对着我家叫骂，还是骂着牛鬼蛇神之类的。

我阿妹得意地出去，问那人：你是刚来的，对吧？还没打听清楚对吧？我家不是牛鬼蛇神了，是爱国侨领了。

那人愣了下，掏出小本本困惑地看了半天。

你大舅公北来不到三个月又回来了。他说，他和西来商量好了，他回来一方面陪我，一方面在中国发展业务。

我不懂什么叫业务，我也不问。

北来回来的第一件事情，就是建房子。第二件事情，是相亲找老婆。

第二件事情是应该着急的，第一件事情我觉得也没必要，但我不说也不问。

我知道的，这世间一直在变化着，哪能用过去的经历去教谁面对未来？对于未来，老的少的都一无所知。我想，我就把我认为对的活法活出来，如果他们也觉得对，就跟着这样活；他们若觉得不对，就自己找。

我活到那个时候终于知道了，我们能为孩子做的事情，就是陪着。

那时候北来都快四十岁了吧，最终找的是个十八岁的妻子，叫惠琼。脸小小的，说话甜甜的。

我听过的最甜的阿母就是她叫的。

房子是用了一年多盖好的，两层楼，别人和我说，这是当时最时髦的南洋楼。地砖花花绿绿的,墙上雕花描金的。还顶着两个门匾,一个叫心怀家园,一个叫放眼世界。

这是北来念给我听的,我问:这什么意思啊?

北来说:意思是,我们会看到全世界,但心永远和阿母在一起。

我听着觉得肉麻,但心里甜滋滋的。我说:这个是西来写的吧?

北来说:那是,我写不来这么肉麻的。

北来的新房落成典礼,又搞得一条街上张灯结彩的。

自从开始建那房子,我就没去看过。我打定主意不会去住。倒不是因为其他,只是,我现在住的这个房子,和我的人生长在一起了。

落成典礼那天一大早,北来就让惠琼来带我去。惠琼说,床是西来从马来西亚买过来的什么木头的,睡在上面,像睡在香气里,可以多活好多年。

我挑着担子还是出门了。我对惠琼说,我待会儿去啊,我得先去田里,还得去码头。

我还是傍晚才回来,我阿妹说,北来都来叫了好多次了,还说派人去寻我了。

我说不急,我吃了这碗地瓜粥就去。

我阿妹说,听说那里好吃的东西可多了。

我知道阿妹嘴馋。你舅舅和大姨也眼巴巴看着我,百花也看着我。

我说：要不你们先去，我待会儿就来啊。
他们都走了，我自己一个人赶紧煮了地瓜粥。

后来为了这事，北来还和我怄过气，我解释了，他还是不认。我说，有人吃东西，是吃滋味；我吃东西，只是为了心里踏实。
除了地瓜和米，我吃什么都不踏实。

北来结婚没多久，西来也发来电报说，他找着妻子了，也是咱们中国过去的，名字叫丽明。等下次回来家乡，再正式办婚礼。

或许是为了补偿我，顺便也补偿我阿母和我爷爷，我那三个孩子，在生养这件事情上，可真是太顺遂。
百花一胎接一胎的，后来生了六个孩子，而且第一个就是男孩。
惠琼房子还没落成肚子就大了，刚入住没多久就生了。感觉刚出月子不久，又怀上了，也是男孩。
而我还没见过的丽明，没来得及回老家办婚礼，就怀上了，生的还是男孩。
我爷爷一辈子都求不来一个男孩，我倒是一来，就一堆。
我估计，我爷爷知道了，等我死后也要找我抱怨——这都算什么事啊？

北来说，西来每个月给我寄来八十元的生活费，他添了三十五元，一个月共一百一十五元。

他问怎么给我。

那钱可真多。我说，要不你帮我装进一个铁盒子，我找个地方埋起来。

北来说：你真像老鼠，一有东西就想藏。

北来说：要不就寄我那儿，我现在还开了个钱庄。

我说：我听说开钱庄的可是有很多钱的人。

北来抖了一下眉毛，说：阿母，咱们已经是了，你还不知道吗？

西来每年回来一次，他没说，但我发现了——他挑的，就是他第一次来找我的那个日子。他也把那个日子，定为他的生日。

虽然北来建好了新房，但西来每次回来还是要到我的房间里打地铺。西来爱牵着我的手，还要看上半天，然后要细细打量我的脸。有次我上完厕所，他还赶紧去厕所看看。我赶紧喊住，那里可臭了，西来说：我在马来西亚的医生说，看着大便就能知道自己身体的情况。

西来说：我得看看阿娘身体怎么样。

北来每隔几天就来找我说说话。

他说西来现在是什么马来西亚福建同乡会会长了，说西来又捐了多少座母恩教学楼了，说西来又得什么奖了。

还有那些马来西亚的记者特意飞到中国来，见什么都拍，还拍那两个粪桶。

我问过的,一张胶片就要两块钱,我也不知道,粪桶有什么好拍的,那么贵的胶片,对着臭烘烘的东西,咔嚓咔嚓一直拍。他们咔嚓一声,我心就跳一下,最后我忍不住了,气呼呼地想把那两个粪桶洗洗收起来。结果我洗粪桶的时候,他们又一顿咔嚓咔嚓。

听说,我洗粪桶的照片还登上了他们马来西亚的报纸。我也实在不理解,甚至想起来就生气:马来西亚的人是不是一想起杨西来,就会马上想到挑粪,还想到,他有一个正在洗粪桶的阿娘。

西来的妻子第一次回家的时候,我也正在洗粪桶。

丽明抱着孩子走进来了。丽明很干净,像西来一样干净,走路腰都是直挺挺的,就像海报上那种人。我知道粪桶臭,想赶紧去洗手换衣服。丽明却突然扑通一下跪了下来,然后把孩子抱给我。

那孩子白白净净,像在发光。但我手上还都是没洗干净的粪水,我还在犹豫着,丽明已经抱给我了。我臭烘烘地抱着个香喷喷的小宝贝,我不敢用手摸,但忍不住用嘴轻轻亲了下孩子。

西来说:这是你孙子,叫念中。

丽明回来的那一次,西来提议,大家就一起在北来那座新房子里聚一下。

一聚,才发现,现在人可是真多了。

百花、水得一大家子,你大舅、你大姨、你阿母、你三姨、你四姨,肚子里还怀着你小舅。

北来这边,除了惠琼,还有两个孩子。

西来和丽明,还有一个孩子。

那天,北来叫了一个厨师来,总共摆了三桌。

没想到,就是北来那么大的房子也睡不下这么多人。北来的院子全部是用石头铺好的,西来提议,就一起在院子里铺席子睡。我记得我婆婆带我去大普公庙睡过大通铺的,于是我开心地赞成了。

我和阿妹睡在中间,西来一家睡我左边,再左边是北来一家,百花一家睡我右边。

那个晚上,我又没睡着。我看看左边,看看右边。我看看我阿妹,看看西来、丽明,看看北来、惠琼,看看百花、水得,看看孩子们。

他们都是我的孩子,我有这么多孩子了。

我在算,现在人可真多,以后要遇到什么坏事,我得囤多少地瓜干和鱼干啊。

我在想,其实我可以去死了,我想要的都有了,我如果就此死了,我死得多漂亮啊。

我还想,而且那神婆在等着我的,杨万流在等着我的。

我这么想之后,才发现,我阿妹早就这么想了。

你太姨经常往外跑,一开始我不知道她去干吗了,后来她每次回来都要和我讲她看到的那一个个人的死亡，我才知道，她参加了镇上老人组织的死亡观摩团。

她那些团员听到谁的床已经抬到厅堂了，就会到我家嚷着：蔡屋阁快点，那人要走了，等不及了。

我阿妹赶紧涂好胭脂穿上旗袍就往外跑。

我问她：你怎么这么着急想走啊？

我阿妹说：我这辈子遗憾可太多，又补不回来，所以着急盼着下辈子啊。

我不太喜欢热闹，只能等阿妹回来的时候听听她的心得。更多时候，我就是搬了椅子坐在夫人妈神像面前唠叨。

虽然我知道这不是夫人妈的业务范围，但我想着，我就这样把孩子们唠叨回来了，应该也可以把死亡唠叨过来。

我这边在盼着死亡，那边，一个个孩子落地了，一个个孩子会走路了，一个个孩子会叫我了，一个个孩子去读书了，一个个孩子结婚了，一个个孩子又生了一个个孩子了，又一个个孩子会走路了——而我还是没死成。

有天我走在去码头的路上，才突然发现，哎呀，这世间真是大变样了。有马路了，有汽车站了，有很高的楼了……我想着，那村长果然没骗我，他说，我想得到的，会有；想不到的，也会有。

还真是如他所说。只是，他没有了。他要还在，该多得意。

有一次，我在码头搬东西时摔倒了，躺了好几个月。能走路了，我还是再去。那码头的工头怕到不行，都喊我老祖宗，说：你要有个三长两短，我担不起。他不让我搬，可我还是站到了队伍的前面，抬了半天，实在抬不起一袋东西，只好嘿嘿地笑着说：真的是老了啊。码头的人全都松了一口气。

此后我不再装卸了，但是每天都还要走到码头看看。

田我还是种着。一个人挑不动水了，我就拉上阿妹一起。

我妹越活越回去了，经常挑着挑着，往地上一坐，撒娇地哭着：我干吗一把年纪了还要陪你干这种活？

我说：你起来，再不起来我生气了。

我妹就赶紧起来了。我妹怕了我一辈子。

以前不知道什么是老，直到老了之后，才知道，老了就是感到自己的一切在收缩。手脚在缩，身高在缩，力气在缩，感觉在缩，好像缩到心口那地方，可心口那地方反而越来越重了，呼吸重，走路重，抬手抬脚也重……

我偷偷地和那块地商量，说：我真的老了，我就偷个懒，以前一尺插一根藤，现在我两尺插一根好不好？你也偷偷懒。

我说：我知道你的日子漫长得很，这几年就当作陪我休息一下。

有时候实在干不动了，我就有点生气，生气了我就跑到家里逼问夫人妈：我怎么还不死啊？怎么还不死啊？

后来想着，我这气不能找夫人妈撒。又跑去大普公庙里问：我怎么还不死啊？怎么还不死啊？

我不知道大普公有没有回复我。我不是那神婆，我听不到回答。

那一天，你太姨正在陪我挑粪水，准备给田里施肥。挑着挑着，她突然倒下去了。我以为她又要耍赖撒娇不肯挑了，哪想，她这次倒了个四脚朝天。

我问阿妹：阿妹你没事吧？

我阿妹四脚朝天地朝我笑，说：我没事，估计是要死了，你赶紧让人把我抬去厅堂。

我赶紧跑去找北来。

我边走边骂着：蔡屋阁，你要这个年纪就走了可真是太赖皮。你多陪我几年不行啊？我是你姐，应该走在你前头。

北来带着人来的时候，我阿妹兴奋地喊：快点快点，我快扛不住了。

大家哈哈大笑，觉得这可不像要走的人。

他们不知道我阿妹，我知道的。

小的时候难受，她就爱哇哇地哭。真的难受了，她就会开玩笑。这脾性都一辈子了，就没变。

阿妹刚被抬到厅堂里，整个人突然松弛下来了。我看着她，像是正在漏气的轮胎，一会儿瘪一点。

阿妹说：你把藏着的夫人妈拿出来吧，现在可以信神明了。

我说：好。

阿妹说：阿姐，我这辈子都用来陪你了，我先走了，这样下辈子我会先投胎，咱们换一下，你记得来找我，当我阿妹。

我说：好。

阿妹说：我怎么还没看到阿母来接我？

我说：阿母好像投胎了。

阿妹说：我看到有个七八十岁的男的来接我。是不是咱阿爸啊？

我说：他长什么样啊？

阿妹突然激动地说：我看到了，他是咱们阿爸。

阿妹笑了。

阿妹走了。

阿妹走后，我生气了好一会儿。

明明应该是我先走的。

然后我想了想，从此也去参加死亡观摩团了。

阿妹走后，那块地我一个人真种不动了。北来说，他找人种，我要哪天心痒，想去动一下，就去动一下，想松多少土，就松多少土。

我想想，这也好。

我特意跑去和那块田解释了，我当然听不到它说话，但我知道，它看过多少人的生与老，一个个人就是它一季季的作物，它都知道的。

没去种地，没去装卸，没有阿妹，我的时间一下子空出来了。空出来的时间，黑乎乎的，盯着我，老让我心慌。

还好，百花和水得一直陪着我，还好你大舅、大姨、阿母、三姨、四姨、小舅……轮着长大，我一发现时间空了，就去帮着带孩子。

我把神婆那藤摇椅搬到院子中间来。我躺在那上面，用脚推着，想，那神婆当时就躺在这儿和路过的神明说话啊。

我对着半空小声喊：神明你们回来了吧？

我听到远处狗在叫，孩子在嬉闹着。

我笑着想，自己果然不是神婆。

然后我好像突然听到了一句：是啊，回来了。

我赶紧坐起来，拼命回想，那声音是从哪儿来的。好像不是从天上来的，好像不是从地上来的，好像就是从我心里来的。

我想，我是不是也能听到神明说话了。

我是不是也可以当神婆了。

应该从你有记忆起，你外婆我女儿就一直是躺在床上的，对吧？其实她生完你小舅，从此就站不起来了。

百花从三十多岁起，就真的活成一盆花了。

一开始是她的腿长了一个个红点，像一朵朵梅花。然后那梅花枯萎了，变成一块块黑斑。当黑斑布满了整条腿，腿就开始浮肿，开始一点点地烂。经常一天不到，就淤积了黏糊糊的脓。

水得真是好丈夫，每天都要打一桶水到院子里，再把百花背到院子里，用水把腿细细地冲洗干净。

百花的脸越来越白，身体也莫名地变白。我后来躺在藤摇椅上，经常对着半空问：我家百花是怎么了？

然后我听到一句话，我不知道是从天上来的，还是地上来的，或者我心里来的，但我就听到一句话：百花是天上下凡的水仙花。

我难过地想，水仙开完花就要死了啊。所以我一定不能让百花开花了。

我又想，百花已经生了六个孩子开了六朵花了。我一这么想就着急了。

我开始像我阿母一样，一圈圈地去一座座寺庙。但我不是去和神明吵架，我只是和他们说话。我一个个神明说过去：咱们商量一下，我的寿命都给百花。这样我可以快点死，百花可以多活一些时间。

我就知道命运这家伙不省心。

一开始是好消息。那天,北来说,你二舅公西来被马来西亚国王封了什么爵位。咱们中国归侨总会还特意发贺信给他。还说你二舅公过几天就回国。

我不知道什么是爵位,我只想着,我又可以见西来了。

西来第二天就回来了,这次回来,他没带妻子没带孩子,就他一个人。

西来那天还是问我:阿娘,我可以在你房里打地铺吗?

我说:当然啊。

西来那天晚上却怎么也睡不着。我问西来:是不是地板硌身体,要不你和阿娘一起睡床上?

西来说好。

西来一躺到床上就难过起来。

我说:西来你干吗难过?

西来说:这是我第一次和阿娘睡床上。

我也难过了。我说:西来啊,阿娘这辈子护你不够。

西来说:不是的,阿娘对我最好了。

第二天一大早，有车开到家门口来。我看西来已经收拾好行李了。

我问西来：你怎么就要走了？

西来说：阿娘对不起。

我说：为什么要说对不起？

西来没回我，就一直哭。

西来上车了，车开走了，车又倒退回来。

西来喊：阿娘啊。

我回：哎。

西来说：阿娘啊，其实我一直在找我生父生母，其实我二十多年前就知道了，他们死后又葬回昆明了，我这次是去昆明看他们的。

我说：我家西来真好，还知道念着父母，你赶紧去。

西来说：阿娘啊，其实我之所以娶丽明，是因为丽明也是昆明过去的。她的父亲希望她记住，她来自美丽的昆明，所以叫丽明。

我说：那真好，你赶紧去。

西来说：阿娘你记得，我这辈子就你一个阿娘。

我说：好啊，我记得的。

西来去昆明了，我以为他直接从昆明回马来西亚了。但是北来和我说，西来到了昆明就不回去了，住在昆明了。

我想，西来肯定还有事情没办完。

过了几天，北来和我说，丽明也带着孩子去昆明了。

我说：真好啊，丽明和孩子陪着西来回家了。

又过几天，北来来找我了。

他一进门就让我先找把椅子坐下来。

我问：什么事情神秘兮兮的？

北来说：阿母你不哭啊，西来走了。

我没反应过来，说：西来去昆明了我知道啊。

北来哭了。北来说：西来死了。

北来说：其实西来查出来是肝癌晚期。他这次之所以去昆明，只是想死在昆明。

北来说：西来好几次想和你说，但说不出口，西来临死前让丽明一定转达，说，他对不起你。

我说：傻孩子啊，你这一辈子没有哪一件事情对不起我。

我说：傻孩子啊，你这辈子唯一对不起我的，只有这次。你走的时候怎么不让我陪着你啊。

第二天，丽明和孩子们捧着西来的骨灰回来了。

丽明说，这是西来交代的，他想死在生他的地方，但他想死后一直陪着阿娘。

那骨灰连盒大概十几斤重，我抱着那骨灰，像是抱着刚来找我时的西来。

我对着骨灰说：西来，你可得等我，阿娘陪你一起回天上去。

北来给西来办了一个很铺张的葬礼。好多大领导都来了，我听不懂国语，不知道他们在说什么。他们说着，我就笑着。

西来葬礼后一周，一个晚上，我本来睡着了，北来来找我。
他和我说：阿母，我今天要和惠琼带着孩子去广东了。
我问：为什么去广东？
北来突然一下子跪了下来，说：西来走了，一堆人到我的钱庄提钱。阿母，我没钱了，此前都是西来给我补的。
我说：那我的钱给你啊。
北来说：不够。
我说：那你把那房子卖了啊。
北来说：不够。
我想了好久，说：北来你不能走，神明看着的。
北来哭着说：但是阿母，我活不下去了。
我说：阿母囤了一厨房的地瓜干和鱼干，肯定能养活咱们很久。
我说：那块地阿母明天再去种起来。

北来天蒙蒙亮才回自己家。接近中午了，没有再来找我。
我想了想，还是跑去北来的房子看看。

还没到,就听到一堆人的骂声,许多人见我来了,冲过来指着我一直骂。

我一路往人群里走,中间是北来,被人绑着,浑身上下都是伤。

我要去解开北来的绳子,有人冲过来要打我。我站起来,把脸迎上去,我说:你打吧,儿子的错,就是母亲的错。

可能因为我太老了,可能因为我是神婆的媳妇,可能因为我好像可以和神明说话,终究没有人打。

我把北来的绳子解开,我问北来:你怎么被人绑这儿了?

北来哭着说:我让惠琼带孩子走了。

我说:那难怪,是该打。

最终是新的村长来了。

那村长说:万流婶,要不你跟西来的妻子联系一下,看能不能腾挪腾挪。

我说:我不懂怎么联系。

北来说:我知道。

在村长的劝说下,大家这才暂时散去,叮嘱着,有回信就给所有人交代。

那一天,我第一次陪着北来住在他那房子里。

一开始,北来一直不说话。我说:北来,你问问丽明,丽明那么好的人,一定会帮的。

北来说:阿母,其实我知道的。西来赚的钱一直捐,剩下的钱，如果拿来补我的坑了，丽明和孩子们怎么办？

我说：北来真是好孩子，这个时候还想着西来一家子。

我说：那咱们就说好，任人骂任人打，然后拼命赚钱，咱们一起还。

北来抬起头看着我，哭着说：阿母，我一辈子都在拖累你。你当时就不应该要我的。

我说：你可是神明送给我的，我怎么能不要？

我想着，北来肯定一直没吃饭。我说：北来你帮我挑桶水来厨房，我帮你煮碗地瓜汤。

我把地瓜去了皮，洗干净，切了块。北来还是没来。

我想，北来应该太久没干粗活了，做不来，还是我来挑吧。

我正要往院子里的水井走，就听到扑通一声。

我走到水井边，没看到北来，我喊着：北来你在哪儿？我听到风声，和风送过来的海浪的声音。我没听到北来的声音。

我赶紧低下头看那井里——北来也没在里面。

我想，北来逃走了。我想，北来果然还是小孩。我想，北来又做错事了。

我走出去，站在路上，扯着嗓子喊：北来不见了。

一下子涌来一堆人，把我围起来了。有的人赶紧去抢北来房子里的东西，然后派人占房间。还有人宣称院子是他的……

我想着，西来给我买的床我还没睡过。我想着，那可是西来买给我的。

大家都在抢来抢去的时候，我还是挤进了那个北来给我准备的房间，赶紧在西来给我买的床上躺了一下。

真的如惠琼所说，像躺进一片香的大海里。

从那天起，各家都派了自家女人，每天有人来我家。不让我出门，连我去厕所都要盯着。

过了几天，村长来找我了。他说：万流婶啊，找到北来了。

我问：北来在哪儿？

我这才知道，北来不是跑了，而是走了。

他说：北来是在海边被发现的，是被浪打上来的。

我说：是不是大普公庙后面那片海啊？

村长说：是啊，你怎么知道？

我当然知道，北来的亲生父母和爷爷奶奶就是往那片海走的。

看来北来早就知道自己从哪儿来——他小时候大概经常悄悄去看那片海吧。

我当了他这么多年的阿母，我竟然不知道。如果知道，我肯定会陪他去看看那片海的。

虽然多活了几十年，北来最终还是和他们一家人一起走了。

北来走了，问题却没有走。村长问我怎么联系丽明。我说：我真不知道，以前都是北来联系的。

村长说：放心，我想想办法啊。

水得和百花本来坚持要陪我，但当时百花已经不能起床了，我发了一通脾气，这才把你外婆一家赶走了。现在整个房子又只剩我一个了——不过我不是一个人，总有人一直看着我。

一开始的几天，几十个人把我团团围住，连晚上都在我的房间里打地铺；到后来，他们商量着值班，每天两个人；又过了一两个月，就变成一个人值班了。

负责联系丽明的是村长，村长偶尔来，也告诉我情况。说，电话联系上丽明了，丽明在想办法。

过了几天，村长和我说：丽明和我来电话说想回来，我让她别回来。

我说：村长你真是好人。村长笑着和我说：那杨仔屎是我堂哥，他走的时候写了封遗书，遗书上交代了我要照顾你，我本来想，你们都是大人物了，照顾不到，没想到，还真可以帮上忙。

我说：你不能叫他杨仔屎，他是村长。

村长眼眶也红了。

那段时间真是辛苦了你外公水得，他每天早上骑着自行车给我送来可以吃一天的饭菜，周六周日不用上班的时候就背着百花来看我。

我和水得说：可真拖累你了。

水得说：没有拖累，我和百花相亲的时候你就说过，百花以后不能走路，虽然是华侨家属但家里很穷——阿母都说过，阿母没有撒过谎，我也都想过的，我答应要背百花背到老的。

不让我干活了，我就躺在院子里的藤摇椅上，一躺就是一天。躺着躺着，总是不甘愿，抬起头，对着半空喊：有谁在吗？鬼也可以，神也可以，和我说说话啊！

常常是我认真等着的时候，偏偏听不到谁回话；但每次将睡未睡的时候，我会突然听到有什么在和我说话。

我在想，这是不是就是那神婆听到的？

这种日子应该持续了大半年，有天村长喜滋滋地来了，和我说：丽明终究汇来了一些钱，具体多少我也不知道，但据说，还了大家一大半。剩下的，丽明说把公司每年的利润寄过来还。

过了几天，家里突然没有人来盯我了。我等到下午还是没有人来。我出门了，左拐，往镇上走，往百花的家走。走在村子里，很多人看着我，看见我往村子外走，有人问：你去哪儿啊？我说：放心，我阿母、我婆婆的牌位和西来的骨灰都在家里的，我不会跑的。

那人想了想，觉得有道理，就没再说什么了。

我一路走过去，一路有人看着我，我一路解释过去，他们就一路放我走了。

我走到百花家，百花没想到我能出来了，问：阿母你怎么出来的啊？

我说：是神明加你奶奶加你哥哥们护送我来的。

最终，丽明前前后后还了七八年，才把欠款还完。她一还完欠款，就说要帮我办去马来西亚的手续。

她说，她不想在咱们这里了，不希望我还在这里，也不希望西来的骨灰在这里。

她说，而且西来本来就不是这里的人。

丽明也是执拗的人，还是帮我办了去马来西亚的手续，还让自己的儿子我的孙子念中特意飞回来接我。

我其实就见过念中一面，他上次回来时还是个抱在怀里的小孩。我和这个镇子的所有一切，本来就和他无关。

是村长去车站接念中的。念中进到家里来，估计是觉得脏兮兮的，一直站着不肯坐。

我理解的，念中不知道这里发生的故事，所以他看到的只有脏。

但是我不会国语，也不会外国话，我不知道怎么和他讲那些故事。

念中先开口了：奶奶，我父亲说，您是全世界最好的阿娘。

念中说的是闽南语。

我一下子哭了。我问：你怎么会讲我们的话？

念中说：我父亲一定要我学的，还特意找了同乡会的人来教我。

念中说：我父亲说，奶奶你只会讲闽南语，所以我必须会讲闽南语。

那天，我就用闽南语给念中讲了发生在这房子里的所有故事。听完，念中不仅坐下来了，他还问我：奶奶，我今天晚上能睡在这儿吗？我想睡在你房间里打地铺，在我父亲打地铺的地方。

我开心地说：可以啊。

我问念中：想父亲了？

念中哭着说：是啊。

我说：念中不哭，我也一样。

我还是骗了念中。我和念中说，我和他一起回马来西亚，我们还带上西来的骨灰。

当时去马来西亚，从咱们泉州也可以飞了。泉州的华侨们一起给家乡捐了一个机场，说是方便他们回家的。据说我儿子西来出了很多钱。

那天早上,我让水得帮我们雇了一辆车,陪着我们去机场。

等到了机场,我一块块砖头看过去,一面面墙摸过去。我不知道,究竟哪一块砖头哪一面墙算是西来捐的。

要登机了,我说:念中,奶奶不懂,你先进去做给奶奶看,要怎么弄。

念中进去了。

他进去后,我和他挥挥手,说:念中,奶奶不去了,你和你阿母说,她会知道为什么的。

念中哭着说:奶奶怎么年纪这么大了还这么调皮。

我笑着说:奶奶从小就调皮。

丽明没在马来西亚接到我,知道我肯定不会去了。她就开始每个月给我寄钱,每个月打来电话,我每个月都去邮局接。

有次她生病了,有气无力地说:阿母啊,我答应了西来给你养老的,如果这次我没了,你别怪我,你让西来别怪我,我让念中继续给你养老。

我说:丽明,那我不干。你如果怕被西来怪罪,你就得活下去,活得比我久。

后来,丽明又活得好好的。

我的时间完全空出来了。我就每天去参加死亡观摩团,每天琢磨怎么死。哪想,那些团员一个个顺顺利利地走了。我好几次生气地问神明，一座座庙地问过去：不会让我死在百花后面吧？如果真是，你们可真坏。

神明可能回答我了，我没听到。

也不知道为什么，开始有人传说我是个很厉害的神婆，每天总有人来我家等我，想问我他人生遇到的事情。

我听着他们的故事，就翻找下自己的记忆，如果记忆里刚好有类似的故事，我就讲给他们听。

有时候我讲自己的故事，有时候我讲神婆说过的故事，有时候我讲葬礼上听来的故事，有时候我讲神明签诗里的故事……莫名其妙地，我就被说成是咱们这地方最好的神婆了。

但我明明还不能和鬼神说话啊。

北来的妻小还是没有消息，百花的孩子一个个长大了，该娶的娶该嫁的嫁。我实在没事干，就在百花和百花几个孩子家轮流着住。这不，连你出生也都是我陪着的。

我住得最长的，还是百花家里。

你外婆百花后来就动不了了，一直坐在床上，我也搬了把椅子，坐在旁边。

百花看着我一直笑，她没什么事需要和我说，因为，她的故事，我都知道。

我倒有故事。

每次我都给百花讲我在一个个孩子那儿看到的事，讲我去参加死亡观摩团以及别人来找我说的故事，讲我们以前的故事。

说着说着，百花累了，就闭上眼了。我赶紧推推她，问：百花你没走吧？

百花被我推醒了，笑着说：我在啊，阿母。

我放心了，然后轮到我困了，我还在睡着，百花一直推我。

我睁眼，只听百花着急地问：阿母你没走吧？

我笑着说：百花，我在。

如果我没记错，百花是在你读小学一年级时走的，对吧？我记得的，我想百花那么疼你，你肯定要难过的，是我去小学接的你。

我记得你那时候正在上课，读的是《春天在哪里》。老师念课文的时候是国语，我听不懂，但讲解的时候是闽南语，我听懂了。

我听着听着，也跟着想，春天在哪里啊？

直到你下课了我才进去找你，然后我和你说，你当时果然哇哇地哭。

我当时没哭，你还生气地问我：阿太你为什么不哭？

我当时其实还在生气，嘴里在偷偷骂着命运那家伙，真的让百花走在我前面。所以我还是没有哭。

但现在我要走了，我得告诉你，其实我觉得百花走得挺好的。她的身体实在太疼了，她又怕我担心，一疼就笑，所以她整天一直笑。

但我怎么可能不知道呢？我可是百花的阿母。

我后来老是和夫人妈说：算了算了，让百花先走吧。我要是先走了，百花身体难受，心里还得难过。我说，我都送走其他孩子了，最后这个孩子，也由我来送吧。

故事讲到这里，阿太笑眯眯地对我说：我的故事讲完了，你可以走了。

我知道，阿太准备走了。我知道，我留不了她的。我知道，这是我见阿太的最后一面。

我一句话都说不出来，一直看着她。

阿太说：如果你真的不想我走，就扶着我，咱们再出去走走。

我说：好啊。

我搀扶着阿太，先是把整间房子一个个角落走了一遍，走到故事对应的地点，就问我：记不记得，这是我偷藏药的地方；记不记得，这是西来打地铺的地方……

我搀扶着我阿太，把这个小镇的一个个地方又走了一遍。她说：你看，这就是我婆婆说的，那个爱读书的鬼住的地方；你看，这就是我阿母滑下去的地方；你看，这就是我看到那只巨龟的地方……

我们走回到大普公庙，坐在那个入海口旁。

阿太眯着眼看着大海，我看着阿太。

阿太像突然想起来什么一样，说：我死的那天晚上，你一定要盯着天上看。

阿太得意地看着我好奇的样子，问：你知道为什么吗？

我摇摇头。

阿太说：一个人如果是好死的，那到他最后要走的时候，他可以有一次选择——可以入土为安赶紧轮回，也可以向天开枪，再不回来。那样，天上就会多一个洞。

阿太说：你看，天上一颗颗的星，就是一个个不愿再回人间的灵魂向天开的枪。

[全文完]

附录

皮囊

听完阿太的故事回到北京后,我请母亲每天下午都要去探望她。每天探望她的时候和我打个电话。我说,我想和她说几句话。

虽然我没有想说什么,但我一定要在她离开前,和她说些什么。

但母亲每次要把手机递给阿太时,阿太总是不肯接。母亲说:你阿太一直摆着手,打到她手上还挺疼的,毕竟阿太的手瘦得只剩下骨头了。

阿太嚷着说:哎呀,有什么好说的,你叫他在北京好好的,在这世间好好的,反正阿太都在。

我对着电话喊:那你走后我找得到你吗?你会留一尊神给我吗?

阿太听到了,就是不肯接电话,但在电话那头喊着:我也没那么神通广大,不确定能让你找到我。神我也没有,我争取啊,争取常来梦里看你。

我在周刊社工作,每周总有一个晚上要熬夜盯着排版。那个晚上,我就在编辑部的行军床上睡着了。

正睡着,我感觉有人打开了我的办公室,推门进来。我太困了,没有爬起来,只感觉到有手在摸我的头。我醒来,看到是阿太。

阿太说:我要去搭飞机了,你送我吗?

我愣了一下:搭飞机?你去哪儿?二舅公不是不在马来西亚了吗?

阿太笑着说:快起来,轮到我走了,你得赶紧起床来送我。

我醒了,我知道了。

阿太的葬礼是二舅公的妻子丽明从马来西亚飞回来主持操办的。她说:你二舅公生前交代了,阿娘走的时候,必须办得风风光光。她还说:你二舅公,应该已经接到你阿太了,他是那么孝顺,不会让自己的阿娘一个人走那段路的。而且他还挺有本事,应该能说服那边的神给你阿太优待吧。

大舅公的后代应该还在广州,没有一个人来。我外婆的小孩倒全都来了。他们见我也赶回来了,问:是不是你记得阿太说的那句——神婆说她一辈子无子无孙无儿送终,所以你就一定要回来啊。

我说:当然,我家阿太必须赢啊。

我阿母走过来,哭得难看死了,很坚定地说:就是你阿太赢了啊。她怎么能输?

然后还说:我都可以想象得到,她对来接她的神明和祖先,那副得意扬扬的表情。

说完,我们一起笑了。旁边同样也在办葬礼的人白了我们一眼。他们估计觉得,我们是特别不合格的子孙吧。

回北京后,我想,我得把阿太告诉我的故事写成一本书,我想,这样,即使她不来看我,我也可以把她留在书里——这样,我就可以随时找到她了。

有一天晚上,我提起笔开始写了。那篇文章叫作《皮囊》。

皮 囊

我那个活到九十九岁的阿太——我外婆的母亲,是个很牛的人。外婆五十多岁突然撒手,阿太白发人送黑发人。亲戚怕她想不开,轮流看着。她却不知道哪里来的一股愤怒,嘴里骂骂咧咧,一个人跑来跑去。一会儿掀开棺材看看外婆的样子,一会儿到厨房看看那祭祀的供品做得如何。走到大厅听见有人杀一只鸡没割中动脉,那只鸡洒着血到处跳,阿太小跑出来,一把抓住那只鸡,狠狠往地上一摔。

鸡的脚挣扎了一下，终于停歇了。"这不结了——别让这肉体再折腾它的魂灵。"阿太不是个文化人，但是个神婆，讲话偶尔文绉绉。

众人皆喑哑。

那场葬礼，阿太一声都没哭。即使看着外婆的躯体即将进入焚化炉，她也只是乜斜着眼，像是对其他号哭人的不屑，又似乎是老人平静地打盹。

那年我刚上小学一年级，很不理解阿太的冰冷无情。几次走过去问她：阿太你怎么不难过？阿太满是寿斑的脸，竟轻微舒展开，那是笑——"因为我很舍得"。

这句话我在后来的生活中经常听到。外婆去世后，阿太经常到我家来住。她说，我外婆临死前交代：黑狗达没爷爷奶奶，父母都在忙，你要帮着照顾。我因而更能感受她所谓的"舍得"。

阿太是个很狠的人，连切菜都要像斩排骨那样用力。有次她在厨房很冷静地喊"哎呀"，在厅里的我大声问："阿太怎么了？""没事，就是把手指头切断了。"接下来，慌乱的是我们一家人，她自始至终，都一副事不关己的样子。

病房里正在帮阿太缝合手指头，母亲在病房外的长椅上和我讲阿太的故事。她曾经把不会游泳，还年幼的舅公扔到海里，让他学游泳，舅公差点溺死。邻居看不过去，跳到水里把他救起来。没过几天，邻居看她把舅公再次扔到水里。所有邻居都骂她狠心，她冷冷地说："肉体不就是拿来用的，又不是拿来伺候的。"

等阿太出院，我终于还是没忍住问她故事的真假。她淡淡地说："是真的啊，如果你整天伺候你这个皮囊，不会有出息的，只有会用肉体的人才能成材。"说实话，我当时没听懂。

我因此总觉得阿太像块石头，坚硬到什么都伤不了。她甚至成了我们小镇出了名的硬骨头，即使九十多岁了，依然坚持用她那缠过的小脚，自己从村里走到镇上我老家。每回要雇车送她回去，她总是异常生气："就两个选择，要么你扶着我慢慢走回去，要么我自己走回去。"于是，老家那条石板路，总可以看到一个少年扶着一个老人慢慢地往镇外挪。

然而我还是看到阿太哭了。那是她九十二岁的时候，一次她攀到屋顶要补一个窟窿，一不小心摔了下来，躺在家里动不了。我去探望她，她远远就听到了，还没进门，她就哭着喊："我的乖曾孙，阿太动不了啦，阿太被困住了。"虽然第二周她就倔强地想落地走路，然而没走几步又摔倒了。她哭着叮嘱我，要我常过来看她，从此每天依靠一把椅子支撑，慢慢挪到门口，坐在那儿，一整天等我的身影。我也时常往阿太家跑，特别是遇到事情的时候，总觉得和她坐在一起，有种说不出的安宁和踏实。

后来我上大学，再后来到外地工作，见她分外少了。然而每次遇到挫折，我总是请假往老家跑——一件重要的事情，就是去和阿太坐一个下午。虽然我说的苦恼，她不一定听得懂，甚至不一定听得到——她已经耳背了，但每次看到她不甚明白地笑，展开那岁月雕刻出的层层叠叠的皱纹，我就莫名其妙地释然了许多。

知道阿太去世,是在很平常的一个早上。母亲打电话给我,说你阿太走了。然后两边的人抱着电话一起哭。母亲说阿太最后留了一句话给我:"黑狗达不准哭。死不就是脚一蹬的事情吗?要是诚心想念我,我自然会去看你。因为从此之后,我已经没有皮囊这个包袱,来去多方便。"

那一刻才明白阿太曾经对我说过的一句话,才明白阿太的生活观:我们的生命本来多轻盈,都是被这肉体和各种欲望的污浊给拖住。阿太,我记住了。"肉体是拿来用的,不是拿来伺候的。"请一定来看望我。

对了,我和你们说了吗,我母亲说,我阿太要死的那一刻,先是得意地笑开了,嘴里喊着:你看吧,谁说我无子无孙,我的孩子都来接我了;谁说我无儿送终,我孩子的孩子,都在为我送终。

喊完之后,我阿太突然温柔地说着什么,像在安慰某个小孩。我母亲说,她凑上前去听,就听到阿太用亲昵的语气说着:不哭不哭,你这傻孩子,和我闹了一辈子,你难道不知道吗?其实真正是我亲生的,只有你啊,我的命运。

后记

天上的人
回天上去了

我知道的,生养我们的这个人间,一直在说话,说的,都是如何生下来、如何活下去的话。

通过不同的口腔,不同的舌头,不同的器官,不同的生命,不同的形态,不同的故事在讲述着。有时候通过邻居老人的嘴巴,有时候是路过的一只狗一只猫,有时候是天上的一朵云、一滴雨……

比如逝去,"逝去"不是化为乌有了,"逝去"也是有"去处"的。

这件事情是通过我阿太和我说的。

八岁的时候我外婆走了。那是我认为的这世界上最疼爱我的人。我哇哇地叫着,找着,问着,外婆去哪儿了呢?

阿太说:你外婆我女儿只是回天上去了。

阿太说:你外婆原本是半空中的一朵花,被一阵风刮下凡间,开完花就得回去了。你抬头看看,你外婆还在半空中开着花呢。

八岁的我抬头看了许久,当然看不到。问阿太:外婆是朵什么花?

我阿太回答得很快很坚决:是水仙。所以你外婆在人间的时候很白也很香。

我再抬头看天,就真的看到了半空中开着一朵水仙花。

就此,我在每个所爱的人离开后,都会看着半空寻找花朵。就此我知道,每个"逝去"都是有去处、每个尽头背后都是有开始的。

比如灵魂。灵魂不是单独的一个个,而是一个连着一个生长的。

这件事情是通过一块姜告诉我的。

我二十四岁的时候,陪着我长大的阿太也逝去了。回到北京的我,总是一日又一日地发愣。我忘了自己究竟颓唐了多久,只记得有日终于感到饿了,走进厨房想为自己做点东西吃——看到买回来的姜干枯了大半,而另一端,长出了翠绿的姜苗。

我摸索着这块姜上,生与死的分界线,然后我知道自己为什么难过了:咱们的灵魂本是连着长的,然后冒出不同的绿芽,就像姜。生命中的一个人离去,便是自己魂灵的底部被掰掉一块。灵魂没有肉身,看不到具体的鲜血淋漓,但伤口是在的。灵魂的鲜血流淌着,有些被写出来,是诗;有些被唱出来,成歌;还有些,一声不吭，却也永远在那里，伤口张着，血汩汩地流着，那就是难过。

我因此知道了什么是难过，也因此知道了，什么是写作。这些灵魂的血，写成诗或者歌，是难过最好看的样子。

我忘记自己是从什么时候开始听得到这人间开口说话了。我想，或许从意识到生之艰辛就开始了。

从两岁或者三岁起，我惊奇地看着自己内心一个又一个新鲜的伤口，像花一样盛开。后来，我开始躲进家里神桌的底下，跑到无人的沙滩上去，钻进海边的甘蔗林，或是呆坐在入海口的庙宇……胡乱地找着，去试图捕捉天上飞的、空中飘着的、地上长的话语，来治疗自己。

每次我觉得痊愈了，感知到幸福后，总感恩地想，这里真是温柔的人间。它之所以一直孜孜不倦地说话，是因为它知道众生艰辛，还因为，它知道这些艰难太常见，以至于显得那么简单，甚至不值一提——人们就这么披着容易的、理所当然的外壳，不容易着；好多人如此艰难而又必须沉默地蹭过一个又一个日子。

人间在说话，一代又一代人听到了。有的人写下来，有的人说出来，有的人活出来，用文字、用语言，用神像、用草药，用自己的一生——代土地说话，变成土地的器官，变成生养我们的土地本身。

八年前我写过一本书叫《皮囊》，那是青年的我，在内心的伤口盛开成即将吞噬自己的巨大花朵时，又一次试图召唤人间的话语来疗愈自己。

在那次写作中，我召唤来了阿太的皮囊、父亲的残疾、母亲的房子、神明朋友、阿小的香港、张美丽的娱乐场……也召唤来了故乡的海、路过的山川、经过的人家、邂逅的人们……在那次写作中，我幸运地重新见到了我的父亲，见到了我的阿太，重新认识了我的母亲，最终治疗并重新认识了自己。

韩国的文学评论家芮京格说，《皮囊》是作者调动古代中国的智慧来治愈当下的自己和中国。我想，那个评论家应该也听到他所站立的那片土地说出的话语。但关于皮囊，他说得不够对。那不是古代的中国。从古代到现代，一代又一代，我们所在的人间、所站立的土地如此温柔，一直在开口说话。

这些话从来就在万水千山和海海人生里。

我内心因此曾经轻盈过一段。但这些年，又再次——果然——越过越沉，越来越滞重。

这很正常，人生便是如此，人间便是如此。这很不易，普通的不易；生而为人，共同可知的不易。

我因此，觉得自己又必须写作了。

这次，我还想，循着我灵魂里一个个盛开过，或者正在盛开的伤口，倒过来去描摹我至今的命运的模样，去看到它未来可能的模样。这次，我还希冀通过我听到过的，以及正在听到的人间的话语，去书写从过去到将来，这人世间的一个个人一条条命运的河流，是如何汩汩而来，又如何滔滔而去，直至汇入死亡那片终极的海洋。

我知道我说不出它们的全部，但我要指向它们，拼命地用手指指出它们。

我要说，看，从我的家乡开始，从我们的母土开始，所有的土地，一个个人和一片片森林在如何地枯荣。我要说，看，从衣冠南渡到奔向宇宙，所有的人在如何奔流不息。

这次，我不仅想看到我的阿太，看到我的父亲，看到我自己，我还希望每个人能看到每个人。我想看到从过去到将来，所有人的灵魂上所有的伤口，一起像花一样盛开，开得漫山遍野、震古烁今。

或许当我尽可能地努力后，依然无法说出一二。但我想，或许到那个时刻，我能真正明白，这人间从来没有生离，没有死别。这人间不过是，天上的人来了，天上的人回天上去了。

蔡崇达

命运

作者 _ 蔡崇达

编辑 _ 熊悦妍　　封面设计 _ 朱镜霖　陆震　　内文设计 _ TOPIC STUDIO
封面插画 _ 曾凌　　主管 _ 何娜　　技术编辑 _ 顾逸飞
执行印制 _ 梁拥军　　策划人 _ 王誉

营销团队 _ 营销与品牌部　　物料设计 _ 吴偲靓

果麦
www.goldmye.com

以　微　小　的　力　量　推　动　文　明

图书在版编目（CIP）数据

命运 / 蔡崇达著． －－ 杭州：浙江文艺出版社；广州：广州出版社，2022.9（2025.7重印）
ISBN 978-7-5339-6960-8

Ⅰ．①命… Ⅱ．①蔡… Ⅲ．①长篇小说－中国－当代 Ⅳ．① I247.5

中国版本图书馆CIP数据核字（2022）第142973号

命运

蔡崇达 著

责任编辑	金荣良　卢嘉茜
特约编辑	熊悦妍
封面设计	朱镜霖　陆　震
内文设计	TOPIC STUDIO

出版发行　浙江文艺出版社
地　　址　杭州市环城北路177号15楼　　邮编 310003
经　　销　浙江省新华书店集团有限公司
　　　　　果麦文化传媒股份有限公司
印　　刷　河北鹏润印刷有限公司
开　　本　787毫米×1092毫米　1/32
字　　数　237千字
印　　张　11.5
印　　数　710,001—720,000
版　　次　2022年9月第1版
印　　次　2025年7月第16次印刷
书　　号　ISBN 978-7-5339-6960-8
定　　价　59.80元

版权所有　侵权必究

如发现印装质量问题，影响阅读，请联系021-64386496调换。